Fate/Apocrypha

フェイト／アポクリファ

The sage cries out. "Open, Gates of Heaven. Bless us and bestow miracles upon us!"

1

「外典：聖杯大戦」

東出祐一郎

イラスト 近衛乙嗣

原作 TYPE-MOON

ルーラー／ジャンヌ・ダルク

Height/Weight:159cm/44kg
Blood type:unknown
Birthday:unknown

聖杯戦争を監督するため、大聖杯によって召喚された統治の英霊。真名はジャンヌ・ダルク。
当初は最大規模の聖杯戦争を滞りなく運営するために喚ばれたと考えていたが、やがて戦争の裏に存在する陰謀に気付く。

Homunculus

ホムンクルス

Height/Weight:165cm/53kg
Blood type:unknown
Birthday:unknown

ユグドミレニアのマスターたちとは別に、魔力を供給するためにアインツベルンの技術で鋳造された人造生体。

一流の魔術回路を持っているが、生まれついての失敗作。

ダーニック・プレストーン・ユグドミレニア

Darnic Prestone Yggdmillennia

Height/Weight:182cm/76kg
Blood type:O
Birthday:5.2

ユグドミレニア一族の魔術師。“黒”のランサーのマスター。
既に百歳近いはずだが、外見はどう見ても二十代から三十代。
かつて冬木市にあった大聖杯をナチスと共に強奪。ルーマニアに隠匿していた。
魔術協会からの独立を宣言し、その象徴とする為に大聖杯の起動を目論む。

Lancer of "Black"

“黒”のランサー

Height/Weight:191cm/86kg
Blood type:unknown
Birthday:11.10

ダーニックと契約した槍の英霊。

かつてはルーマニアで覇を唱えた王であり、その知名度の高さを活かし、戦略の要として扱われる。

基本的には人格者であるが、一旦敵と見なした者は苛烈に対処する。

Caules Forvedge Yggdmillennia

カウレス・フォルヴェッジ・ユグドミレニア

Height/Weight:172cm/63kg
Blood type:A
Birthday:3.23

ユグドミレニア一族の魔術師。
“黒”のバーサーカーのマスター。
優秀な姉と比較して、才能という面では劣っている。
凡庸な魔術師であるがマスターに選ばれてしまい、渋々それを受け入れる。

“Berserker of Black”

“黒”のバーサーカー

Height/Weight:172cm/48kg
Blood type:unknown
Birthday:11月の物寂しい夜

カウレスと契約した狂戦士の英霊。言葉を発することができないが、極めて高度なレベルでの思考能力を有し、単純なコミュニケーションなら取れなくもない。

周囲の余剰魔力を吸収する宝具によって、ほぼ永久機関的に戦い続ける。

Kairi Sisigou

獅子劫界離

Height/Weight:182cm/97kg
Blood type:B
Birthday:4.14

魔術協会に雇われたフリーランスの死霊魔術師《ネクロマンサー》。

“赤”のセイバーのマスター。

万能願望機たる聖杯を利用しなければ叶わぬ願いを抱き、敵地であるトゥリファスへと赴く。

魔術師としては珍しく、銃器を使用する。

“赤”のセイバー

Saber of “Red”

Height/Weight:154cm/42kg
Blood type:unknown
Birthday:unknown

獅子劫界離と契約した剣の英霊。傲岸不遜、過剰なまでの自信に満ち溢れた騎士。
ステータス隠蔽のため、戦闘の際は宝具である兜で顔を隠している。

Shirou

シロウ

Height/Weight:169cm/59kg
Blood type:unknown
Birthday:unknown

聖堂教会から派遣された“赤”側のマスターの一人。
“赤”のアサシンのマスター。
この聖杯大戦を利用して、己が大望を果たそうとする。

“赤”のアサシン

Assassin of “Red”

Height/Weight:167cm/51kg
Blood type:unknown
Birthday:unknown

シロウと契約した暗殺者の英霊。どこか退廃的な雰囲気を漂わせる絶世の美女。
アサシンとして召喚されながら、キャスターとしての能力も持ち合わせている。
シロウと共に、己の野望を果たすための策謀を巡らせる。

ゴルド・ムジーク・ユグドミレニア

Gordes Musik Yggdmillennia

Height/Weight:168cm/98kg
Blood type:AB
Birthday:1.1

ユグドミレニア一族の魔術師。

“黒”のセイバーのマスター。

未だ自身の血筋に固執する傲慢な男。知己であったアインツベルンの錬金術を応用して、聖杯大戦に勝利するための策を編み出す。

“黒”のセイバー

Height/Weight:190cm/80kg
Blood type:unknown
Birthday:unknown

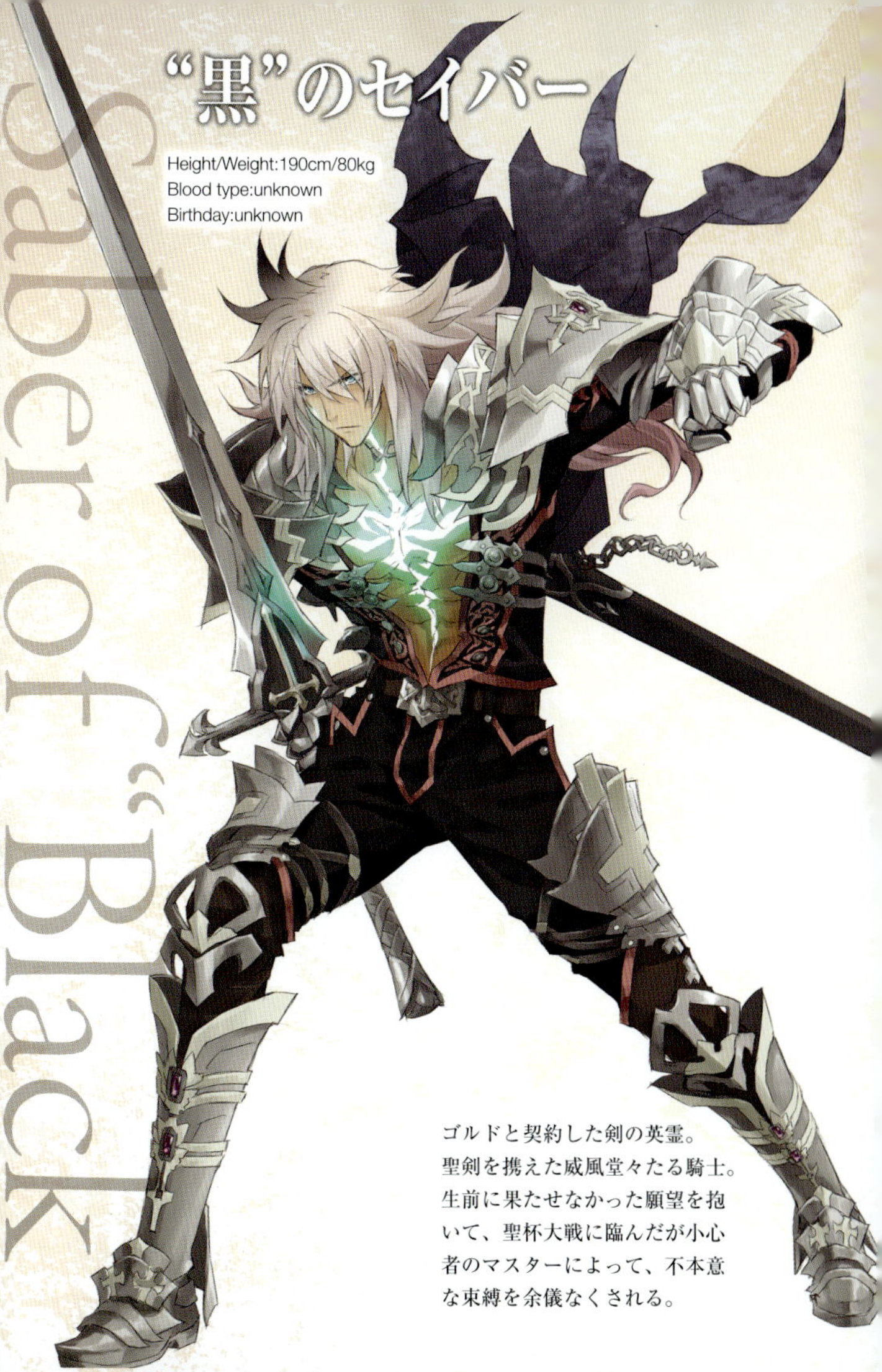

ゴルドと契約した剣の英霊。
聖剣を携えた威風堂々たる騎士。
生前に果たせなかった願望を抱いて、聖杯大戦に臨んだが小心者のマスターによって、不本意な束縛を余儀なくされる。

「仕置きの時間だ。紛い物に相応しい最期を遂げるがいい。“黒”のセイバー——!」
“赤”のセイバーがその異形の剣を振り上げる。
誰の目から見ても明瞭な、その必殺の一撃を——。

がたん、と空のドラム缶を蹴り飛ばしたような音が幾度も響き、安定
したところでトラックが進み出す。その震えを感じながら、ルーラーは
流れ行くブカレストの風景を眺めていた。

Fate/Apocrypha　Vol.1

「外典：聖杯大戦」

東出祐一郎

角川文庫
21808

目次

口絵・本文イラスト／近衛乙嗣

プロローグ

プロローグ

そこはどこでもない場所であり、どこでもない世界だった。

時間という概念から解き放たれたそこには朝も夜もなく、太陽も月もなく、ただ薄い極光《オーロラ》だけが空を光らせている。

この世界に変化はない。広がる海は波を知らず、空は雲の流れを知らない。そんな世界に住まう男は、月も星も見えぬことを少しだけ淋しく思っている。

だから、男は瞼を閉じる。閉じれば、目に映るのはいと懐かしき想い出の数々。

幾千回、幾万回と繰り返してもなお飽きぬ、誇り高き過去だ。

男はいつものように首を右に向け、左に向け、地に向け、宙に向け、異常がないことを確認してから瞼を閉じる。そうして、過去という名の幻想《ユメ》を見ようとする。

男の名誉のために言っておくならば。

彼はもう、本当にそれしかすることがなかったのだ。戦うことも、癒すことも、悲しむことも、怒ることも、今の彼には不要な行為でしかない。

退屈か、と問われれば首肯するしかない。

辛《つら》いか、と問われれば否定するだろう。


男はいつものように、瞼の裏に過去の情景をありありと映し出す。彼の過去はちっぽけだから、いつでも情景は明瞭だ。薄れるということはなく、穢れるということもなく、忘れ去るなど有り得ない。

「起きてください」

……繰り返すが、この世界に変化はない。風さえ吹かぬ、波も起きぬ、ただの固定された場所でしかない。

だからもし、この世界に変化が起きたとするならば——それは間違いなく外部からの干渉だろう。

男は瞼を開く。信じ難いものを見てしまい、硬直する。ここまで感情が揺さぶられることなど、果たしていつ以来だろうか。

「久しいですね」

目の前で〝彼女〟が微笑んだ。脳が痺れるような感覚に、男は言葉が出るはずもない口を開く。

春の柔らかな陽光の如き髪を持つ、可憐な少女がそこにいた。

男は少女のことをよく知っている。瞼を閉じる度、目の前に現れ出でた少女である。見間違えるはずもない。だがしかし、何故ここにいるのだろうか？　貴女《あなた》は——ここにいては、いけないのに。

少女は悲しげに眉をひそめ、そっと男の頰に手をあてがった。

指先のくすぐるような感触に、男は幸福の息を漏らす。

「こんなに傷だらけで、こんな世界にたった一人でいるなんて」

自分のせいだ、と悲しげに少女は呟く。それは違う、と男は告げる。

——別に君が気にするようなことではない。ここは我が誇りの領域。永遠も永劫も、退屈も絶望も恐れはしない。

「もう、決して貴方《あなた》を一人にしません」

——ああ、それでも。君の言葉、君がここにいること、それが嬉しい。ただ、ただひたすら嬉しい。

変わらぬ完璧な世界であり、時間は凍りついていたはずだった。

だが、ここにはもう少女がいる。ならばこの世界は既に完璧ではなく、凡俗の……ありきたりの世界に堕《だ》したのだろう。

それが、男にはたまらなく嬉しかった。

世界は変わる。
時間は進み出す。

§§§

ここは、掛け値無しの戦場だった。

戦闘用ホムンクルスたちが巨大な戦斧《ハルバード》を振るう。精密な魔術式を構築し、周囲一帯に膨大な破壊をもたらしていく。自然生殖で産み出されていないホムンクルスにつきものの、肉体的な欠陥を補強した結果、彼らの命は保《も》って二ヶ月という極めて短いものになった。

だが、この戦争で消費される命である以上、二ヶ月が二週間であっても変わりはない。

錬金術によって鋳造されたホムンクルスは、誕生した時点で成体として確立している。

彼らは戦うために産み出され、破壊するために産み出され、そして死ぬために産み出された人造の生物だ。

一方、カバラの術式で構築されたゴーレムは主の命令を実行する従僕人形《ドール・サーヴァント》だ。ホムンクルスはまだしも人間に近い形なのと比較して、彼らは石や青銅で造られた、人間とは程遠い存在である。

彼らは数こそ少ないもののあらゆる攻撃をものともせず、その巨軀でもって敵を踏み潰し、石拳で殴り潰す。

ホムンクルスもゴーレムも、凡庸な魔術師など問題にならぬ戦闘力を持ち合わせている。だがしかし、どちらも量という点で圧倒的に相手方に劣っていた。

竜牙兵《りゅうがへい》は竜の歯を用いて産み出される骸骨兵だ。大地に歯を蒔けば、竜種の魔力と大地から獲得した知識で以て安価な雑兵となる。戦闘用に鋳造されたホムンクルスやゴーレムを相手にするには、あまりに力不足だ。だが、とにかく数が多かった。

〝赤〟のサーヴァントによって手慰みに産み出された竜牙兵たちは、無限とも思える数を投入され、後から後から雲霞の如く湧き出ていた。彼らは、完全に砕け散るまで止まることはない。手にした鋼鉄より頑丈で鋭利な骨剣と骨斧を手に、ゴーレムに群がって打ち砕き、ホムンクルスたちを斬り刻んだ。

凄惨の一言に尽きる。ゴーレム、竜牙兵、そしてホムンクルス。単純な思考回路か、希薄な感情しか持ち合わせていない彼らは、自分が死ぬまで攻撃を繰り返し、相手が存在し続ける間は攻撃の手を休めることがない。

炎が奔《はし》り、土が砲弾となる。負傷した兵たちは治癒魔術によって直ちに修復され、即座に戦場へと舞い戻る。

戦うがいい、そして壊れるがいい。この戦争の意義は、消費。彼らはただの駒、統計に過ぎない。……そう、この戦争の趨勢を決めるのは決して彼らではない。

戦場のそこかしこで、時折巻き起こる巨大な爆発。群がる兵たちを、武器の一振りで薙《な》ぎ倒し、破砕する比類無き一騎当千の強者たち。

彼らこそ、この戦争の勝敗を決める究極の駒。強靭にして俊敏、閃光のように光り輝く英雄の化身である。

突如空気が強烈な震動を帯びて、周囲にいた竜牙兵やゴーレムたちを薙ぎ倒した。バラバラに、欠片欠片《バラバラ》に、何もかもを塵芥《ちりあくた》へと変えていく。

戦場に奇妙な空白地帯が出来上がる。だが、そこに踏み込む者は誰もいない。ホムンクルスも、ゴーレムも、能無しの竜牙兵ですら理解していたのだ。そこは戦場における蟻地獄。近付けば、何の意味もなく砕け散るだろうと。

存在する権利を持つのは、選ばれし者《サーヴァント》のみ。

──そして今、そこに二人の剣士《セイバー》が立っている。

片や矮軀ながら、鋼の塊のように重厚な全身鎧に身を包んだ白銀の剣士。顔を覆う兜のせいで、人種も性別も一切不明。武器は、華麗な装飾を持つ白銀の剣。

片や尋常ならざる雰囲気を纏《まと》う、長身の青年。両手に握る大剣は相手方の剣同様、人ならざる者の手を介したとしか思えない華麗さと重厚さを誇っていた。中でも目立つのは、柄《つか》に埋め込まれた青い宝玉である。

剣の色はそれぞれ白銀と黄金、その形と質こそ異なれど両者の剣はまさに英雄が手にするに相応しい輝きを誇っていた。だが、この戦いはありえない。剣の時代は遥か昔に終わりを告げている、戦場を席捲するのは本来、火器であるべきはずだ。

では、彼らは銃を持った人間に嘲弄されるべき存在、時代遅れの蛮人なのだろうか？

否《いな》、それこそありえない。


「——行くぞ、〝黒《ブラック》〟のセイバーよ」

白銀の側の呼び掛けに、黄金の側が応じた。

「——来い。〝赤《ロート》〟のセイバー」


次の瞬間、獅子が如き咆吼《ほうこう》と共に〝赤〟のセイバーが跳んだ。その踏み込みは大地を揺るがし、突撃速度は音速の壁を突き破る。この跳躍は〝赤〟のセイバーが保有する『魔力放出』と呼ばれるスキルの賜物である。武器や自身の肉体に帯びた魔力を瞬間的に放出することで、剣士は銃弾にも似た勢いで突貫し、矮軀に似合わぬ得物を軽々と振るうのだ。跳躍の余波で、大地に転がっていたゴーレムや竜牙兵の残骸が次々に吹き飛んでいく。

この速度、この破壊力であれば、たとえ現代の戦争における最強の陸戦兵器、主力戦車《MBT》とて粉砕しよう。

——だが、跳躍する剣士が尋常ならざる者ならば、相手取る方もまた魔人の域に達した存在である。

巨竜の如く猛々《たけだけ》しい雄叫びと共に、黄金の大剣を手にした〝黒〟のセイバーが数歩を踏み込んだ。凄まじい速度で突貫する敵を前にして些かの逡巡もなく、掲げた大剣を振り下ろす。

特攻する白銀《けんし》が銃弾ならば、迎撃する黄金《けんし》は高速のギロチンだ。鋼が激突し、その余波で周囲の空間に馬鹿馬鹿しいまでの破壊をもたらしていく。

「ハッ。なまっちょろい斬撃《ざんげき》だぞ、〝黒〟のセイバー……!」

「く、っ——!!」

鋼鉄と闘魂が激突し、火花を散らす。そこに同情はなく、憎悪もなく、あるのはただ互いの存在を拒絶するという強い意志と、強者と戦う歓喜の渦。既に十合、剣を交えた。この戦争始まって以来の数に、〝赤〟のセイバーは無意識に頰肉を釣り上げて笑う。

二人は本来この世に存在するものではない。彼らは歴史に名を残し、伝説を打ち立てた偉大なる超人たちの現身《うつしみ》。死が訪れても名が消えることなく、ただ人々の胸にあり続ける英雄たちを『英霊』と呼称するが、二人はその分身——使役される者として現界したサーヴァントである。

十三合目の激突——次の瞬間、世界が静止した。互いの武器は砕け散ることなく、互いの肉体は吹き飛ぶこととなく、芸術的なまでの均衡を見せた二騎は、そのまま鍔《つばぜ》迫り合いへと移行した。一見したところ、体格という点では明らかに〝黒〟のセイバーが有利だった。

〝赤〟のセイバーと比べれば、その差は大人と子供に等しい。

だが、圧《お》されているのは他ならぬ黄金の剣士であり――圧しているのは、白銀の剣士である。

理由は先ほどと同じ、スキル『魔力放出』。今度は突進ではなく、自身の筋力を増強する方に魔力を回している。今の〝赤〟のセイバーは、起爆薬を発火させて飛び出す寸前の弾丸の如しだ。

「オオオオオオオオオオオオオォッ‼」

踏み込む足が大地に沈み、気合を轟かせるは白銀の側――〝赤〟のセイバー。

たまらぬとばかりに〝黒〟のセイバーは吹き飛ばされたが、そこはやはり英雄だ。無様に転がることなく後方へ跳躍する。膝も突かず、表情一つとて変えない。

〝赤〟のセイバーが、剣を真っ直ぐ突きつけた。微かな含み笑いには、面を取らずとも分かるほどに嘲笑の色が滲み出ている。

「それでも、最優を誇るべきセイバーのクラスなのか？　失望したぞ。もっとも、紛《まが》い物ならば、この程度が限界か？」

「……」

〝黒〟のセイバーは沈黙する。確かに〝赤〟のセイバーの言う通り、自身は紛い物の英霊。

真性の英霊たる、〝赤〟のセイバーに敵《かな》う道理はない。

しかし、だからといって退《ひ》く訳にはいかなかった。自分の背後に倒れ伏した友を救うためには……否《いや》が応でも、戦わなくてはならないのだ。

「――剣よ」

眼前の敵を打倒するため、〝黒〟のセイバーは最良の手段を選んだ。

「満ちろ」

淡々と。迫り来る死への恐怖にも表情一つ変えずに〝黒〟のセイバーは告げる。頭上に掲げた大剣から、橙色の光が満ち溢れ始めた。

「宝具を解放するか。……ハ、いいだろう！」

〝赤〟のセイバーは唸るように呟いた。その声色に、焦りは微塵もない。宝具――真名《しんめい》を詠唱することで発動する、サーヴァントにとっての必殺兵装《アルテマウエポン》。

シンプルに凄まじい破壊力を持つもの、放てば必ず相手を貫き殺す特性を持つもの、武器ではないが投擲《とうてき》武具に対して特性を持つ最硬の盾。伝説の分だけ、宝具は存在する。

そして、〝黒〟のセイバー同様〝赤〟のセイバーも、当然宝具は所有している。

「――では、マスターの許可も下りたことだ。こちらも宝具で対抗させてもらおうか！」

〝赤〟のセイバーが白銀の剣を構えた。それと同時に、顔を覆っていた重厚な兜が、二つに割れて鎧と一体化した。

互いの視線が交錯する。〝黒〟のセイバーはわずかに驚きを表すように、眉を少しだけ釣り上げた。何とも驚くべきことに、〝赤〟のセイバーは少女の顔をしていた。通常、サーヴァントは全盛期の姿をもって召喚される。故に、大抵の英雄は脂が乗った二十代から三十代の姿だ。しかし、〝赤〟のセイバーは明らかに若すぎる。恐らく、二十を超えてはいまい。

もっとも。見目麗《みめうるわ》しい少女の貌《かお》をしてはいても、その凶悪性は隠せない……というより、元より隠そうともしていないようだ。〝黒〟のセイバーを睨み据えるその瞳の奥には、闘争への愉悦と残忍さが入り交じっていた。

「……何故、兜を？」

〝黒〟のセイバーの問い掛けに、〝赤〟は鬱陶しそうな声で応じた。

「何、この兜を脱がなければオレは宝具を発動できないだけさ。些事《さじ》に囚《とら》われる余裕があるのか、〝黒〟よ？」

瞬間、剣を構えた〝赤〟のセイバーを中心とする一帯が血に染まる。それればかりではなく〝赤〟のセイバーが持つ剣の刀身が血の極光に包まれ、奇怪な音を立てて変化していく。

これはもちろん、本来の宝具の姿ではない。その有り余るほどの憎悪によって、清廉にして華麗だった名剣は、魔人が手にするべき禍々《まがまが》しい邪剣へと変貌していく。

「仕置きの時間だ。紛い物に相応しい最期を遂げるがいい。〝黒〟のセイバー――！」

〝赤〟のセイバーがその異形の剣を振り上げる。

誰の目から見ても明瞭な、その必殺の一撃を──。

「……参る」

〝黒〟のセイバーは、先ほど同様に躊躇《ためら》いなく正面から立ち向かおうとする。勝ち目がある、勝ち目がない、それは彼にとってどうでもいいことだ。

──これは、為さねばならぬこと。

〝黒〟のセイバーはそう理解している。彼は命を懸けるのではなく、懸けるべき命がそもそもないのだから。

橙の光と、血の極光が一瞬で膨れ上がった。渦巻く大気は絶叫し、二つの宝具が完全解放されたことを周囲に知らしめる。

これこそがかの伝説の剣。戦場を駆け抜けた英雄が手にした、敵を殺し魔性を穿《うが》つ幻想《ユメ》なのだと咆吼する。

彼らが手にしたのは共に剣、彼らのクラスは共にサーヴァント・セイバー、そして──

互いを、打倒すべき敵とする。

「我が麗しき《クラレント》──」

〝赤〟のセイバーが猛る。

「幻想大剣《バルムンク》────」

〝黒〟のセイバーが吼《ほ》える。

「────父への叛逆《ブラッドアーサー》ッ!!」

「────天魔失墜《ムンク》ッ!!」


黄昏《たそがれ》の光と、赤い稲妻が疾走し激突する。純粋破壊のみを目的とする怒濤の如き閃光が二つ、互いを喰らい尽くそうとする。

これは、人類《ヒト》の紡いだ歴史の中で有り得なかった光景だ。異なる時代に生まれ、異なる大地で活躍したはずの英雄二人の、必殺の宝具が衝突する。

光が満ち、周囲一帯あらゆるものを殲滅《せんめつ》する。取り囲んでいたゴーレムや竜牙兵が巻き込まれ、塵と消えた。

この荘厳にして苛烈なる光景を目撃していた者たちは、その悉《ことごと》くが息を呑んだ。赤と橙に満ちたその空間は、さながら世界の終焉を告げるよう。

だが、物事には必ず終わりがある。膨れ上がるだけだった光は徐々に和らぎ、塵のように消え去っていく。

二人がいた大地は見るも無惨な有様となっていた。

翅《はね》を広げた蝶を想像して欲しい。それと似たような跡が地上に刻まれている様を。それは高々度の上空からでも視認できるほどに巨大な、爆発の痕跡だ。

では、その爆発跡が斬撃によるものだと信じる人間は、果たして何人いるだろう？　この日、確かに新たな神話が地上で産み出された。

伝説の聖剣と、稀代《きたい》の邪剣による有り得ない激突が、この大地を抉り出したのだ。

二人の勝敗を分けたのは彼らの技でも力でもなく、宝具の優劣でもない。〝黒〟のセイバーが放った宝具は、彼を中心とした半円状に拡散する黄昏の波を放つもの。

一方、〝赤〟のセイバーは彼女が持つ剣の切っ先から直線状に赤雷を放つもの。二者の宝具の特性と、互いが取った間合いが勝負をつけた。もし、〝黒〟のセイバーが数メートルでも接近していれば、勝敗の行方は傾いていたかもしれない。

ともあれ、勝敗は決した。倒れ伏したサーヴァントが一人。膝を突くサーヴァントが一人。膝を突いていた〝赤〟のセイバーは、恥辱に震えながら立ち上がった。

絶殺の意志を籠めて、彼女は倒れた〝黒〟を睨み据える。

「貴様、何故生きている……!!」

宝具は必殺の武器であると同時に、絶大なる誇りそのものでもある。真名を解放した以上、必ず殺していなければ名誉に関わる。そして〝赤〟のセイバーにとって騎士王《ちちおう》の名を冠した宝具は、誇りを超えて最早ある種の怨念と化している。

故に、〝赤〟のセイバーにとっては〝黒〟が生きているだけで許し難い。その手に剣を握り締めているなら憎悪の対象。まして頭を起こして立ち上がろうとしているとあっては、その躯を百度斬り裂いても飽き足らない。

激痛がその身を苛《さいな》んでいるが、戦闘行動に支障はない。あれだけの宝具を使用したのであれば、凄まじい量の魔力を消費しているはずだが、彼女のマスターは極めて優秀であり、宝具を使用した後でも即座に動ける程度の地力はある。

「そこを動くな〝黒〟のセイバー。オレが殺す、他でもないこのオレが、お前を殺してやる……！」

彼の首を刎ね、その心臓に剣を突き立ててやる。それは、己だけに許された権利だ。

〝赤〟のセイバーは、その一歩を踏み出した。

——ともあれ、『俺』は生きていた。生きているだけ、とも言えるが。

心臓は変わらず、強い律動《リズム》を刻んでいる。体内の魔術回路が励起し、必死になってセイバーであろうとする。だが、蓄積していた魔力は、先ほどの一撃で残らず四散した。セイバーであり続けるためには、最早何もかもが足りなかった。

全身を覆っていた鎧が、解《ほつ》れるように消えていく。併せて、セイバーの象徴《シンボル》であるとも言える黄金の大剣も宙へ溶けていった。

この瞬間、〝黒〟のセイバーは世界から消失した。

途端、圧倒量の苦痛にセイバーだった自分の意識が飛びかかる。血反吐《ちへど》を吐き、神経を切断される痛み、肉が引き裂かれる圧力、骨が砕け散る衝撃に涙を零《こぼ》す。悲鳴を必死になって堪え、それでも耐え切れずに呻き声を上げた。

……しばらくして苦痛は和らぎ始めたが、最早剣を振るうこともできない。そもそも、セイバーとしての力を失ってしまった俺にとって、現状を打破することなど不可能だ。令呪はまだ二画残っている……だが、声が出ない。勇気がないという訳ではなく、物理的な痛みが本能に警鐘を打ち鳴らしている。変身するには、一定以上のインターバルが必要だ。続けざまの変身にはこの肉体が耐えきれず、崩壊する。

殺意を滾《たぎ》らせた〝赤〟のセイバーが、近付いてくる。最早、為す術《すべ》などない。奇跡は起きなかった。否、奇跡を受けてすら自分はここまでが限界だったのだろう。

悔しいが、その事実を受け入れるしかない。

……死への恐怖は、あまりない。自身の場合は、単なる消失に等しい。未練も後悔も、大したものはない。あるとすれば、守ろうとした者を守れなかったことくらいだ。

それにしたところで、大した悔いではない。

望まれた訳ではなく、助けを求められた訳でもない。ただ、生まれて初めて自分で考えて自分で選んだ目的だったから。大切にしようと、そう考えただけである。

結果に後悔はない。後は死を待つだけ。迫り来る死を前に、時間が溶けた飴のように引き延ばされていく。早くして欲しい、と無意識に願ってしまう。時間が緩慢であればあるほど、俺は禁忌である問い掛けを思考してしまうから。


——ああ。俺は一体、何のために生きていたのだろう。


答えはない。むしろ、あって欲しくない。消費されるために産み出されたなどという答えを、決して受け入れたくはなかった。

そう、ここで無為に死ぬが己の定命《じょうみょう》。やるべきことも、目的も、全てない。

「——あの一撃で仕留められなかったのが、オレにとっては屈辱極まりない。だからといって、見逃す気にもならなくてな」

冷徹なる戦士としての眼で、〝赤〟のセイバーは俺を睨《ね》め付けた。彼女の持つ剣が、自分の首筋を狙っているのが、素人である俺にもよく理解できる。

「では、死ね。〝黒〟のセイバーよ」

言葉は淡々と。振るわれる刃《やいば》は迅速に。そうして、己の視界が白に染まっていく——。

第一章

第一章

薄暗く何もないその部屋は距離感が奇妙なまでに歪《ゆが》んでいた。信じ難いほどに広大にも見えたし、圧迫されるほど狭くも思える。中央に立てられた蠟燭は、ぼんやりと部屋にいる男たちの顔を照らし出していて、明瞭なものは一つもない。境界線がどこか曖昧なその部屋の空気は、言い難い苦悶に満ちていた。

「――戻ったのは一人、か」

場に集ったのは三人。一人は老人、矮軀であるが背は真っ直ぐ伸ばされ、顔の皺は木彫りの美術品のような光沢があった。召喚科学部長ロッコ・ベルフェバン、学部長に就任してから既に在任五十年を超えると言われているが定かではない。

嗄《しわが》れた声で呟かれた老人の一言に、一人の青年が頷《うなず》いた。

「あの戦闘を拝見させて戴きました。……おぞましい光景です、あれは許されざる存在だ」

眉目秀麗な、赤毛の青年であった。強く、気高い意志を持つような眼差しや気品ある顔立ちから、上流階級の存在であることは一目で見て取れた。そして、その言葉には強い使命感のようなものが表れていた。

男の名はブラム・ヌァザレ・ソフィアリ。降霊科学部長の後継者であり、時計塔で一級講師を務めている。

老人は同意するように頷き、沈黙を守る最後の一人に目線を送った。その男は無造作に長い髪を伸ばし、不機嫌そうに眉間に皺を寄せている。

「お主はどう考える？　ロード・エルメロイよ」

指に挟んだ葉巻に蠟燭の炎で火をつけて、エルメロイと呼ばれた男はゆるゆるとした仕草で首を横に振った。

「Ⅱ世だ。私を尊重したがるご老体の下心はありがたいが、Ⅱ世をつけていただきたい。そうでなければエルメロイの名など痒くてとても耐えられない」

「失礼。エルメロイⅡ世、如何《いかん》とする？」

「……ま、方針は変更せねばならんでしょうな。何しろ、我々は四十九人の魔術師を失った。一人生き残りましたが、ありゃ当分使い物にならんでしょう」

五十人の魔術師を編制し、綿密に作戦を立てた。作戦開始時点では、あらゆる意味で完璧に状況が推移していた。だが、たった一騎の使い魔に全てを狂わされた。

結果四十九人が死亡し、最後の一人がどうにか一矢《いっし》報いた。

「彼のお陰で、我々にも反撃のチャンスが巡ってきた訳だ。七人のマスターを揃えれば、こちらにも勝機は見えてくる」

「じゃが、誰が行く？　生半可な魔術師では返り討ちに遭うだろう。トゥリファスは彼らの管理地だ」

しばしの沈黙の後、エルメロイII世が明白な真実を淡々とした口調で告げた。

「外部の魔術師《プロ》を雇うべきでしょうね。この聖杯戦争は、これまで我々が体験したことのない前代未聞の規模《スケール》です。無論、一人か二人は時計塔からも供出しなければならないでしょうが」

その言葉に二人は賛意を示した。今から彼らは、七人のマスターを選出せねばならない。だが、事態は切迫している。もしも、これが時計塔の名門から選ぶとなれば一大事だ。魔術刻印の継承、保管、その他様々な要因で選定まで三ヶ月以上は掛かるだろう。ならば、気軽に雇い入れることが可能なフリーランスの方が遥かに効率が良い。

「ならばワシとエルメロイII世とで『これは』と睨んだ者を集めよう。残り一人は聖堂教会から出させるか。我々の正当性を知らしめるために、連中には是が非でも参戦して貰わねばなるまい」

「では、聖遺物の選定は私が引き受けます。急を要しますが、何とか戦力として拮抗できる程度の触媒を集めてみせましょう」

ブラムの言葉に、ベルフェバンは床にステッキの石突きを叩きつけて宣言する。

「これは今日《こんにち》世界中で執り行われている聖杯戦争の紛い物とはあらゆる点で事情が異なっている。規模のみを考慮すれば、かつて冬木《ふゆき》で三度行われた聖杯戦争を上回るだろう。どうか御二方とも、気を引き締められるように。我々時計塔の顔に泥を塗ったことを、存分に後悔させてくれよう」

目線を交わすこともなく、三人は別々の方向へと歩き出した。

§§§

ナチスドイツのポーランド侵攻により、第二次世界大戦が開戦する前夜。日本の冬木市において三度目の聖杯戦争が執り行われた。七騎のサーヴァント、七人のマスターは己が願望のために最後の一騎になるまで殺し合おうとしたが、戦争途中に小聖杯が砕け散るというアクシデントが発生。聖杯戦争そのものは、その時点で有耶無耶《うやむや》に終結した。

問題は、この後である。

円蔵山《えんぞうざん》の洞窟に秘匿されていた、万能願望機たる大聖杯。どこでどう運命が変転したのか、ナチスドイツに加担していたある魔術師がそれを発見し、軍の力を借りて移送しようと試みたのだ。

アインツベルン、遠坂《とおさか》、マキリの御三家及び帝国陸軍はその企みを防ぐべく奮戦したものの、聖杯戦争直後ということで弱り切っていた彼らは敗北。御三家が総力を結集して構築した大聖杯は、ナチスドイツに強奪された。

その戦いは文献に載らず、映像に残らず、人々の記憶にすら存在しないものであったが。

軍と魔術師の凄絶な戦争であったことだけは、疑いようのない事実だ。

さて、大聖杯を手に入れたナチスドイツは、世界を思うがままに統べることができたのだろうか？

……無論、そんな未来は訪れなかった。ドイツまで輸送する途中、大聖杯は謎の消失を遂げた。帝国陸軍によって強奪されたのか、あるいはソ連軍の襲撃でもあったのか。

いずれにせよ、ドイツ第三帝国の象徴《シンボル》となり、世界統一の夢を叶《かな》えるはずだった大聖杯は、誰の手にも渡ることなく消えたのだ。

責任者は更迭され、関係者は戦場に送られ、勝利者であるはずのナチスドイツにも、大聖杯の行方を知る者はいなくなり——そもそも、大聖杯そのものを知る人間もいなくなった。ナチスドイツに所属していた『ユグドミレニア』と名乗る魔術師もまた行方知れずとなった。

大聖杯は消えた。御三家の夢、あるいは妄執は露と消え去り、冬木市は平穏のままに終戦を迎える。

そして、幼子が老人になる程度の年月が過ぎ去り――。


イギリス。いわゆる魔術協会の総本山たる『時計塔』。ロンドンの大英博物館を拠点とするここには、我こそは永きにわたる魔術の歴史に覇を唱えし者と、野望に満ちた魔術師たちが世界中から集う。

千人の内、千人が道半ばで挫折することは確実であるのだが……まあ、夢を視るのは自由であるべきだろう。

少なくとも、元学生として獅子劫界離《ししごうかいり》はそう思っている。肩に軽い衝撃。考え事をしていたせいか生徒とぶつかってしまったらしい。謝ろう、と思ったときにはその生徒は顔を引き攣《つ》らせながら全力で自分から逃げ出していた。

嘆息。いつものことではあるのだが。

魔術師は扱う薬物のせいか、あるいは扱う魔術のせいか、時に異形と呼ぶべき姿になることもままある。それは決して恥ではなく、むしろ誇るべきものであって卑下するようなものではない、というのが魔術師における常識だ。

――にもかかわらず。自分の扱いはやや不遇ではないかと獅子劫は思うのだ。

普通に歩道を歩いているだけで、警官から身体検査をされること三回（いずれも暗示を掛けることで逃れた）。時計塔に到着すると、警備を担当している魔術師に詰問されること四回、廊下ですれ違う生徒が怯えきった瞳で自分を見ること数え切れず。

人種偏見だ、差別だと訴えてやりたいところだが、彼らは決まってこう言うのだ。

「そうじゃなくて、お前が怖いのだ」

と。非道《ひど》い話もあったものだ。確かに、多少強面《こわもて》であることは認めよう。自身の服装が普通の魔術師のそれとは些か異なることも認めよう。けれど、自分はいつでも笑顔を忘れなかったと思うのだが――。

そう考える獅子劫界離は、自身の恐ろしさをあまり理解していない。顔の疵痕《スカーフェイス》、剃刀《かみそり》のような目つき、筋骨隆々な肉体、魔獣から剝いだ皮を縫って創り出した黒いジャケット。おまけにフリーランスの賞金稼ぎとして戦場を駆け抜けたが故に、血と火薬の濃厚な臭いを全身に漂わせているとあっては、いかに真っ当な倫理観を持ち合わせない魔術師といえども恐ろしいものは恐ろしい。

「お主が笑うと、確かに恐ろしいな」

甲高くヒョヒョヒョと笑いながら、老人は不服そうな獅子劫を宥《なだ》めている。時計塔、召喚科学部長ロッコ・ベルフェバンの私室である。

部屋の壁に設置された陳列棚には、猿と象を合体させたような獣の頭蓋骨があり、その隣には明らかに千年以上前の巻物《スクロール》が厳重に保管されるでもなく、無造作に置かれている。その上にあるやたらと重たげなガラス瓶には、頭が九つに分かれた小さな蛇がホルマリン漬けにされていた。

「相変わらず何でも有りだな、ここは」

ホルマリン漬けの蛇は自分の鑑定眼が確かならば、恐らくこの世界に二つとない代物だ。そんなことを考えつつ、獅子劫は応接用のソファーに体を沈ませた。

「何。珍しいだけで、在ると分かっている代物だよ。貴重ではあるがな」

「ヒュドラの幼体、そのホルマリン漬けなんて、貴重とかそういうレベルなのか？」

「あれは偽物だよ」

くつくつと、馬鹿にしたようにベルフェバンが含み笑う。獅子劫はそれを一瞥しただけで、特に口論を仕掛ける素振りも見せず、無言で薬湯を啜《すす》った。噎《む》せ返るほどに辛《から》いが、疲労回復効果があるので甘んじて受け入れる。

「さて、呼び出したのは他でもない。お主、『冬木の』聖杯戦争を知っているか」

獅子劫はわずかに顔をしかめた。

「そりゃまあ、知っているが」

聖杯戦争とは万能の願いを叶えると言われる聖杯を巡る戦いのことだが、『冬木の』という枕詞《まくらことば》がついた場合、魔術師の間では英霊をサーヴァントとして召喚し、最後の一騎になるまで殺し合う極めて特殊な戦争を指す。

東方の小国として協会の監視が緩かったせいだろう、この聖杯戦争は三度繰り返されるまでは目をつけられることはなかった。極東の片田舎に万能の願望機が顕現するなど、冗談にも程があるというものだ——魔術協会の認識は、その程度でしかなかった。

だがしかし、三度目の聖杯戦争が全てを歪ませた。第二次世界大戦直前というせいもあったのだろうか、国家が介入するという異常事態を機に、冬木における聖杯戦争は終焉を迎えた。同時にこの聖杯戦争のシステムそのものが世界中の魔術師たちに情報として拡散した。

それほどまでに、アインツベルン、遠坂、マキリの御三家が構築した聖杯戦争のシステムは儀式として優れていたのだ。

歴史に『もしも』があったとするならば。つまり、第三次聖杯戦争がここまで拡大しなければ、聖杯戦争は未だ冬木市のみの独自儀式だったろう。恐らくは今より十年ほど前に、第四次聖杯戦争が執り行われたはずである。だが大聖杯を失った冬木では、最早聖杯戦争は起こらない。

現在、亜種の聖杯戦争は世界各地で繰り広げられている。もっとも、そのほとんどは小規模で、召喚する英霊も多くて五体、儀式を成立させたとしても万能の願望を叶えるまでには至ってはいない。

「では、冬木の聖杯戦争。その真の目的は知っているかね？」

「……そっちは知らねぇ」

ベルフェバンがニタリと、厭《いや》らしい笑みを向けた。獅子劫は顔をしかめ、続きを促す。

「──『根源の渦』に至る、孔《あな》を穿つためだ」

「何だと？」

獅子劫は予想外の答えに唖然とした。ベルフェバンが言うには、あの儀式で真に必要なのはマスターではなく、サーヴァント。即ち、英霊の魂だという。

小聖杯でその魂が座へ還《かえ》ることを一時的に防ぎ、七騎の英霊が持つ強大な魂によって根源の道を開く。それこそが『冬木の』聖杯戦争の真の目的であった。

「つまり、あちこちでやってる亜種の聖杯戦争はありゃアレか。違うのか」

うむ、とベルフェバンが頷いた。

「根本の部分でズレておる。表向きの目的である『全ての願いを叶える』部分のみを模倣《コピー》した紛い物ということだな」

遍《あまね》く全ての願いを叶える、それは単なる誘蛾灯に過ぎない。サーヴァント同士の殺し合いですら、実のところまるで意味がない。ただ、形式としてあまりに優れているためにこの部分は秘匿された。もっとも、真の目的を知る御三家ですら公平に参加しなければならなかったのは皮肉だが。

獅子劫は確かに驚いた。驚いたが——一体、それが何だというのだろう。なるほど『冬木の』聖杯戦争の真意はそれだったのかもしれない。だが、真の聖杯戦争を知る者はもういない。大聖杯を奪われた御三家は四度目の聖杯戦争は執り行っていないのだ。

獅子劫は間違いなく一流の魔術師ではあるが、『冬木の』聖杯戦争を再現することは不可能だ。この魔術協会本部である時計塔の講師といえども、果たしてあのシステムを完全に模倣できる者が何人いることか。

つまり、貴重な知識ではあるが情報としては何の価値もない。

「……それで、爺さん。俺に何をしろってんだ？」

まあまあ、とベルフェバンは急《せ》かす獅子劫を制止する。

「話はここからだ。『冬木の』聖杯戦争における最重要基盤である大聖杯、それが第三次聖杯戦争後に消息を絶ったのは知っているな？……三ヶ月前、それが遂に発見された。発見された、というよりは隠されていたのが分かったと言うべきだが」

「……場所は？」

「ルーマニア、トランシルヴァニア地方の外れにある都市トゥリファス。その都市最古の建築物であるミレニア城塞に設置されているらしい」

「それを確保してくれ、か？」

「ふむ。まあ、依頼の目的は確かに似たようなものだが——。その前に、一つ厄介事があってな。その情報を我々にもたらしたのは、ユグドミレニア一族の長ダーニックだ」

「……〝八枚舌〟のダーニック？」

「そう。その八枚舌のダーニックだ」

ダーニック・プレストーン・ユグドミレニア――既に百年近く生きているらしい、ユグドミレニア一族の長だ。時計塔では最高峰の階位である〝冠位《グランド》〟に上り詰めており、二級講師として元素転換を教えていたが、教え子たちからの評価は低かった。だが、彼の真価はむしろ講師よりも『政治』の方で発揮されていた。

時計塔での派閥抗争、権力闘争、予算獲得闘争は常のことであったが、彼は政治屋としての抜群の手腕を発揮し、裏切り寝返りは当たり前、信じる者はもちろん、信じていない者すら操作して騙し通す――まさに一流の詐欺師だった。

「で、ダーニックが問題なのか？」

彼のことだ、その聖杯に関する何かしらの取引に介入しているのかもしれない。が、ベルフェバンは首を横に振り、この老人にしては極めて珍しい表情を浮かべた――不快そうに顔を歪ませ、怒りを露わにしたのである。

「ダーニックが問題なのではない。ユグドミレニア一族が問題なのだ」

「どういうことだ？」

「……ミレニア城塞の主はユグドミレニア一族。そして、彼らは時計塔から離反した」

その情報は、ある意味で先ほどの『冬木の』聖杯戦争における真の目的よりも余程衝撃的だったかもしれない。おおよそ考えられる限り、有り得ない言葉だったからだ。

魔術協会は大まかに三つの部門に分かれている。一つはアトラス院、エジプトのアトラス山脈に紀元前より存在し、錬金術を中心とする組織だ。一つは彷徨海《ほうこうかい》、北欧の海上付近を『彷徨』する魔術協会における原型とでもいうべき組織だ。そして、最後の一つが時計塔。魔術協会の中枢にして、最大最新の研究機関である。

魔術師の中には、異端故に——あるいは、封印指定せねばならぬほどに強力であるが故に、協会から離反する者もわずかながらに存在する。離反行為そのものは、別段珍しいことではない。だが、それが一族全てとなると話は別だ。

「一族挙げての離反だって？　どういうことなんだ、それ」

「お主も知っているだろう。ユグドミレニア一族は貴族《ロード》ではない」

魔術師の素養は、どれだけ永い時間を魔術と共にあったか——即ち、歴史の長さで左右される。古くから魔術を学ぶ貴族ならば、最長で二千年を超えるとも言われている。

大貴族が三家、その親族にあたる一族が二十家。そして、ユグドミレニア一族はそのどちらにも属しておらず、繋がりもない。決して歴史が浅い訳ではないにもかかわらずだ。そうなったのは過去権力闘争に敗北したとも、貴族三家と不和の関係にあるとも、魔術回路の質が悪く敬遠されているとも噂されているが、理由は定かではない。

ともあれ、彼らは常に魔術の名門からは弾《はじ》かれてきた。だがユグドミレニア一族とて、指をくわえて傍観していた訳ではない。

彼らは通常のやり方……代を重ね、魔術師としての血を濃くし、初代が選んだ魔術系統を極めるというやり方を捨てた。その代わりに、浅く、そして広く一族に連なる魔術師たちを掻き集めたのである。

対象となったのは、単純に歴史が浅く、魔術回路が貧弱な一族。あるいは衰退が始まり、代を重ねるごとに魔術回路が貧弱になりつつある一族。あるいは権力闘争に敗北し、零落するしかない一族。あるいは魔術協会からペナルティを受けた、賞金をその首に懸けられた魔術師といった類。つまり、魔術協会の中心からはぐれても尚、根源への到達を諦めきれない者たちだ。

ユグドミレニアは彼らに囁いた。血を遺《のこ》したくはないか？ 研究成果を己のものだと声高らかに謳い上げたくはないか？ 一族の名を歴史に刻みたくはないか？

ユグドミレニアのミドルネームは、全てが過去そうやって吸収された一族の名である。彼らは魔術刻印すら、統一していない。かつての一族の刻印を、そのまま継承し続けている。

彼らが学ぶ魔術系統も幅広い。西洋型錬金術、黒魔術、ウィッチクラフト、占星術、カバラ、ルーン、果ては日本の陰陽道に至るまで、一族の誰かがそれを学んでいる。

とはいえ、所詮は衰退した一族や歴史の浅い一族を掻き集めた連合のようなものである。

貴族たちが笑って見逃すほどに、彼らの魔術はたかが知れたものだった。

平均として二流、稀《まれ》に一流が出ることもあるが多くはそこ止まり。数が多くとも脅威には当たらない。無論、見逃されていたのはダーニックの政治手腕によるところも大きいが、彼らはあくまで、数が多いだけが取り柄の一族――そのはずだった。

「そのことに鬱屈していたのかは我々の与《あずか》り知らぬことだが、ある日彼らは魔術協会からの離反を申し出た。今後は、自分たち一族が中心となって新たな協会を結成する、と」

呆れたわい、とベルフェバンは嘆息した。獅子劫もそれには同意する。魔術協会からの離反を明確に発言するというのは、要するに宣戦布告に等しい。手袋を投げつけ、顔に唾を吐き捨てたようなものだ。

確かにこの時計塔にいる限り、ユグドミレニア一族が貴族に加われる可能性はほぼ皆無だ。百年経とうが千年経とうが、余程の政変でもない限り格下扱いは免れまい。

しかし、それと離反は話が別だ。何か余程のものがない限り、少なくとも一族挙げての離反など不可能だ。

……逆に言うと余程のもの、、、、があれば、離反するきっかけとしては充分かもしれない。そう、例えば――万能の願望機、根源に至る道筋を指し示してくれる大聖杯、とか。

獅子劫の表情に、ベルフェバンは結論に達したことに気付いたのか満足げに頷いた。

「そう。彼らは冬木の大聖杯を協会の象徴《シンボル》とするらしい。生き残った魔術師が、その伝言《メッセージ》を届けてくれた」

「……生き残った魔術師？」

ベルフェバンは頭を掻いて羊皮紙を取り出し、軽く指で叩《たた》いた。発動した魔術は過去の映像を再現するもの。獅子劫は写真やビデオで構わないだろうにと思うが、ベルフェバンほどの老人になるとビデオカメラのような技術すらも許せないらしい。

現れた映像は、獅子劫にとってはそこそこ見慣れたものだった。明らかに拷問の形跡が残っている人間、椅子に座った彼は虚ろな表情のまま宙を見て何かぶつぶつと呟いている。

「メッセージを届けてくれた魔術師だ。これは発見当時の状態で、今は治療が成功して深い眠りに就いている。脳の洗浄が済むまで半年は掛かるじゃろうな」

「コイツ、何て言ってるんだ？」

「『我々ユグドミレニアは魔術協会の下賤な政治闘争から抜け出し、ここルーマニアで真の魔導の道を探究する新たな協会を組織する。我らは第七百二十六号聖杯を保有している。七騎の英霊でもってこの大聖杯が起動したとき、我らは栄光への道を一歩踏み締めることになるだろう』……ということを、延々とな」

第七百二十六号——それが、冬木で観測された聖杯だという。その大聖杯を起動させれば、少なく見積もっても数百年間は消費しきれぬほどの膨大な魔力資源《マナ》が使い放題だ。もしかすると、根源に到達することも可能かもしれない。

「……一つ聞いていいか？　生き残った魔術師、と言ったな。ということは死んだ魔術師もいる訳だ」

「当然だな」

「何人死んだ？」

その問い掛けに、ベルフェバンは少し躊躇したものの正直な数を告げた。

「四十九人。五十人の『狩猟』に特化した魔術師で襲撃を仕掛けて、生きて帰還したのはたった一人だ」

「――――」

嘆息は、果たしてどちらのものだったか。

狩猟に特化した、ということは即ち獅子劫の同業者ということである。無論、フリーではなく協会に属する者たちだろうが、それにしても五十人とは多すぎだ。それは即ち、当初の予定はまさしく殲滅にあったということが窺《うかが》い知れる。

さもあらん、これほど大規模な離反劇だ。笑って済ませば、協会の名誉に傷がつく――何より、二千年という永い時間を踏みにじった恥辱は、彼らへの苛酷な罰がなければとてもではないが引き合うまい。罰しに行ったというのであれば、五十人は適切な数だろう。

だが、それでも足りなかったというのか。

「足りなかったどころではない。次元が違ったわ。奴等、事もあろうにサーヴァントで迎撃しおった」

　ベルフェバンの言葉は、五十人を殲滅できた理由としては実にもっともだった。

「……なるほど、そりゃ無理だ」

　五十人が百人になったところで、それでは同じことだったろう。仮にも英霊と呼ばれるまでに至った存在である。現代の魔術師など、彼らにとっては童子《わらし》に等しい。

「差し向けた使い魔が全てを見ていた。そのサーヴァントは魔術師の前に突然出現し、笑いながら腕を一振りして――それで、終わりだ。次の瞬間、一人を除いて全員が長い杭に突き刺されて殺されていた」

「『ルーマニア』で『杭』ねぇ……」

　ともあれ、サーヴァントは既に召喚されているらしい。ならば、逆に好都合ではないのだろうか。

「それで爺さん。ユグドミレニアがサーヴァントを召喚した、というのならば自分たちもマスターとして参戦すればいいんじゃないのか？」

　大聖杯が起動した、というならば他の魔術師たちもマスターの資格があるはずだ。魔術師を派遣し、サーヴァントを召喚すれば対抗できる。

「遅い。既にあやつらは七人のマスターを揃えた。召喚はまだかもしれないが、派遣した魔術師に令呪が点《とも》る可能性は零《ゼロ》だ」

「……あいつら、身内同士で殺し合いするつもりか？」

「かもしれないな。あるいは一族の誰かを頭首とし、他のサーヴァントは直ちに自害させるのかもしれぬ。いずれにせよ、このままでは我々が手出しできないことに変わりはない」

「一応言っておくが。サーヴァントと戦え、ってならお断りだ」

まさか、と思いつつも念のために獅子劫はそう宣言した。戦略を練り上げ、戦術を組み立て、幸運と奇跡をことごとく掴んだとしても、サーヴァント一騎を倒すというだけで分の悪いギャンブルだ。ましてそれが七騎となれば、奇跡に等しい。それこそ──聖杯にサーヴァントを殺してくれ、とでも頼まなければ。

ベルフェバンはにんまりと、厭らしい笑みを向けた。

「そうは言わん。ワシの依頼はな、お主にサーヴァントを召喚して戦って欲しいということだ」

「……はあ？」

異な事を言う、と獅子劫は思った。『冬木の』聖杯戦争のシステムを使うならば、サーヴァントは最大で七騎、そしてマスターが七人のはずだ。

「そこが今回の聖杯戦争の興味深いところでな。召喚可能なサーヴァントは、何と倍の十四騎だ」

「最後に生き残った魔術師、彼はミレニア城塞の地下に眠る大聖杯を発見した。そして、予備システムの開放に成功したのさ」

「何……？」

「予備システム……」

「大聖杯は状況に応じて、令呪の再配付など聖杯戦争に関する補助を行う。可能性としてはほぼ零に等しいが、七騎のサーヴァントが一勢力に統一されたときは対抗策の為に予備システムが起動するよう仕掛けられている」

「……七騎のサーヴァントと対抗するに、もう七騎のサーヴァントが召喚可能になる、ということか」

計十四騎。その数の意味するところは、獅子劫にも理解できる。

「その通り。元よりトゥリファスと言えば、ルーマニア屈指の霊脈を持つ土地。恐らく、冬木を上回る速度で魔力を貯蔵し続けたのだろう。十四騎のサーヴァントが召喚されてもなお、涸れ果てぬ魔力を持つほどには」

それは冬木においては、まさに緊急の措置だろう。下手をすれば、霊脈そのものが涸れ果てる可能性もあったのだ。

「つまり。ユグドミレニアは七人のマスターとサーヴァントを揃えた。そして――」

「そう。我々も七人のマスターとサーヴァントを揃えるのだ。そしてユグドミレニアと戦い、勝利する」

「こちらが勝った場合、大聖杯はどうなる？」

「無論、勝利した後に我々が確保する。根源に容易《たやす》く辿り着けるものを目の前にして、生き残った魔術師が冷静でいられるかどうかは分からんがね」

……なるほど。つまり「ユグドミレニアを殲滅した後は何が起きようが自己責任」という訳か。願いを叶えるもよし、願いを阻むもよし、あるいは——全てを破壊するもよし。無論、眼前の狸爺がそれに手を打っていないはずはない。戦争が終了した瞬間、直ちに回収部隊を動かす仕掛けくらいはあるだろう。

しかし、しかしだ。それを上手く出し抜けば——己の願いが成就する機会が必ず有る。獅子劫は背筋に高揚の震えが疾走《はし》った。その高揚をしっかりと観察していたのか、老人は我が意を得たりとばかりに頷いた。

「依頼を受けるか？」

だが、即答するのは避けた。さすがに、二つ返事で引き受けるというと足下を見られる。

「幾つか質問がある。受けるかどうかはその後で」

「構わんよ」

「一つ。こちら側のマスターについて」

「ああ、残りの六人は既に決まって現地に派遣済みだ。『銀蜥蜴《シルバーリザード》』ロットウェル・ベルジンスキー、『疾風車輪』ジーン・ラム、『結合した双子《ガムブラザーズ》』ペンテル兄弟、それから時計塔《こここ》の一級講師であるフィーンド・ヴォル・センベルン。我々が派遣したのはこの五人だ」

獅子劫もその人選には納得した。いずれもこの世界では名の通った魔術師、情け容赦なく敵を排除する戦闘に特化した怪物たちだ。センベルン以外とは、一緒に仕事をこなした経験もある。共闘する分には、何の問題もなさそうだ。

「残る一人は、聖堂教会から派遣されてきた監督官兼マスターだ」

「……監督官とマスターを兼ねているのか？」

「然様《さよう》」

聖杯戦争は、その名称故に一つの勢力を必然的に引きつけることになる。魔術協会に対抗し得る唯一無二の勢力——即ち、『聖堂教会』である。聖杯が偽物であることがほぼ間違いないとしても、その名を冠された宝具を争う魔術師たちを黙って見過ごす訳にもいかない。そこで、冬木の第三次聖杯戦争では聖堂教会の介入が行われたという。一説によれば、介入を行わせたのは他ならぬ冬木の御三家でもあったらしいのだが——真相は藪の中だ。

「……しかし、今回の戦争に監督官なんて必要なのか？」

冬木における聖杯戦争は、御三家及び外部からのマスターの公平な審判が必要だった。それ故に、どこにも与《くみ》せぬ聖堂教会が選ばれたのは道理である。

だが、今回は違う。魔術協会とそれに対抗する勢力との争いであり、魔術師同士の争いを中立に審判する監督官など全くの不要だ。強《し》いて言うならば、隠蔽工作くらいのものだが、それなら魔術協会とてその手の人材には事欠かない。

「何。下手に教会を排除して、ユグドミレニアに肩入れされても困る。ここは一つ、我々が正統な魔術組織であることを喧伝《けんでん》しておかなくてはな」

ベルフェバンが告げた事情もあって、今回聖堂教会は一応の同盟勢力である魔術協会に与することにしたようだ。まあ、聖堂教会側からすると、魔術協会への牽制に過ぎないのだろう。

「二つ目だ。サーヴァントを召喚するには触媒となる聖遺物が必要のはずだが、それは準備してあるのか?」

ベルフェバンは頷いた。厳密に言うと、決して触媒が必要という訳ではない。触媒なしの召喚の場合は強さに関係なく、術者の精神性に類似している英霊が選択される。だが、多くのマスターはそれを避けるために、聖遺物を触媒として目的のサーヴァントを召喚しようとする。

無論、触媒があったとしても目当てのサーヴァントを引き当てるとは限らない。例えば、ギリシャの英雄たちを乗せたアルゴー船の残骸を触媒として召喚したとしよう。古今無双の大英雄ヘラクレスが召喚されるか、船のキャプテンたるイアソンが召喚されるか、裏切りの魔女メディアが召喚されるか、あるいは医術の神と謳われたアスクレピオスが召喚されるのか、召喚するまでは不明なのだ。だが、絞り込むことはできる。そしてそれが、この世にたった一人の英霊としか関係がない触媒――例えば、この世で最初に脱皮した蛇の皮、とある王が身につけていたマントの切れ端ならば、召喚する英霊は相性など関係なく、ほぼ一体に絞ることができよう。

触媒なしの召喚にもメリットがない訳ではない。召喚者と精神性が似通っているため、サーヴァントとの信頼関係を短期間で築きやすいという点だ。『冬木の』聖杯戦争において、マスターとサーヴァントとの相性が悪いのは致命的な爆弾を抱えるようなものだ。最後の最後で互いを信じ切れず、悲劇を招くこともある。だが、これもまた一歩間違えれば、自分と似ているが故の嫌悪や不信感が表れないとは限らない。

相性の良さは決して見逃していい事項ではないが、触媒なしで一か八かのギャンブルを仕掛けるのはデメリットが大きすぎる。

いずれにせよ、触媒があるならば問題ない。さすがに魔術協会ともなれば、大抵の英霊に縁のある聖遺物を準備できるだろう。

立ち上がったベルフェバンは机の引き出しからその黒檀《こくたん》のケースを取り出すと、慎重に開いた。……加工された跡のある木片だ。特筆すべきものはないのだが――。獅子劫は口を開いたとき、声が奇妙に上擦るのを感じた。その木片には、何かの熱気があった。

「これは？」

「円卓だ。かつて一騎当千の騎士たちが、この円卓で語り合った。故国であるブリテンを守るため、剣ではなく言葉で戦っていたのだ」

「ブリテンの円卓……まさか、アーサー王の⁉」

獅子劫は思わず触媒を手に取りそうになって、すんでのところで自分を戒めた。円卓の騎士《ナイツ・オブ・ザ・ラウンド》……言わずとしれた、アーサー王の配下である騎士たちである。主君と配下の区別をつけないため、アーサー王が考案したという平等の円卓。

その円卓に座る騎士は、いずれも伝説に謳われた英雄たちだ。アーサー王自身はもちろんのこと、ランスロット、ガラハド、ガウェイン、トリスタン、パーシヴァル……いずれにせよ、召喚するサーヴァントとしては誰もが文句なしの知名度と強さを誇る。

「……ただ、円卓だとどの騎士が召喚されるのか分からん。恐らく、お主の精神性に即した英霊になることは間違いないだろうが」

「問題ないね。円卓の騎士であれば、誰が召喚されようがサーヴァントとしちゃ合格点だ」

「ふむ。ということは、依頼を引き受けると考えていいのかな？」

獅子劫はしばしの思考を自身に許した。サーヴァント召喚のお膳立ては整えられている。ユグドミレニアはルーマニアという土地柄を活かし、恐らくはあの国において最強のサーヴァントを引き当てている。だが、圧倒的に不利か、と問われれば否だ。

七対七、数の上では公平《フェア》だ。何より獅子劫には、万能の願望機に縋《すが》らなければ叶わぬ願いがある。そのことを、ベルフェバンも知っている。

──決まりだな。

獅子劫は頷き、煙草に火をつけた。紫煙を胸一杯に吸い込み、その毒が肺に充満する感覚をしばし愉しむ。ベルフェバンが、不愉快そうな表情を浮かべている──彼は煙草を嫌悪しているのだ。

「ならば、これでマスターは七人揃った。ユグドミレニア一族のマスターは七人、魔術協会《われわれ》が派遣するマスターも七人。つまり、十四騎のサーヴァントがこの世に現界するということになる。恐らく、前代未聞の規模であろうな。戦争というよりは、ここまでに至れば『大戦』と呼ぶに相応しい」

「聖杯大戦、か──」

七騎対七騎。これまでは七騎が互いに相争って勝ち残る戦いだったが、今回はまさに英霊たちの全面戦争だ。……舞台となる都市トゥリファスが、戦後どうなっているか想像もしたくない。

「前払いでギャラを半分くれ。頷いてくれれば、契約といこう」

獅子劫の言葉に、ベルフェバンが顔をしかめた。

「成功報酬で充分だろう？」

「生還率が低いお仕事だ。取れるものは今の内に取っておきたくてね」

「ほう、何か欲しいものでもあるのかな？」

獅子劫はソファーから立ち上がり、迷うことなく陳列棚にあった子ヒュドラのホルマリン漬けを手に取った。

「これくれ」

「……偽物だが、いいのかね？」

その言葉に、獅子劫は応よと迷うことなく首肯した。たちまち、ベルフェバンは表情を渋いものへと変える。それはそうだろう、このホルマリン漬けは正真正銘の真物である。恐らく獅子劫家の全財産を処分したところで、販売価格の三割にも届くまい。

「じゃ、これは貰っておく」

嬉々とした表情で獅子劫は抱え込み、触媒の入ったケースを手に取った。

「では、ルーマニアに飛ぶがいい。監督官と他のマスターたちにはワシから連絡を入れておく。入国次第、向こうからコンタクトを取ってくるだろう」

「ああ、そうだ。爺さん、監督官の名前は？」

去り際に、ふと獅子劫はベルフェバンに尋ねた。こんな戦争に関係するとすれば、第八秘蹟会あたりからの出向という可能性が大きい。もしかすると、名の通った人間かもしれない。

「ワシも直接会った訳ではないが、確かそう……………シロウとかいう神父だった」

残念ながら、聞き覚えのない名前だった。


獅子劫界離は、直ちにロンドンからルーマニアへと飛び立った。依頼された時点で何かの狩猟《ハンティング》の可能性を考えて戦闘準備を完全に整えていたため、自宅に戻るというタイムロスをせずに済んだのは僥倖《ぎょうこう》だった。

飛行機の中で、ベルフェバンから渡された聖杯戦争に関する文献を徹底的に読み込んだ。サーヴァントに付与される、七つの基本クラスそれぞれの特性。あるいはサーヴァントを従わせ、自害させることすら可能な命令執行権、令呪について。客観的な記録が唯一残っている、第三次聖杯戦争の顛末――。

ちょうどそれらを読破したとき、飛行機がルーマニアに到着した。現在、ルーマニアでは魔術師の渡航規制が敷《し》かれている。万が一にでも、弱い三流魔術師に令呪が発現することのないようにだ。

飛行機から降り立つなり、手の甲に痺れるような痛みが走った。見れば、刺青《いれずみ》のような紋様が手の甲に刻まれている。聖杯が獅子劫をマスターと認め、令呪を顕現させたのだ。

ある程度予想していたとはいえ、少し安堵する。これでいつまで経っても令呪が出てこなければ、何ともみじめな気分で自宅に帰るだけだった。

獅子劫はルーマニアの首都であるブカレストから、直ちにトゥリファスに向かおうとはしなかった。その前に、サーヴァントを召喚するべきと判断したのだ。トゥリファスはユグドミレニアの領地。そこにサーヴァント無しで魔術師が潜入するなど自殺行為以外の何物でもない。

幸いにしてブカレストは六百年近い歴史を持つ都市であり、霊格の高い霊脈も幾つか存在する。午後に到着してすぐにその場所を見て回り、自身と相性の良い霊脈に候補を絞った。本命はスタヴロポレオス教会が管理する墓地の一角、死霊魔術師《ネクロマンサー》である獅子劫にとって、やはり死体が埋まった場所というのが、相性として最適らしい。

「サーヴァントにとっちゃ、墓の傍から蘇るのはいい気がしないだろうが……」

陽が沈み、街に夜の帳《とばり》が下りてから、獅子劫は早速行動を開始した。まず、墓地に人払い用の結界を張り巡らせる。召喚するまで保ってくれればいいだけなので、術式はそれほど複雑に編んではいない。

それから、魔術師の骨粉と血液で練り上げたチョークで魔法陣を描いていく。消去の中に退去、退去の陣を四つ刻んで召喚の陣で囲む、それから陣の中央には水晶玉を置いた。一発勝負ではあったが、その出来映えに獅子劫は満足げに頷いた。

これであと必要なものは捧げるべき触媒と、呪文の詠唱だ。一見して英霊を降霊させるにはあまりに簡易であるが、マスターは聖杯とサーヴァントを繋げるだけの鎹《かすがい》に過ぎないので、問題はない。

獅子劫が予測していた以上に早く魔法陣が仕上がったせいで、自身の魔力がピークとなる時間まで少し間が空いてしまった。

手持ちぶさたのせいだろう、彼はほとんど無意識に煙草に火を点していた。台湾製の煙草だが、恐ろしく稀少品だ。あの魔術師から一箱譲って貰えたのは、奇跡に等しい。ただし味は酷《ひど》い。稀少な癖に味が酷いので、吸うたびに世界への無常感を抱いてしまう。

じっくりと名残惜しむように吸いながら、獅子劫は今なら引き返すことができる、と考える。聖杯戦争は世界最小にして最大の戦争、勝者となるはただ一組。……今回はかなり事情が異なるが、いずれにせよ立ちはだかるは一切の『魔術』が通用しない英霊《バケモノ》たち。

漠然と己が願いについて考えた。自身が願うのは、それほど大それたものではない。万能の願望機たる聖杯ならば、容易く叶えることができるだろう。獅子劫界離にとって、その望みは大して切実という訳ではない。むしろ、望みを絶たれたがために——それを受け入れて生きようと、そう信じて今までやってきたはずだった。時計塔を離れ、フリーランスの賞金稼ぎを選んだのもその為だ。なのに、今になってとうに捨てたはずの希望がすぐ目の前、手が届く場所にあった。

「……摑めるものかね」

分からない。この聖杯大戦が、どうなるのか。死ぬかもしれない。いや、その可能性は極めて高い。だが……。

──莫迦な。引き返すというなら、最初に断っている。

分かっている。最早逃げ場はない、渡ってきた橋は自らの手で焼いたのだ。振り返ることはできても、戻ることはできない。それでいいのだと、獅子劫は思う。

彼は魔法陣の前に立った。

時刻は間もなく午前二時。日本でいうなら、草木も眠る丑三つ時。死を司る獅子劫界離にとって、これほど波長の合う時間帯は存在しない。

「始めるか」

声には微かな緊張の色、良好な精神状態を維持していると自己分析する。最後に、自分が所属する色を再確認した。ベルフェバンによれば、ユグドミレニア一族のサーヴァントは〝黒〟、時計塔が派遣した魔術師たちのサーヴァントは〝赤〟を自陣の色として定めたらしい。

「素に銀と鉄。礎に石と契約の大公。手向ける色は〝赤〟。

降り立つ風には壁を。四方の門は閉じ、王冠より出で、王国に至る三叉路《さんさろ》は循環せよ」

詠唱が開始すると同時、内臓を他者の手で弄《もてあそ》ばれるような鈍痛と不快感があった。魔術回路が活性化して大気の魔力を変換していき、魔術刻印が励起してそれを補助《バックアップ》する。

全身がヒトでありながらヒトでないものへと切り替わる。世界の奇跡を担うための装置、機械部品、あるいは歯車。そういうものに成っていると自覚しながら、獅子劫は更に体内を循環する魔力を加速させるため、アクセルを踏み込んでいく。

召喚陣が赤光を帯びる。遂に始まった奇跡の具現も、今の獅子劫には注意を払うべきものではない。

「閉じよ《みたせ》。閉じよ《みたせ》。閉じよ《みたせ》。閉じよ《みたせ》。閉じよ《みたせ》。繰り返すつどに五度。ただ、満たされる刻を破却する」

§§§

ルーマニア　トゥリファス

トランシルヴァニア地方、トゥリファス。あの『串刺し公《カズィクル・ベイ》』の生誕地でもあるシギショアラの北方に位置する小さな都市だ。中世において、トルコ兵の侵入を防ぐために造られた城壁は今もなお完璧な形を残しており、城と都市の一部をぐるりと覆っている。

都市の建物の多くは中世に建築されたものに補修や改築を重ねており、貴重さではシギショアラに勝るとも劣らない。人口は約二万、細々とした農業と繊維業でどうにか成り立っている。

そして街の象徴ともいえるのが、小高い丘の上に聳《そび》え立つ巨大な城――ミレニア城塞である。この城は中世から現在に至るまで一貫して所有者が交代したことはない。オスマントルコの侵攻、黒死病《ペスト》の大流行、近代の戦争における爆撃など、様々な苦難がトゥリファスに降り注いだが、今もなお城塞とその所有者である一族は健在である。

一族の名はユグドミレニア。かつて、北欧からこのルーマニアにやってきた魔術師たちだ。そして今、城内はかつて無かったほどに盛況だった。

ユグドミレニア一族だけではない。どこからやってきたのか、美しい顔立ちをした召使いたちがこまごまと働き、時代遅れも甚だしい戦斧《ハルバード》を手にして城内を巡回している。更に歩き出す石床、目を光らせる石像……。

見る者が見れば、何事かと驚くだろうが――この怪奇なる城塞に踏み込むような無謀な人間は、トゥリファスの素朴な住民には存在しない。城に灯りがついている間は、深夜の外出すら戒めている。

そして数ヶ月前から久しく途絶えていた城の灯りが点り始めると、住民たちは目線を交わして陰鬱な表情を浮かべた。あの城の支配者が、血塗れの暴君たちが戻ってきたのだ！

街の平和を祈りつつ、住民たちは日常を過ごしていた――。

深夜二時、都市トゥリファスは既に深い眠りに就いていた。都市を睥睨《へいげい》するミレニア城塞、その一室に窓から外を覗き込む男の姿がある。静まり返る街を眺める男の目は、密やかな決意に燃えていた。

男の名はダーニック・プレストーン・ユグドミレニア。ユグドミレニア一族の長であり、第三次聖杯戦争において、ナチスドイツ側の魔術師として参戦。大聖杯のドイツ移送を指示した男である。

だが、戦争は既に六十年以上も前の出来事だ。にもかかわらず、男の顔には皺一つとてなく、外見から察せられる年齢は二十代後半といったところだろう。どうやら第三次聖杯戦争以来、彼の時間は停止してしまったらしい。

「そう、何もかも全てはこの日の為だった」

ダーニックの言葉には、まさに万感の想いが詰まっていた。何しろ第三次聖杯戦争終結後から六十年以上もの間、誰にも怪しまれないよう慎重に準備を整えてきたのだ。

唯一の誤算は、『冬木の』聖杯戦争の情報が拡散したせいで、触媒となる聖遺物があちこちで行方知れずになってしまったことだろう。古《いにしえ》の英雄王、最強の聖剣を持つ騎士王、世界の半分を支配した征服王などの触媒は、いずれも散逸して行方知れずだ。とは言え、一族に命じて数十年にわたり掻き集められた聖遺物は優秀な英霊を召喚するに足るものだ。魔術協会が独自に収集した聖遺物と比較しても決して遜色はない。

そして今宵行うのは四騎の英霊同時召喚、これで六騎。とある事情によって東京は新宿で召喚されたはずのアサシンを含めれば七騎が揃う。

つまり、あと数時間でユグドミレニアによる、魔術協会への叛逆の狼煙が上がるのだ。一つを除いて何もかもが予想通りに事は運んだ。離反を表明した我が一族を殲滅せんと時計塔が動くことも――全く問題なく予測範囲内。

五十人の魔術師がトゥリファスに潜入したことも、街外れの森林で待機して、一晩で勝負をつける手筈を整えていたことも、予測範囲内。熟練のハンターである魔術師五十人が、ダーニックによって召喚されたサーヴァント、ランサーによってわずか三十秒で全滅させられたのは彼の予測を上回っていた、素晴らしい。

唯一予測できなかった綻びは、生き残った魔術師の手で予備システムを起動させられたことである。だが、それもある意味では覚悟の上だ。七騎のサーヴァント全てを従えたとなっては、必ずや魔術協会の妨害があることは理解していた。七騎対七騎、少なくとも数の上では互角なのだ。

無論、魔術協会のことだ。相当にランクの高い英霊を召喚するに違いない。だが、ここルーマニアにおいてランサーのサーヴァントに勝る知名度を持つ英霊は存在しない。召喚したのは二ヶ月前、それからはランサーの持つ固有スキルを活かし、トゥリファス及びその近辺を領王《ロード》が支配する土地に変貌させていた。

この領土内に居る限り、ランサーは全ステータスがランクアップし、宝具の使用が可能になる。唯一の難点は、性格的にやや扱いづらいサーヴァントだということだが、目的が一致している以上、ひとまず問題はあるまいとダーニックは楽観視していた。

相手方の魔術師も、誰が派遣されたかは掴んでいる。聖堂教会からの監督官を除けば、六人共に己の統べる術を戦闘に特化させた魔術師。だが、彼らはサーヴァントへの魔力供給という致命的なハンデを負っている。そのハンデを解消する術を編み出した自分たちの勝利はやはり揺るがない。

車輪の軋む音に、ダーニックは振り返った。

「——おじ様、もうそろそろ時間ですよ」

柔らかく透き通るような声。車椅子に乗った少女が微笑んでいた。ダーニックも少女の可憐な笑みに釣られるように微笑みを浮かべた。

「調子はどうかな、フィオレ」

「悪くはありません。弟の方はちょっと浮ついていますけれど」

フィオレ・フォルヴェッジ・ユグドミレニア。ユグドミレニア一族随一の能力を持つ魔術師であり、ダーニックの後継者——即ち、ユグドミレニア一族の次の長になる者と目されている。

一般に〝天才〟と呼ばれる者には二つの種類がある。一つは広範囲にわたって煌めくような才能を持つ者、そして今一つはある特定の分野において、恐ろしいほどに深い才能を秘めた者。

フィオレは後者である。彼女はほとんどの魔術が不得手であるが、降霊術《ユリフィス》と人体工学に関しては時計塔の一級講師に勝るとも劣らない腕前を持つ。特に独自のアレンジを加えて創り出した数々の接続強化型魔術礼装《ブロンズリンク・マニピュレーター》は、三流の魔術師でも一流を仕留めるに足る威力を誇っていた。

血を重ねること数代、ユグドミレニア一族の中で彼女以上の才を持つ魔術師は恐らく当分現れまい。

「まさか姉弟で令呪が顕《あらわ》れるとはな。これが本来の形式《システム》に則った聖杯戦争であれば、悲劇の幕開けだったろう」

「……そうですね、そうなったでしょう」

師弟や実の兄弟でも利害が衝突したなら殺し合うが、魔術師の常識だ。だが、この姉弟の場合はそうではない。単純に、姉と弟とで実力が開きすぎているのだ。恐らくは怯える彼を一方的に殺害するフィオレ、という構図になるだろう。それは、やはり悲劇的だ。

「魔術協会が最後の魔術師を派遣したと聞きました」

「耳が早いな」

ダーニックは苦笑する。時計塔に潜ませている人間から報告があったのは、一時間ほど前のことだ。

「いよいよ始まってしまうのですね……」

「その通り。今日この日を以て、〝黒〟と〝赤〟のサーヴァントによる聖杯大戦が開戦する。我ら千界樹《ユグドミレニア》が、この世界の神秘と奇跡を手に入れるのだ」

「……」

フィオレの憂い顔は、単に争いが嫌だという訳ではない。彼女は一般的な魔術師のように時計塔で学んでいた。学友は今も在籍しているし、取り立てて不満があった訳ではないのだ。当然ながら友と直接敵対する訳ではないが……それでも、やはり何処かにしこりが残る。

もちろん恐怖もある。魔術師の世界において、時計塔とは絶対的な象徴なのだ。西暦元年を機として設立されたあの組織には、あらゆる神秘とあらゆる魔術が集積されている。まさに世界最先端の魔術機関。フィオレには想像もつかないほどの何かがあの組織には存在するのだ。

だが、一族の長であるダーニックに逆らうこともまた論外だった。百年生きているにもかかわらず肉体は三十代の瑞々しさを保ち、一族随一の魔術刻印を保有している怪物だ。

逆らった瞬間に一族のネットワークから弾き出され、魔術協会に逃げたとしても、その後に待っているのは、裏切り者の血縁者としてただひたすら不遇をかこつ人生だ。

それでも、勝算が皆無に等しければフィオレも反対しただろう。だが、そんな彼女が目にしたのは、蒼白の巨大祭壇——無色の魔力を貯蔵し、胎動する大魔法陣。

「お前にだけは見せておこう。ただし、他の者には内密にしておけ」

そう言って、ダーニックは秘匿し続けた大聖杯の下へと彼女を誘った。まだ、完全に稼働していないとは言え、その圧倒量の魔力と神々しさに、フィオレは魂を抜かれた心地になった。

——この願望機であれば、お前が秘めていた願いとて容易に叶えよう。

ダーニックの囁きに抗することはできなかった。彼女にも夢があり、魔術をいくら極めても叶えられない願いがあった。

学友との対立は所詮ただの感傷に過ぎず、目的への到達を阻害するほどのものではない。

フィオレは魔術協会との全面対決に、その身を投じる決意を既にしている。

「では、領王《ロード》共々立ち会わせて貰おう。我らを守る騎士《サーヴァント》たちの召喚に」

「はい、おじ様」

二人が召喚儀式の場である王の間に辿り着いた頃には、既に四人のマスターたちが揃っていた。他、雑事をこなすためのホムンクルスたちが、黙々と必要な魔術道具を運ぶ作業をこなしている。

既に魔法陣の紋様は刻まれていた。材料は溶かした金と銀の混合物、常温保持の術式を組み込んでいるため、未だに液状を保っている。複雑にして精緻に描かれたこの魔法陣は、サーヴァントの一斉召喚用に編み出された、特殊なものだ。

ざわめきが不意に消えた。それを見計らって、玉座の傍らに移動したダーニックが大きく手を広げて宣言する。

「——それでは。各自が集めた触媒を祭壇に配置せよ」

マスターたちが頷いた。

一人目——ゴルド・ムジーク・ユグドミレニア。やや肥満体、その顔からでも尊大な態度を取るということが一目で分かる男。扱う魔術は錬金術。触媒が余程貴重なものなのか、あるいは他のマスターに見せたくないのか、ケースに入れっぱなしだ。

二人目——フィオレ・フォルヴェッジ・ユグドミレニア。車椅子の少女が扱うのは降霊術《ユリフィス》及び人体工学。彼女が持つ触媒は、古びた一本の矢。先端が青黒い色に変わっているのは血か何かだろうか。

三人目——セレニケ・アイスコル・ユグドミレニア。扱う魔術は黒魔術。生贄を捧げるために獣や人の腹を割き、臓物に接吻《せっぷん》するせいだろう。清廉な姿をしていても、全身から漂う血腥《ちなまぐさ》さはあまりにも濃厚だった。触媒はガラス瓶。中に何か液状のものが入っていたと思しき染みがわずかに残っている。

四人目——カウレス・フォルヴェッジ・ユグドミレニア。フィオレの弟で魔術系統は召喚術。十八歳とは思えない子供っぽさが垣間見えていて、やや自信なげに、ぶつぶつと英霊召喚に必要な呪文を繰り返している。触媒は、古い紙。人体図が描かれており、右下には殴り書きで『理想の人間』と書かれていた。

そして、既に召喚を終えた五人目——キャスターのマスター、ロシェ・フレイン・ユグドミレニア。この中では、恐らく最年少。十三歳である彼は、やや離れた場所から興味深そうにその光景を眺めていた。

「ロシェ。君が工房から出てくるとは珍しいな」

ダーニックの呼び掛けに、ロシェが肩を竦めた。

「そりゃ、まあ。英霊の召喚なんて、一生に一度見られれば幸運だろうからね。それが二度見られるんだから、僕も工房から出たくなるさ」

やや背伸びした、大人びた口調だった。これでも、人形工学《ドール・エンジニアリング》ではそれなりに名が通った魔術師だ。外見やデザインに関してはともかくとして、機能という一点を突き詰める、些か芸術性に欠ける人形ではあるのだが。

彼は二ヶ月前、ランサーとほぼ同じタイミングでキャスターを召喚し、彼と共に城内の工房で聖杯大戦に必要な兵士《ゴーレム》の生産に明け暮れていた。

「キャスターは？」

「先生なら、もうすぐ来るってさ。宝具の設計で忙しいんだけどね」

「キャスターには謝っておこう。では、ここでもう一度あの神秘の儀を眺めたまえ」

「分かったよ」

ロシェが肩を竦めた。ロシェは自身のサーヴァントのことを尊敬を籠めて『先生』と呼んでいる。彼にとって、あのキャスターが打ち立てた伝説は崇拝に値するものだ。少年は、キャスターに全幅の信頼を置いており、工房で彼の手伝いをすることを、心からの喜びとしていた。

やがて、キャスターがロシェの傍らで実体化した。青いマントと軀に貼り合わせたようなボディスーツ、そして顔には目も口もない無貌の仮面。ロシェが嬉しそうに先生と呼びかけると、キャスターは無言で頷いた。

ダーニックは召喚者である四人が定位置についたのを確認すると、空位の玉座に向かって恭しく頭を下げた。

「それでは王よ、これより儀式を始めます」

《──うむ》

光の粒子が玉座に集まり、束ねられて一つのヒトガタを作り出す。王と呼ばれた男は、夜に溶け込みそうなほどに黒い貴族服に身を包んでいた。その黒と相反するように、顔はぞっとするほど青白く、絹のように白い髪は無造作に伸ばされている。

彼が出現した瞬間、王の間の雰囲気がさっと緊迫したものへと変わる。ただ立っているだけで圧倒され、視覚で捉えれば震えが止まらない。決して、玉座に座る男が粗野で暴力的という訳ではない。ただ、その冷徹な瞳に晒されると、己がどうしようもなく脆弱で無力な存在だと認識させられるだけである。

この王こそが、ユグドミレニア一族の長であるダーニックが最強の切り札として準備したサーヴァント、〝黒〟のランサー――『ヴラド三世』である。

ルーマニアはトランシルヴァニアにおいて最大の英雄、トルコ兵からは畏怖を籠めて串《カズ》刺し公《イクル・ベイ》と呼ばれた彼は、世界ではもう一つの異名の方が遥かに有名だろう。

小さき竜公《ドラキュラ》……または吸血鬼《ヴァンパイア》ドラキュラ伯爵である。

もちろん、眼前のヴラド三世は吸血鬼とは縁遠い人物だ。信仰心に篤い人格者であり、小国とはいえ王として君臨した英雄である。特にルーマニアにおいては、あらゆる国を蹂躙したオスマントルコの侵攻を幾たびも退けた功績によって、ルーマニア独立の大英雄として認識されている。

……そう、この場所がルーマニアである以上、彼の知名度は最高に近い。ギリシャにおけるヘラクレス、イングランドにおけるアーサー王に匹敵するだろう。

　ダーニックを一瞥したランサーは、威厳ある声を王の間に響かせた。

「さあ、余の手足となってくれる英霊たちを喚んでくれ」

「御意」

　恭しく一礼したダーニックが、四人のマスターに告げる。

「それでは、始めよう。我が千界樹《ユグドミレニア》が誇る魔術師たち。この儀式の終結と同時に、我らは二度と戻れぬ戦いの道に足を踏み入れることになる。――覚悟はいいな？」

　四人のマスターは無言のまま、不退転の決意を露わにする。

　王の間の気配が、再び変化する。マスターたちは神経を研ぎ澄ませ、この一時だけは背後で見守る串刺し公《カズィクル・ベイ》の重圧すら撥ね除けた。

　サーヴァントの召喚そのものは、確かに通常の複雑怪奇な大儀式よりは簡単だ。だが、英霊を召喚するという極限の神秘、誤れば命を落としかねないのも自明の理。

　闇雲に突っ走るのではなく、怯えて石橋を叩き続けるのも愚者の為すこと。今必要なのは、己の頭に銃を突きつけ、速やかに引き金を引く冷徹さと大胆さ。

「素に銀と鉄。礎に石と契約の大公。手向ける色は〝黒〟。

　降り立つ風には壁を。四方の門は閉じ、王冠より出で、王国に至る三叉路は循環せよ」

　リハーサルをした訳でもないのに、詠唱は寸分の狂いもなく合致した。

詠唱が一節終わるたび、魔法陣の輝きが加速度的に増していく。荒れ狂う魔力が四人を蹂躙し、陵辱する。だが、この四人の中では格下のカウレスですらしっかりと足を踏み締め、躊躇うことなく詠唱を続けていた。

「——告げる。
汝の身は我が下に、我が命運は汝の剣に。
聖杯の寄るべに従い、この意、この理に従うならば応えよ」

詠唱が、魔術回路の内部を駆け巡る魔力が、『座』に存在する英霊を招き寄せる。神話と伝説に刻まれた至高の存在に訴えかける。

「——誓いを此処《ここ》に。我は常世《とこよ》総ての善と成る者、我は常世総ての悪を敷く者」

三人がピタリと詠唱を止める。ただ一人、カウレスのみがこの空白の刻を見計らって、その二節を告げる。

「——されど汝はその眼を混沌に曇らせ侍るべし。汝、狂乱の檻に囚われし者。我はその鎖を手繰る者」

狂化するための追加詠唱。これにより、彼の召喚するサーヴァントは大なり小なり狂気に囚われることが確定した。弱きサーヴァントは狂戦士《バーサーカー》として強靭な身体能力を獲得する。

そして、最後の一節。

魔術回路が荒れ狂う痛みと回路暴走への恐怖に苛まれていたにもかかわらず、四人はほんの少しだけこの一瞬が惜しくなった。それほどまでの高揚感がこの儀式にはある。だが、それでも告げる。最高級の神秘をこの手で、握り締めるために。

光が満ちる、奇跡が充ちる、魔術を超える超常的な存在――即ち、英霊がこの世界に招かれようとしている。

「――汝三大の言霊を纏う七天、抑止の輪より来たれ、天秤の守り手よ!」

言葉を告げると同時、荒れ狂う暴風にホムンクルスたちは慌てて屈み込み、ロシェは顔を手で被った。ランサーとダーニック、そしてキャスターは涼風同然にそれを受け流す。

そうして、〝彼ら〟は地上に顕現した。

複雑巧緻に編まれた魔法陣からは、目も眩むような光。瞬間、奇跡が具現化する。人の

幻想《ユメ》を肉体とする、人でありながら人ならざる域に達した英雄たち。

暴風は和らいだ風となり、眩い光は薄ぼんやりとしたものに減衰していく。そして、魔法陣には四人の人影。

一人は、白いドレスを着たか細い体軀の少女。手には巨大な戦鎚《メイス》。虚ろな瞳のまま、ゆっくりと周囲を見回している。

一人は、派手に着飾った中性的な少年。四人の中でただ一人、満面の笑みを浮かべて召喚したマスターたちを見つめていた。

一人は、弓と矢を手にした青年。草色のマントに身を包み、片膝を突いて平伏している。

そして最後の一人。燦然と輝く全身鎧に身を包み、大剣を背にした青年。銀灰色の髪が、緩やかな風に揺れていた。

「おお……」

誰かの感嘆。ダーニックもさすがにこの威容には目を奪われる。かくして、サーヴァントたちは声を揃えて始まりの言葉を告げる。七騎のサーヴァントと七騎のサーヴァントが殺し合う凄絶苛烈な聖杯大戦――その火蓋を切る為の言葉を。

『召喚の招きに従い参上した。我ら〝黒〟のサーヴァント。

我らの運命は千界樹《ユグドミレニア》と共にあり、我らの剣は貴方がたの剣である』

ブカレスト、スタヴロポレオス教会の墓地でもまた、獅子劫界離がサーヴァントの召喚を成功させていた。

「――それで。お前がオレのマスターなんだな？」

全身を鋼で包んだ小柄な騎士はそう問い掛ける。兜越しではあるが、透き通るような声がよく伝わってくる。獅子劫は頷き、手を差し出した。

「獅子劫界離。お前さんのマスターだ、よろしく」

「……ここは墓地か？　厭な場所で召喚するなァ、お前」

差し出された手は黙殺された。獅子劫は頭を掻きつつ弁解する。

「いや、そう言われてもな……。何しろ俺にとっちゃ、ここがホームグラウンドって奴だからな」

「墓地で生まれたのか？」

「屍体と過ごした少年時代さ」

そこまで言ったところで、騎士は納得いったという風に頷いた。

「なるほど。お前死霊魔術師《ネクロマンサー》か」

「ご名答だ。それで、お前はセイバーで合っているか？」

　彼が持つ騎士剣を見て、獅子劫はそう問い掛けた。

「当たり前だ、オレがキャスターやアサシンに見えたなら、相当に目と頭が悪い」

「鎧をガチャガチャ鳴らしまくって、正面突破を仕掛けるアサシンってのも悪くはないと思うが」

　世の中にはそういうアサシンもいるらしい。

「……ひょっとして、オレは莫迦なマスターを引き当てたのか？」

「いいや。最高のマスターを引き当てたぜ、セイバー。この獅子劫界離、お前の主に相応しい一級のマスターと自負している」

「フム。……口だけでも達者なのはいいコトかね」

「さて、それよりセイバー。まずはお前の真名を教えてくれないか？……ってか、何で俺マスターなのにお前のステータスが、一部見えないんだ？」

　通常、マスターはサーヴァントと相対した際にある程度の情報を獲得することができる。それは筋力や耐久力などのステータス、保有するスキルなどといった貴重なデータだ。さすがに固有のスキルや宝具といったものは、一度視認しなければ情報更新されることはないが、それでも戦略を組み立てる上で、非常に重宝するものだ。

　そして、彼らマスターが最初に確認するのは当然ながら自身が召喚したサーヴァントである。彼らのスペックを理解した上で、どうやって戦うかの策を練り上げるのだから。

だがしかし、目の前の騎士は基礎的なパラメータこそ確認できるものの、英霊の個性である固有スキルや、宝具のデータが遮蔽されていて一切読み取れない。

「この兜のせいだな、今外す」

セイバーがそう言うと、顔を覆っていた兜が分解されて鎧に組み込まれた。露わになった『彼女』の風貌に、獅子劫は開いた口が塞がらなくなった。

「女、か……？」

いや、少年かもしれない。いずれにせよ、随分と若々しい顔立ちをした人間だった。あまりに意表を突かれたせいか、思わず漏らした呟きによって、彼女の機嫌がたちまち悪化したことに獅子劫は気付いていなかった。

「二度と言うな」

「……何だって？」

殺意の籠もった、冷え冷えとした呟きに獅子劫も我を取り戻す。

「次に女と呼べば、オレは自分を制御できん」

ギラついた瞳で、セイバーは殺意を訴える。どうやら彼女は本気らしい、と獅子劫の本能が囁いた。

「……悪かった、悪かったよ。二度と言わん」

両手を掲げて、獅子劫は素直に謝罪した。セイバーは顔を怒りに歪ませつつも、それでどうにか機嫌を直したらしい。彼女は深呼吸し、ややふて腐れた表情で呟いた。

「許す。そしてこの話題は二度と口にするな、よく覚えておけ」

「オーケー。それで何だ、お前の真名は――」

「ん？　どういうコトだ、マスター。何を触媒に使ったか知らんが、お前はオレを目当てに喚んだんだろうが。真名など言わずとも――」

「ああ、いや。触媒はこれでね」

少しずつ解れていく魔法陣を避けながら、獅子劫は彼女に触媒を放り投げた。摑んだセイバーは訝しげな表情で手にしたそれを見る。

「何だこれ」

「円卓だ、お前さんたち騎士が使っていたたな」

一旦は直ったはずだったセイバーの機嫌が、たちまち急降下で悪くなった。舌打ちして、セイバーはその――恐らくは二度と世に出ぬだろう聖遺物を、躊躇いもなく手にした剣で斬りつけた。

「……おうい」

文字通り、木っ端となったそれをセイバーは具足で踏みにじる。

「忌々《いまいま》しい！　まさか、こんなモノで喚ばれたとはな！」

その表情は心底から円卓を疎ましいと憎悪していた。これはおかしい、と獅子劫は思う。

円卓は騎士たちにとって、談論風発の場所であったはずだ。最終的に、円卓の騎士は敵味方に分かれることになったが、それとて本意ではなかったろう。もし、この円卓をそこまで憎悪するとしたなら——。

獅子劫は彼女の真名に、はたと思い至った。もし、円卓を憎悪する騎士がいるとすれば、それは騎士王に対して、明確に叛逆したただ一人の円卓の騎士。

「セイバー。お前の真名は、もしかして『モードレッド』か？」

獅子劫の問い掛けに、モードレッドはわずかに顔をしかめた。今しがたの行動で当てられたことに、些か忸怩たるものがあるらしい。

それでも、彼女は毅然とした口調で告げた。

「——その通り。我が名はモードレッド。騎士王アーサー・ペンドラゴンの唯一にして正統なる後継者だ」

「……お前、叛逆したんじゃなかったか」

獅子劫の指摘に、セイバーはさっと顔を紅潮させて告げる。

「ああ、その通り。オレは確かに叛逆した。あの王は、とうとう我が力を最後まで認めなかった。剣の腕も、政《まつりごと》も、オレは王と同じ——いや、それ以上にこなしていたはずだ。だが、あの王めはオレの出自を理由に即位を拒んだ」

冷ややかな声色は、決して激情を鎮めた訳ではない、むしろ逆だ。その全身を震えさせるほどの憤怒《ふんぬ》と憎悪を、彼女は体内に宿している。

彼女の出自、それは——モードレッドは、アーサー王とその実の姉であるモルガンとの間に生まれた不貞の子という、あまりにも致命的なものだった。

「だから、叛逆して終わらせた。あの王の治世には、何の意味もなかったと思い知らせてやったのさ」

そう。伝説によれば、確かにあのアーサー王を死に追いやったのはこのモードレッドだ。聖槍で貫かれてもなお、このモードレッドはアーサー王に致命的な一撃を与えた。

瀕死のアーサー王は聖剣を湖に返して妖精郷《アヴァロン》へと向かい、このモードレッドはカムランの丘で息絶える。後に残されたのは、叛逆の騎士という悪名だけだ。

「ふむ。ってことは、セイバー。お前の願いは王になることか？」

即位を拒まれたモードレッドにとって、王になるというのはまさに聖杯に叶えて貰うべき願いに違いない。だが、モードレッドは獅子劫の言葉に尊大な口調で告げた。

「いいや、違う。聖杯の力で王になる気はない。それでは、オレが王位に就いてもあの父上は決して認めない。オレの願いはな、マスター。選定の剣に挑戦させて欲しい、ただそれだけだ」

「……選定の剣。アーサー王が引き抜いたというあれか」

セイバーは頷いた。そう、かのアーサー王は少年のとき、国中の力自慢が挑戦して敗れ去ったその剣を引き抜くことで、王になる資格を得たという。

もし、モードレッドがその剣を引き抜けたとしたら、確かに王たる資格があると認められたことになる。だが、彼女の願いには一つ致命的な穴がある。

「——なあ、一つ聞いていいか？」

「ああ」

「聖杯で願いを叶えたとして、引き抜けなかったらどうするんだ？」

そう。選定の剣への挑戦というならば、当然引き抜けない可能性もある。何しろ、国中の男たちが果たせなかった剣だ。アーサー王の血を引くモードレッドとて、引き抜けるかどうか、正直に言って怪しいものだ。

「愚かな問い掛けだ、マスター。オレが引き抜けないはずがない！」

だがしかし。セイバーは胸を張ってそう断言した。その声から窺われる威圧は、確かに王として相応しい風格を持っている。もしかしたら、彼女なら容易く剣を引き抜けるのかもしれない。

「では、マスター。早速だが、指示を出せ。討つべき敵はどこにいる？」

どこか弾んだ声で迫るモードレッドを、獅子劫はまあまあと宥めた。

「……急いては事をし損じるって諺、聞いたことないか？」

「知るか、そんなモノ。オレは七騎の敵を斬るために喚ばれたんだろうが」

どうやら、この聖杯大戦に関する知識は聖杯から与えられているらしい。

「そりゃそうだがな。まだ向こうの七騎がどうなったのかが分かってない」

空からの小さな羽音に、二人は揃って顔を上に向けた。木の枝に、灰色の鳩が止まっている。何の感情も窺わせない鳥独特の目をせわしなく動かし、口に咥えていた紙をぺっと吐き捨てた。それで鳩は用は済んだとばかりに飛んでいく。獅子劫がそれを拾い上げると、セイバーも興味深そうにそれを覗き込んだ。

「使い魔か？」

「そうらしい。今すぐ俺たちに会いたいとさ」

「誰がだ？」

「俺たちと利害が一致している連中だ」

獅子劫は『明日朝九時　シギショアラ　山上教会』とだけ書かれていたメモをくしゃりと握り潰した。

§§§

壮観にして壮麗、荘厳にして凛然。その光景を言い表すに足る言葉は、百の賞賛を重ねてもまだ足りないだろう。

〝黒〟のセイバー、〝黒〟のアーチャー、〝黒〟のランサー、〝黒〟のライダー、〝黒〟のバーサーカー、〝黒〟のキャスター。新宿で召喚されたアサシンを除く六騎が、この王の間に集結していた。

聖杯戦争という状況下で、同じ空間に存在するサーヴァントが二人を上回ることは滅多にない。同盟、あるいは戦闘にせよせいぜいが二騎から三騎。しかも、互いを殺し合おうと油断無く見据えている状態が普通だ。

彼らは新たな形の戦争――聖杯大戦を受け入れ、共闘をあっさりと受諾した。

「あ、自己紹介した方がいいかい？　いいよね？　やるよ！　ボクはサーヴァント、ライダー。真名はアストルフォ。で、君は？」

――と、誰かが口を開くより先にライダーのサーヴァント、アストルフォがそう口火を切った。

自分の横にいたサーヴァント、穏やかな風貌をした青年は多少面食らいながらも微笑んで応じた。

「サーヴァント、アーチャー。我が真名はケイローンです」

「ありがと、ケイローン。しばらくの間、よろしくね！」

ライダーが手を差し出すと、アーチャーは困った顔で応じた。

「ライダー。真名で呼ばずに、クラス名で呼びかけたまえ」

ダーニックが渋い表情でライダーを制止する。ライダーはああそうか、と頷いて今度は白いドレスのサーヴァントに声を掛けた。

「ね、君は？」

「……」

サーヴァントは沈黙。ふるふると首を横に振り、拒絶の意を表している。

「ああ、ゴメンゴメン。喋れないなら仕方ないか。えーと、彼女のマスターは？」

ライダーが自分たちのマスターを見回し、視線に反応したカウレスに目をつけた。

「ね、そこのマスター。彼女の真名は？」

「あ、ええと、その――」

近付かれたカウレスはあたふたと対処を考えるが、ライダーに穴が空くほど見つめられることに耐えられなくなったらしく、小さな声で真名を呟いた。

「……フランケンシュタイン」

「なるほど。それじゃ、フラン……じゃなくて、バーサーカー。よろしくね」

サーヴァント、バーサーカー――フランケンシュタインは、自身の名を明かされたことに不満げな呻きを漏らした。

そして、ライダーの視線が最後に残ったサーヴァント――セイバーに向けられる。

「それで。君の真名は？」

「待て、セイバー。お前は喋るな」

セイバーが答えるより先に、彼のマスターであるゴルドが制止した。彼はダーニックを含めた全員に宣言するように告げる。

「私は、このサーヴァントの真名をダーニック以外に開示する気はない」

ざわめきが王の間に満ちる。セレニケが寒々とするような声で尋ねた。

「――真名の開示は、予《あらかじ》め申し合わせていたことでしょう？　それを反故にするというのは、不愉快極まるわね」

「あのときの私は、まだ触媒を手に入れてなかったのでな」

そう言いつつ、ゴルドはケースを大事そうに抱えた。触媒すら徹底して隠し通すつもりらしい。

「ゴルド叔父様。真名を隠し通すことが、それほど大事なのですか？」

フィオレの問いにゴルドは渋い表情で首肯した。

「……私のサーヴァントは、真名の開示が致命的でな。漏れる口は、できるだけ少ない方がいい」

真名とは各サーヴァントにとって、できるだけ秘匿せねばならない情報だ。どれほど名高き英雄であろうとも、末路は非業の死であることが多い。

真名の露呈は、その死に至った理由を致命的な弱点として露出してしまうのだ。毒で殺されたならば、何らかの形で毒を与えればいい。矢で射殺《いころ》されたというなら、矢を放てばいい。特定の箇所が弱点なら、そこを狙えばいい。

たとえ死に至った理由に弱点が見当たらずとも、竜の因子を持つ英雄ならば竜殺しの武器と相性が悪い。そんな武器を都合よく所有しておらずとも、他のマスターたちに情報を明かせば、何らかの形で対策が練られる可能性が高い。

無論、真名を明かしたところで何の問題もないサーヴァントもいる。ライダーであるアストルフォなどはその典型だ。

ダーニックはちらりとヴラド三世を見た。彼はその視線に涼やかな笑みで頷いた。もちろんダーニックのサーヴァントであるヴラド三世は、ゴルドが召喚した〝黒〟のセイバーが何者であるかなど知っている。故に、苛烈で知られる王は鷹揚に頷いた。

「──分かった。では、お前たちに特例を許す」

一族の長であるダーニックの言葉に、ゴルドは満足げな笑みを浮かべた。

「王よ、大いに感謝します。では、私はこれで失礼する」

背筋をしゃんと伸ばしたゴルドは、セイバーを付き従わせて堂々と王の間を退出した。

それを見送ったセレニケが、不機嫌そうな呟きを漏らす。

「セイバーを召喚しただけでしょうに。随分とまあ偉そうな」

「あれは元からそういう生き物だ」

ダーニックが苦笑交じりに呟いた。かつて錬金術ではアインツベルンに並ぶ名門と謳われたムジーク家、その継承者がゴルドである。もっとも、ムジーク家がユグドミレニア一族に組み込まれたときには、魔術師としての血は衰退の一途を辿っていたのだが。

かつての名門にとって、ユグドミレニアに吸収されるというのは余程の屈辱だったのだろう。幼い頃から、ゴルドは父と母にムジークの家が如何に優れた錬金術の大家だったかを教え込まれた。三十六歳になってなお現実と夢想の区別ができず、名門であったという誇りだけが立派に成長してしまった。

これはムジーク家がユグドミレニア一族に名を連ねてから、最初に生まれた子供であるゴルドが久しぶりに誕生した一級の魔術師だったというのも、血統への誇りを過剰にさせることに一役買ったのだろう。

もっとも、彼が優秀な魔術師であることは確かだった。彼は此度《こたび》の聖杯戦争における、反則級のシステム干渉――魔力の経路《パス》の分割を提案し、実現にこぎ着けた人間だ。

如何に魔術協会が派遣した魔術師が優れているにせよ、サーヴァントの召喚、そして彼らへの魔力供給は厄介な足枷《あしかせ》となる。それが無いだけで、実力差は格段に縮まるだろう。

更に、潤沢な魔力は宝具の濫用《らんよう》も可能にする。ゴルドの功績は、決して無視できるものではなかった。……傲慢であることに、目を瞑《つむ》らなければならないほどに。

意気揚々と私室に戻ったゴルドは、改めてセイバーと向かい合った。その壮麗にして威風堂々たる姿に、目を奪われる。ほぼ確信に近いものを抱いているが、それでも念には念をと、ゴルドは問い質《ただ》す。

「セイバー、一つだけ答えろ。お前の真名は、ジークフリートに相違ないな?」

肯定の頷きを返され、ゴルドの歓喜は頂点に達した。

ジークフリート――ドイツにおける国民的英雄。複数の伝説でそれぞれ人物像は異なるものの、もっとも有名なものは英雄叙事詩『ニーベルンゲンの歌』であろう。ネーデルラントの王子として生まれた彼は、数多《あまた》の冒険を成し遂げ、ついには竜殺《ドラゴンスレイヤー》しの称号を冠するまでに至った。

裏切りの刃を唯一の弱点である背に受けるまで、彼はあらゆる戦いで一度たりとも敗北せぬまま、その命を散らした。

彼の手には、ニーベルンゲン族の聖剣バルムンク。この剣で邪悪なる竜《ファヴニール》を滅ぼし、その血を浴びた彼はあらゆる武器で傷つけられることがない。

いとも気高き勇者はしかし、その身に一つだけ致命的な弱点を帯びている――。竜の血を浴びた際、たまたま貼り付いていた菩提樹《ぼだいじゅ》の葉が覆い隠した背の部分。それこそが、ジークフリートを問答無用で死に至らしめる弱点である。

ゴルドはしばし悩んだ。最強のサーヴァントを手に入れたはいいが、同時に彼の背にまつわる伝説は、広く人口に膾炙《かいしゃ》しているのも事実。あまりにも致命的で、あまりにも明瞭な弱点を、果たしていつまで隠し通せるものか。

「セイバー。お前はこれから、宝具の開帳時以外は口を閉じていろ。私が許可したときのみ、口を開くことを許す」

ひとまず、ゴルドはセイバーの口を閉じさせることで、真名の手掛かりを少しでも減らすことにした。彼は手の甲にある令呪を誇示することで、この命令が極めて厳密であることを強調する。だが、その瞳には微かな怯えがある。かの大英雄にここまで居丈高《いたけだか》に接することは許されるのか――許してくれるのか。

一方で、ゴルドの中では「所詮サーヴァント」という認識が脳裏から離れない。彼は自分《マスター》によって生かされているかりそめの客人に過ぎないのだから。

わずかな緊張の時間が、部屋に流れる。

「……」

しばらくの後、分かりましたと言う代わりにセイバーは頷きを返すことで、ゴルドの命令を受諾したという意思表示を行った。ジークフリートは王族であり、一軍を率いる将として幾つかの伝説も残している。だが彼は同時に頼まれ、乞われ続けた英雄でもある。

喋るなと命令され、それに必然性があるならば彼にも異存はない。彼は己の望みが果たされるならば、どんな命令も苦にせず執行するつもりであった。

——もしも。この時令呪を使われたとしても、決然と異を唱えていれば、その後の運命はまた違っていたかもしれない。ジークフリートはサーヴァント、セイバーとして服従することを選んだ。そしてゴルドもまた、マスターとしてサーヴァントを屈服させたと認識してしまったのだ。

後々になって、このすれ違いは致命的な事態を招くことになる。

一方、王の間ではそれぞれのマスターとサーヴァントが交流を開始していた。

「私が貴方のマスター。フィオレと呼んでください、どうぞよろしくお願いします」

フィオレが差し出した手を、〝黒〟のアーチャーは恭しく両手で包み込んだ。

「ありがとう、フィオレ。貴女のサーヴァントとして、ケイローンの名に恥じぬ活躍をお見せしましょう」

「……」

フィオレは困惑したように沈黙し、アーチャーの顔を見る。

「どうしました？」

「あ、いえ。本当に、貴方はケイローンなのですね。理解してはいるのですが――」

「信じ難い、と?」

微笑みを絶やさぬアーチャーの言葉に、フィオレは小さく頷いた。

「道理ですね。本来であれば、私は人ならざる姿で召喚されるべき存在です」

ケイローン――ヘラクレスを始めとする数多の大英雄たちに教えを授けた、ケンタウロス族随一の賢者である。

上半身が人間、下半身が馬として生まれた彼は大地と農耕の神クロノスを父に、女神ピリュラーを母に持った完全なる神霊である。だが、誤ってヒュドラの毒矢を受けてしまい、苦痛から逃れるために不死性を捨てた。そしてこのとき、彼は不死性と共に完全なる神性をも失って、英霊として召喚されるに足る存在となった。

無論、半人半馬という本来の姿でもサーヴァントとして召喚されることには問題ないのだが――。

「ですが、あの姿では視認されただけで真名が絞り込まれます。致し方ないとお思いください」

半人半馬、という姿を見た時点でケンタウロスを連想しない人間はおらず、名の有る英雄と言えば、まず真っ先にケイローンが浮かび上がるだろう。弓と矢を持っていれば尚更だ。何しろケイローンは空に浮かぶ射手座《サジタリウス》のモデルとなった英霊である。

故に、ケイローンは召喚されたとき、人のカタチを取ることにした。代償として一部ステータスがランクダウンしているものの、弓を扱う分には特に影響がある訳ではない。

「ええ、もちろん分かっております」

フィオレは慌てて頷いた。そう、確かに外見は穏やかな顔立ちの青年であり、服装がやや古めかしいこと以外、ケイローンという大賢人を窺わせるものは何もない。

しかし直接相対しているフィオレは、目の前にいるアーチャーから発せられる気配に、圧倒されないでいるのが精一杯だ。彼の持つ気配は、喩えるなら広大な森のようだった。ちっぽけな己を深く包み込む清冽《せいれつ》なる空気——。

「無論、言葉を並べ立てて私を信頼してくださるようお願いするのは簡単です。ですが、私はアーチャーのサーヴァント。どうか戦場にて我が弓を御覧あれ。必ずや貴女のサーヴァントに相応しき者と証明してみせましょう」

「……はい。期待しています、アーチャー」

フィオレは羞《は》じらうように頷き、アーチャーと共に王の間を退出した。

「バーサーカー、俺たちも行こう。霊体化するぞ、分かるな？」

「……アア……ゥゥ……」

カウレスの言葉に〝黒〟のバーサーカーは同意らしき呻きを発し、粒子となって消えた。汗を拭い、安堵の息をつくカウレス。どうやら相当に消耗したようだ。やはり、フォルヴェッジ家の才能は全て、あの姉《フィオレ》に流れてしまったのだろう。

　残念なことに、カウレスのマスター適性が劣っていたのと、彼が召喚したバーサーカー……即ち人造生命体フランケンシュタインは、比較的その神秘が新しいこともあってか、狂化でステータスをランクアップさせても、ステータス的には目立つところがない。とは言え、彼女の真価は独自に保有するスキルにある。

　だが有り体《てい》に言えばダーニックはカウレスとバーサーカーに対して、さほど期待していない。バーサーカーは元より戦闘の際の指示など一切受け付けない。ただ狂気の赴くままに戦い、そして果てるが定め。令呪を用いて上手く運用すれば戦場に破壊を撒《ま》き散らし、混乱の内に数多の将を討つことも可能だろう。そのタイミングは、自分が見極めればいいとダーニックは考えていた。

　カウレスは憔悴《しょうすい》した様子で王の間を退去した。

「さて、ライダー。ひとまずこの城を案内するわ。貴方、好奇心が旺盛な方でしょ？」

　セレニケの言葉に、〝黒〟のライダーは照れたように頭を掻いた。

「あ、分かる？　だからその、霊体化はあまりしたくないなーって」

「……いいわ。なら、貴方の部屋を用意させるわ」

「本当!?　いやぁ、話が分かるマスターを持って幸せだな、ボク！」

　ライダーはくるくると踊るように回る。ばんざーいと両腕を掲げて、自身の願いが叶ったことに屈託無く喜んでいた。

ライダーが懸念していたのは、実体化し続けることによる魔力負担だろう。いかに聖杯のバックアップがあるとは言え、神秘を具現化し続けるということは相当の負担がかかる。

何より突き詰めれば、サーヴァントは戦闘以外の部分では霊体化させ続けていても問題ないのだ。だが、それはあくまでマスター側に立った考えだ。サーヴァントの中には、第二の生への喜びを重視し、マスターの負担など素知らぬ顔で実体化し続けることを望む者もいる。

ライダーのサーヴァント、アストルフォはまさに好奇心の塊のような存在である。もしマスターであるセレニケが許してくれるならば——というか許してくれなくとも——彼は今すぐにでも城を飛び出し、街で遊興に耽《ふけ》るだろう。

シャルルマーニュ十二勇士中、屈指の美丈夫にして能天気、理性が蒸発しているとすら言われる青年アストルフォ。その姿はあまりにも意外であったが、伝説はどこかで歪むものだ。その可憐な容姿は、充分マスターであるセレニケの好みの範疇《はんちゅう》だった。

「さあ、先生。儀式は終わりました。工房に戻りましょう」

「……そうしよう」

ロシェと、彼のサーヴァントである〝黒〟のキャスターもまた、王の間から退去した。

マスターたちを見送ったダーニックは、ホムンクルスたちも下がらせた。そうして二人きりになると、玉座に座るランサーに告げた。

「これで、六騎。アサシンも、もう間もなく到着するでしょう」

セイバー、アーチャー、ランサー、ライダー、バーサーカー、キャスター、アサシン。かつての聖杯戦争であれば、彼ら七騎は一騎一騎が戦略を練り上げ、戦術を以て戦うが当然だった。

だが、此度の戦争は大きくその様相が異なる。何故なら、戦力は一騎ではなく七騎。サーヴァントの基本クラス全てである。『冬木の』聖杯戦争において、戦い抜くことが非常に困難なバーサーカー、キャスター、アサシンのようなクラスでも、その真価を存分に発揮できるのだ。

例えば、既にロシェが召喚したキャスターは千を超えるゴーレムの生産に取りかかっている。小型、中型、大型に分類されたゴーレムたちは、今か今かと戦うときを待っている。

無論、彼らではサーヴァントに敵うべくもない。だが、足止めとしては充分に価値があるし、キャスターやアサシンといった近接戦闘が不得手なサーヴァントならば、大物食《ジャイアントキ》いの可能性《リング》すら見えてくる。

「……ダーニック。余がどんな気分か分かるか？」

うっすらと機嫌良く笑っている様を見れば、明々白々であったがダーニックはあえて問い掛けることにした。

「いえ。私のような卑小な魔術師如きに、『小さき竜公《ドラキュラ》』と謳われた公のお考えになることなど、熟慮に熟慮を重ねてもなお遠いでしょう」

途端、ランサーは不愉快そうにダーニックを一瞥した。

「追従《ついしょう》も度が過ぎると度量が知れるぞ、ダーニック。余を領王《ロード》と呼ぶお前は、我が主人《マスター》でもある。余はサーヴァント、そのことを否定はせん」

「……は」

やり過ぎたか、とダーニックは内心で舌打ちする。とはいえ、ランサー……ヴラド三世は、かつてこのルーマニアを支配していた一国の王。いくら世界から外れ、人倫にもとる所業を顔色一つ変えずに行う魔術師といえども、敬意を払うに吝《やぶさ》かではない。

もちろん、そこには『令呪』という絶対的な格差があってのもの。いざというときの首輪があるからこその忠誠とも言えるが。

「余はな、ダーニック。この国をトルコから守るために、半生を費やした。王としてやれるだけの政をこなしたが、足りなかったものがあった」

「それは、一体?」

『人』だ。一軍を任せるに足る一騎当千の将が足りなかった。余は戦い、勝利することに全てを費やしたが、逆に言えばそれ以外は何もできなかった。無能という訳ではないぞ？　ただ単純に――」

「時間と人、それが足りなかったと」

ダーニックの言葉に、ランサーは満足げに頷いた。

「そして余は、遂にかけがえのない『人』を得た。六騎の英霊、中でもセイバー――ジークフリートとは。余が考え得る限り、もっとも素晴らしい勇者だとも！」

――そう。ゴルドを除けばダーニックとランサーだけはあのセイバーが如何なる英霊かを知っていた。ゴルドの触媒は、血に染まった菩提樹の葉。恐らく、旧知の仲であるアインツベルンのツテを頼ったのだろうが、それでもまさか、あんな聖遺物を手に入れるとは、並大抵の幸運ではない。

「セイバーだけではない。ギリシャの大賢人ケイローン、シャルルマーニュ十二勇士のアストルフォ、フランケンシュタイン博士の狂気の産物たるバーサーカー、そしてキャスターのサーヴァント、アヴィケブロン。偏屈ではあるが、あの男が造り出す兵士《ゴーレム》はこの上ない戦力だ」

「皆、公の配下、公の将です」

「――ああ、口惜しいな。彼らがいれば、あの城に幽閉されることもなかったろうに」

一四六二年、ハンガリーの王マーチャーシュはヴラド三世をオスマントルコの協力者として捕らえ、十二年もの間幽閉した。

国を守るために戦った功績を全て穢され、気付けば血に餓えた悪鬼として語り継がれるという屈辱。

「だが、所詮は夢物語ほどに遠い過去だ。余が考えねばならぬのは、現在《いま》。血に塗れた哀れな我が名だ」

「ご安心下さい。七騎のサーヴァント全てを打ち倒すことによって、万能の願望機たる大聖杯は起動し、必ずや公の願いを叶えましょう」

己が名誉の復権――それが、ランサーのサーヴァントたるヴラド三世の願いである。世界に広がった『吸血鬼《ヴァンパイア》ドラキュラ』という汚名を雪《そそ》ぐ。

辿ってきた道のりを否定するつもりはない。トルコと戦い、幽閉されて不遇の刻を送ったこともまた、人生と諦めよう。だが、自分とは全く関係のないところで、自身の名を泥で穢されることだけは、どうしても許せない。

ランサーがこの聖杯戦争に懸ける意気込みは、全サーヴァントの中でも随一だろう。その執念もまた、ダーニックは好んでいた。

「後はアサシンのサーヴァントか。確か極東の小国で召喚されたのだったな、ダーニック」

「ええ。本来はロンドンで召喚するべきサーヴァントですが、何しろ今の我々にとってあの場は敵地。故にあの英霊にとって霊脈の相性が良い場所で召喚しようと」

「名前は何だったかな？」

「――ジャック・ザ・リッパー。百年前、かの英国を震え上がらせた連続殺人鬼《シリアルキラー》です」

§§§

ルーマニア　ブカレスト

二十世紀初頭、ルーマニアの首都ブカレストは『小さな《リトル》パリ』と呼ばれていた。だが、第二次世界大戦時の爆撃、二度の大地震、そして独裁者チャウシェスクの誇大妄想的な都市開発によって、当時あった秀麗な建築物の多くは破壊されてしまった。無論、全てが破壊された訳ではない。都市を南北に貫くヴィクトリア通りを車で走れば、旧市街の古い教会や歴史的に貴重な建物が幾つも目につくことだろう。

だが、独裁者がルーマニアに刻んだ傷はこればかりではない。

「チャウシェスクの子供たち、って言うらしいわねえ」

どこか甘く、浮世離れした声で女は囁いた。ただほんの少し、憂いを帯びた表情を浮かべるだけで、男を狂わせるような蠱惑《こわく》的な女だった。だが奇妙なことに、その甘い響きを聞き届けるはずの『誰か』が、彼女の周囲には存在しない。

　虚空に向かって呟く女を、すれ違う人間が訝しげに見送る。声を掛けよう、と思い立つ若者たちもいたが、彼女の瞳に何か狂気めいたものを感じたせいだろうか。全員が気圧《けお》されて、あっさりと諦めた。

「そう、そうなの。悲しいことね——私は、そこまでは至らなかった。ただ、気付いたらああなったというだけ」

　女は誰かと語り合うように言葉を紡いでいる。チャウシェスクの子供たち、とは独裁者が残した負の遺産の一つだ。かつてルーマニアは法で避妊と堕胎を禁止し、最低でも五人以上の子供を産むことを強制しようとした。

　結果、育てきれなくなった子供たちはストリートチルドレンとなり、犯罪や人身売買に手を染めていく。たとえ革命で独裁が終わっても、一度産み出された命が元に戻ることはない。彼らはマフィアや権力者によって、その小さな命を食い散らかされていった。生き残った者は、喰われる側から喰らう側にいつのまにか回っていた。

　女は女にしか見えぬ何かと語り合いながら、ふらふらと夜のブカレストを歩いていく。うら若い女がたった一人で歩いている——トラブルを引き寄せる誘蛾灯のようなものだ。

　既に、彼女を尾行する若者が二人。官憲の目が届かず、人通りも少ないことを見計らって一気に間を詰めていた。

女はふわふわと足取りも軽く、無謀にもビルに挟まれた路地裏へと入り込んだ。既に、彼らは女の持つバッグを盗む程度では収まりがつかなくなっている。観光客が一人消えたところで、誰も見つけようとはしない。金を、体を、そして人生全て——あらゆるモノを、徹底的に奪い尽くすつもりで二人は女の肩に手を伸ばす。

——ここならば、悲鳴を上げても大して誰も気にしない。

男たちはそう思った。だが——女の方も同じことを考えているとは思わなかっただろう。女にとって必要な生者は一人だけ。もう一方は不要だった。……女が漠然と『不要』と選んだ方は、本当に幸運だった。

手を伸ばした方の男が「あれ？」と呟きを漏らした。伸ばした手が、何故か女の肩に触れなかった。一瞬、自分は幽霊を摑もうとしたのかと肝を冷やす。だが、放出する血と激痛を訴える手首の断面を確認して、ようやく自分が何をされたのか理解した。

ああ、どうやら手首を斬られたらしい。何故だろう、と首を傾《かし》げようとして——ようやく、その深刻な事実を理解した。

「あぇぅぃいぁぁっぁぁぁ!?」

悲鳴を上げた瞬間、更に痛みが押し寄せた。今度の痛みはほんのわずかだったが、続けざまの喪失感が恐ろしかった。何しろ、裂かれた腹部からどぼどぼと落ちてはならないものが落ちていくのだから。

えい、と可愛らしい掛け声。……男は本当に幸運だった。頭を吹き飛ばされて即死するなど、生き残ったもう一方の男に言わせれば、全財産をはたいてでも代わって貰いたかった死に様だろう。

「……え？」

たまたま、選ばれなかった男はぼんやりと立っている。片割れの男が手を伸ばした瞬間、腕を斬られて腹を裂かれ頭を吹き飛ばされた。まるで意味が分からない。理不尽にも程がある。思考が停止する。

「あ……」

しばらくして、ようやく気付く。自分たちは、誘蛾灯に惹かれた蛾に過ぎない。光に集まった蛾は、殺滅されるが定めなのだと。

股間から冷たい感触――それが何なのか、気付きもせずに男は女から背を向けて逃げた。

否、逃げようとした。

振り返った瞬間、ひょいと突き出た足に転ばされた。立ち上がろうとするが、素早く誰かに押さえつけられる。

女ではない。彼女は変わらず、ぼんやりとした態度で男を眺めている。では、自分を腕一本で押さえつけているのは誰なのだろう？

「おかあさん《マスター》。こっちはどうするの？」

——絶句した。

玲瓏《れいろう》な声で、男を押さえつけているのは子供だった。一瞬の安堵、撥ね除けようと男は渾身の力を籠めて、細い腕を掴む。

だが、子供の細い腕はびくともしない。本気を出している、これ以上ないくらい腕を握り締めている。なのに、子供の腕は鋼鉄のようで動かすこともできないのだ。

男は子供を殴りつける。拳に伝わる柔らかい感触は、この腕が義手でも何でもないことを教えてくれる。では何故、どうして自分の本気の拳は、彼女の細い腕を一ミリも動かせないのか。

無様な悲鳴を上げた。ポケットからナイフを取り出し、子供の腕に突き立てる。恥も外聞もない、とにかくこの異常な状況から逃れようと何度も何度も刺突《しとつ》する。

突き立てる、突き立てる、ただただ必死に突き立てる。なのに、なのに何故、どうして

——どうして、どうして傷ついてすらくれないのか！

「あら、ねえ。痛くないの？」

女の問いに、子供が振り向いた。男はそれに気付かず、ナイフを突き立てる。

「だいじょうぶだよ。サーヴァントだもん。ぜんぜん、痛くない。でもちょっとうっとうしいかな」

「じゃ、少し斬ってもいいわよ。でも、喋れなくなるから喉は駄目ね」

「わかった、おかあさん《マスター》」

頷いた子供が、ナイフを手に取った。マスターの命令通り、鬱陶しいナイフを止めるために手首の腱を切り、胸、首、太腿、顔あたりを死なない程度に血塗れにした。

「よしよし、ちょっと待ってね」

ナイフを的確に振るい続ける子供を制止して、女が男に呼びかける。

「ねえ。――貴方の仲間って、沢山いるのでしょう？　どこにいるの？　建物の名前と、それがある通りの名を教えてくれないかしら」

男は完全に戦意を喪失していた。女の質問に、捲し立てるように真実を語る。とにかく、何でも良かった。自分ができることがあるなら喜んでする。靴を舐めろと命令されれば、躊躇いなく舐めていただろう。

女は男の告白を聞きながら、ガイドブックの地図で彼が指し示す場所を確認した。よし、と呟いて女は軽く子供の肩を叩いた。

「ジャック。食べていいわよ」

食べて、いい？

言葉の意味が分からず、男は思わず問い質そうとする。ジャック、と呼ばれた子供が男の顔を覗き込む――たまらず、絶叫した。あまりにも無感情な瞳のまま、ジャックは男の心臓をナイフで抉り出した。

痛みよりも、その呆気《あっけ》なさが信じられない。まるで花を摘み取るような、蟻を踏み潰すような何でもなさ。

ジャックが男の心臓を嚥下《えんか》する。それを見ながら、男は己の人生がこうも容易く失われたことに絶望を抱いて悶死した。

「ねえ、おかあさん《マスター》。これからどうするの？」

「さっきの男の人が、お友達のいる場所を教えてくれたでしょう？　そこに行きましょう」

「いっぱい食べられる？」

「いっぱい食べられると思うわ」

よしよし、と女――六導玲霞《りくどうれいか》は無邪気に喜ぶジャックの頭を撫《な》でる。眼を細めてジャックはそれを受け入れた。そこには先ほど一人を解体し、一人の心臓を抉り出した怪物の面影は皆無だ。

「それじゃあ、行きましょうか」

「ん。バイバイ」

二人の屍体に向けて、ジャックは軽く手を振った。翌日になってその屍体が発見され、更に彼らの仲間もまた、たまり場であったバーで皆殺しにされていたことが発覚した。マフィア同士の抗争かと警察は睨んでいたが、一つだけ不思議なことがあった。十五人の屍体は、一人残らず心臓が抉り出されていた。

嗅ぎつけた新聞は『切り裂きジャック《ジャック・ザ・リッパー》の再来か!?』と面白可笑《おか》しく記事を書き立てた。

しかし遡ること数日前、日本でもこれと極めて類似した事件が起きたということは、警察もメディアも勘付いていなかった。

第二章

第二章

かくして、ミレニア城塞にはユグドミレニア一族が召喚した〝黒〟のサーヴァントたちが揃った。考え得る限りの有利な要素を掻き集めたが、それでもなお油断はできぬ。

アーチャーやランサーはユグドミレニアの魔術師たちと幾度も話し合い、敵方のサーヴァントへの対策にその時間を費やしていた。

ライダーはマスターであるセレニケの厳しい制止にもかかわらず、トゥリファスの城下へと遊びに繰り出していた。さすがに召喚されたときの衣装では目につきすぎるので、ホムンクルス用の簡素な衣装に着替えてはいたが。

そして、キャスター。ミレニア城塞に工房を構えた彼は、もっぱらゴーレムの生産に専念していた。キャスターのクラス別スキル『陣地作成《ファクトリー》』によって形成されたこの工房は、ゴーレムの製造に最適化された、一種の製造工場だ。防衛という点では並以下だが、ここで一日三十体のペースで生産されるゴーレムは現在の魔術師が一年掛かって一体造り上げられるかどうか、という能力を有していた。

工房では今、二人の男がテーブルを挟んで向かい合っている。霊樹で造られたほっそりとした形のウッドゴーレムが、二人の前にカップを置いた。その動きは素晴らしく滑らかで、ゴーレムにありがちなぎこちなさは、欠片《かけら》も見当たらなかった。

ダーニックは振る舞われたカップの紅茶を啜りつつ、忙しく立ち回る工房を眺めていた。……といっても、工房で立ち回っているのは人ではなくゴーレムたちだ。人の型をした物、蜘蛛のように複数の肢《あし》を持つ物、それらが忙《せわ》しなく工房を清掃し、用具を整理していた。

「……ダーニック殿。先日求めた材料は、いつ届くだろうか？」

キャスターの問い掛けに、ダーニックは笑顔で頷いた。彼が求めたのは、ゴーレムの内臓に使うための宝石と、外装《ひふ》に使うための羊皮紙である。どちらも最低で八百年級のものが大量に欲しいと乞われ、世界に血を広げたユグドミレニアでも捜索には困難を極めた。

「もう届いているはずだ。時計塔を経由できないせいで、予想以上に時間を食った。その件は謝罪しよう」

魔術協会本部である時計塔では、あらゆる魔術道具が流通している。資金とコネクションさえあれば、八百年級の宝石だろうと一千年級の羊皮紙だろうと手に入れるのは容易だったろう。

だが、離反した今となってはその流通経路は使えない。別の流通経路を使うか、匿名で注文するか、あるいは闇市に紛れ込んだ品を手に入れるしかないが、怪しまれずかつ大量に仕入れるには、どうしても時間が必要だった。

「まあ、ある程度の数は揃ったから問題ない。残るは――」

残るは、宝具。〝黒〟のキャスター、アヴィケブロンが誇るAランク対軍宝具『王冠《ゴーレム》・叡智の光《ケテルマルクト》』。

「僕の宝具は、一度召喚してしまえば無尽蔵に魔力を求め続ける生粋《きっすい》の大食らい。従って、どうしても炉心が必要になる」

「ああ。それは分かっている。だが『炉心』の選定は慎重にせねば。そうそう、存在するものでもないのでね」

ダーニックの言葉に、キャスターは頷く。

「確かに。些か、事を急いていたかもしれない。ともかく、今の内に僕の方は炉心以外の鋳造を始めよう。即時投入が可能なように調整する」

「それに掛かる時間は？」

「順当に行けば、三日間というところか」

「……ならば問題はない。では、よろしく頼む」

ダーニックが工房から出るのと入れ違いに、ロシェが工房へと戻ってきた。その腕には、大量の羊皮紙と宝石が抱えられている。

「先生。荷物が届きました」

「大変結構。では、早速だが大型の生産に入るとしよう」

「はい！」

ロシェは自身のサーヴァントであるキャスターを尊敬の眼差しで見つめている。本来のマスターとサーヴァントの関係としては、主従が逆転していた。これが例えば生前は王であったというなら、プライドを刺激しないために従者として傅《かしず》くというのも有り得ることだ。だが、キャスターは王でもなければ騎士でもない。生前の彼は一介の哲学者であり、ただの魔術師《キャスター》に過ぎなかった。

だが、二人の生い立ちを考慮すれば、これが当然の位置付けであるのは明白だ。

ロシェ・フレイン・ユグドミレニア。フレイン家は人形工学《ドール・エンジニアリング》の魔術師としては、それなりに名が知れた一族であった。彼らは生まれた子の乳母をゴーレムに任せ、刻印の移植が可能になる年齢まで、工房からほとんど出ることもなく、子に会うこともない。教育すら任せっきりだ。

そうして、一族の子はゴーレムに慣れ親しむ。人を象《かたど》った人形が動き、喋り、昼となく夜となく働き続けることを常識だと認識する。

そんな奇矯な教育を受けて組み上がるのは、人間ではなくゴーレムを基準として生活する魔術師だ。父母の顔は覚えてもいないのに、自分を世話したゴーレムの形状は一つ残らず記憶している。

ロシェもまた、同じだ。人間に興味はない、如何なる魔術師であっても興味はない。無論、言葉を交わすことはある。何かしらの取引をすることもあるし、貴重な材料を巡って殺し合いをしたこともある。

けれどそこに人間同士、あるいは魔術師同士の心の交歓めいたものは一切ない。ロシェは犬や猫が喋るからといって、心を触れ合わせようというタイプではなかった。

だが、眼前にいる〝黒〟のキャスターだけは例外中の例外だ。

アヴィケブロン——またの名をソロモン・ベン・ユダ・イブン・ガビーロール。十一世紀の詩人にして哲学者。スペイン、マラガに生まれた彼は、古代ギリシャやアラビア、ユダヤの学問や智慧《ちえ》をヨーロッパ文化圏に紹介した人物である。剣士や王のように、華やかな功績を打ち立てた訳ではない。一千年後も世に残るような芸術品を産み出した訳でもない。

だが、彼は中世末期ヨーロッパのルネッサンスの起点となった人物の一人であり、ヘブライ語の『受け取る』という単語からカバラという概念——即ち、魔術基盤の一つを産み出し、世界の歴史に、そして世界の裏側である魔術師の歴史にも極めて多大な影響を与えた紛れもない『英雄』である。

彼は病弱かつ厭世家《えんせいか》であった為、他人との接触を極度に嫌った。無論、誰かと語り合う程度の理性は有していたが、そこに情が入り込む余地は一切なかった。だが、彼は魔術師《キャスター》として、ある魔術を極めていたために、家の周りの雑事などに煩わされる必要はなかった。

ロシェがキャスターを『先生』と呼び、尊敬する理由——それは、アヴィケブロンが自分を上回るゴーレムの大家であったからだ。

そういう訳で、偏屈で厭世家であるはずのキャスターと、マスターであるロシェは円滑な人間関係を築き上げていた。生まれてすぐに父母から引き離され、ゴーレムを造り続けた彼にとって、尊敬あるいは信頼の基準はゴーレムの製造術の腕前だけだ。

「先生。紙ですけど、貼り付ける部分はどこですか？」

「……大型のゴーレムの場合、紙は関節を補強する概念として使用した方がいい。水銀を扱う際は細心の注意を」

「はい！」

きびきびと働きつつも、少年は憧憬《どうけい》の眼差しでキャスターの一挙手一投足を追っていた。

ロシェにとって、キャスターはまさに理想的な教師であり、キャスターにとってもロシェは理想的なマスターだった。

——少なくとも、今のところは。

§§§

〝黒〟の七騎《サーヴァンツ》と〝赤〟の七騎《サーヴァンツ》。

この日役者は全て出揃い、編制は整った。一騎当千の英霊たちが十四騎、恐らく数多存在した外典《アポクリファ》の聖杯戦争において最大規模であることは疑いようもない。

だがしかし、いくら何でもこの規模は異常だ。元より冬木の大聖杯は七騎のサーヴァントで覇を競い合うもの。幾らシステムを改変したところで、この異常な状況はシステムを管轄する聖杯を歪ませる。

監督官、というものはあくまで外部からの干渉だ。聖杯は監督官の有無にかかわらず、独自の論理《ロジック》で、この戦争の審判《ルーラー》を担当するサーヴァントを召喚する。彼らは一勢力に加担することなく、『聖杯戦争』という概念そのものを守るために動く。

此度の聖杯大戦、何事もないと見逃すにはあまりに比類なき怪物たちが揃っている。

故に、ルーラーが召喚されることは〝黒〟の勢力と〝赤〟の勢力との間で、ほとんど確定的に語られている情報と言っても良かった。

——数日中にルーラーは召喚され、我々の前に現れる。

〝黒〟のセイバー――ジークフリート。
〝黒〟のアーチャー――ケイローン。
〝黒〟のランサー――ヴラド三世。
〝黒〟のライダー――アストルフォ。
〝黒〟のバーサーカー――フランケンシュタイン。
〝黒〟のキャスター――アヴィケブロン。
〝黒〟のアサシン――ジャック・ザ・リッパー。

既に〝黒〟のサーヴァントについては明らかになった。では、これに対抗する〝赤〟のサーヴァントたちは如何なる英霊たちなのか。ルーマニアにおける最大の英雄ヴラド三世、この世界のあらゆる攻撃を物ともしない大英雄ジークフリートに抗する術はあるのか。

無い、と考えた者は魔術協会を甘く見ているという誹《そし》りを免れまい。遥か古代より連綿と紡がれてきた魔術の秘奥を継承する一大組織。英霊をこの現世《うつしよ》に引き戻すための触媒など、綺羅星の如く所有している。

魔術協会が雇い入れた魔術師の一人、獅子劫界離が召喚したのは、叛逆の騎士モードレッド。〝赤〟のセイバーに相応しい実力を有するサーヴァントである。

獅子劫は今、霊体化させた彼女を連れてシギショアラの山上教会へと向かっていた。シギショアラは十二世紀、ザクセン人が入植して形成された都市である。中世ヨーロッパの面影を、これほど強く残している都市はヨーロッパでも稀少だ。

そしてここシギショアラはトゥリファスにもっとも近く、ユグドミレニア一族やそのサーヴァントたちからは気配を察知できない境界線に位置する都市である。ここを拠点とするというのは、賢明な判断だろう。彼らの領域であるトゥリファスは危険過ぎるが、そうかといってブカレストでは、あまりに遠すぎる。

相手方のサーヴァントは不明であるが、自分たちの所属する色――即ち、〝赤〟のサーヴァントに関しては、感覚的に召喚されているかどうかが知覚できるらしい。セイバーは、既に残り六つのクラスも全て召喚されていると断言した。

前々から準備を整えてきたユグドミレニア一族も、恐らく全サーヴァントを召喚していると考えていいだろう。戦闘はいつ始まってもおかしくない、ということだ。

ともあれ指定された場所へと向かうため、獅子劫は天蓋《てんがい》つきの階段を一歩ずつ上っていく。百七十二段あると言われているこの階段もまた、山上にある教会と並んでシギショアラの名所となっている。

霊体化させているセイバーが不意に獅子劫に声を掛けた。

『……マスター。頼みがあるんだが』

「おう、何だ？」

『服買ってくれ』

意外と言えば意外すぎる要望に、獅子劫はしばし絶句した。

「……何で？」

『霊体化は何となくむず痒い。自分の足を地につけておかないと、落ち着かない。それに、今のままでは昼に街を出歩けない』

確かにセイバーの言う通り、彼女の服というか、全身鎧では衆目に姿を晒すことなど、まず不可能だ。無論、聖杯戦争は一般的に夜に執り行われるため、不要と言えば不要なのだが——。

『頼むぜマスター。オレのマスターは、服を買う程度の金を渋る吝嗇家《りんしょくか》じゃないと信じているからな』

「……しょうがねぇなあ」

我が儘《まま》な奴だ、と獅子劫は嘆息した。だが現時刻は朝九時、この時間帯から開いている服飾店はないだろう。この会合が終わり次第、買いに行くということでひとまず手を打つことにした。

階段を上り切った先には、ロケットのような形をした教会が見えた。獅子劫は周囲に人の目がないことを確認しつつ、扉に手をかける。現在時刻は九時、刻限通りであることを再確認。

重い扉を開いて内部に踏み込むと、身廊の向こう側——祭壇の前に一人の男が佇んでいた。獅子劫の姿を見ても、驚きもしないところから察するに、彼が招待者なのだろう。

「——ようこそ」

獅子劫は軽く手を掲げ、笑顔を浮かべた。

「ここで約束していたんだが、呼び出したのはアンタってことでいいのかい？」

「ええ、もちろんです」

頷き、身廊を歩きながら霊体化しているセイバーに囁く。

『……セイバー、サーヴァントはいるか？』

『いや……知覚できない。だが、何か嫌な感じだ。気をつけろ、マスター』

サーヴァントが知覚できないにもかかわらず、嫌な感じがする——という返答に、獅子劫は内心で首を傾げたが、それを考察している余裕はない。

先頭の長椅子に座り込み、近くで改めて確認すると招待主は思っていた以上に若かった。恐らく、二十歳は超えていないのではないだろうか。神父服から察するに、彼が聖堂教会から派遣されたという神父なのだろう。

あどけない少年の顔立ちのまま、彼は大人びた微笑みで告げた。

「初めまして。シロウ・コトミネです。今回、聖杯大戦の監督役を務めさせて戴きます」

——その名を聞いた瞬間、何かが獅子劫の脳裏を過《よ》ぎった。しかしそれはあまりに微細で、無視しても問題ないような違和感でしかなく、彼はそれを受け流した。

「獅子劫界離。自己紹介は省略、どうせ調べてるんだろ？」

「はい、その通りです」

胡散臭《うさんくさ》い笑顔だと獅子劫は思う。彼が浮かべた表情は達観の笑いだ。二十を超えてもいない人間が作っていい笑顔ではない。

「お連れのサーヴァントは実体化させないのですか？」

「いや、別に——」

『実体化させろマスター。……どうも、嫌な予感がする』

その言葉に、獅子劫は即座にラインを接続した。たちまち金色の粒子と共に、〝赤〟のセイバー——モードレッドが出現し、獅子劫を護衛するかのように油断なく周囲を見据え始める。

「おや……」

シロウが両目にそっと指を当てて、顔をしかめた。

「どうした？」

「いえ、何でもありません。それでは、私のサーヴァントもお見せしましょう。——実体化しなさい、アサシン」

「心得たぞ、我が主」

突如響いた声に、獅子劫はぎょっとして立ち上がる。自分が座っていた長椅子のすぐ隣で、アサシンが実体化したのだ。

「ちっ。アサシンか……」

アサシンは現界する際、クラス別スキルとして『気配遮断』を獲得できる。霊体化した状態で、『気配遮断』を行ってしまえば攻撃態勢に移らない限り、こちらは察知できない。

「我は〝赤〟のアサシン。よろしく頼むぞ、獅子劫とやら」

甘い香りが漂っていた。暗闇のようなドレスを身に纏った退廃的な美女は、うっすらと微笑みながら獅子劫の手に指を這わせた。

「……こちらこそ」

獅子劫は引き攣った笑顔で、彼女から離れた。暗殺者《アサシン》と言えば『冬木の』聖杯戦争ではハサン・サッバーハが常に召喚されることになっている。では、彼女もその一人なのだろうか？

直感だが、獅子劫はこのアサシンは違うと踏んだ。山の翁《ハサン》は、純粋たるアサシンだ。肉体と精神を鍛えあげることによって獲得した技で、標的を抹殺する。目の前の彼女は、そのイメージがどうも希薄だった。彼女に相応しいのは、暗殺ではなく謀殺だろう。言葉一つ、目線一つで誰かが標的を勝手に殺してくれるような。

「──嫌な女だ」

モードレッドの囁きに、獅子劫も心の底から同意した。

「アサシン。獅子劫さんが困ってますよ」

「分かっておる、分かっておるよ」

くつくつと笑いながら、アサシンは獅子劫から離れた。

「さて、早速ですが現状の報告です。ユグドミレニア一族は、既に六騎のサーヴァントを保有しています。セイバー、アーチャー、ランサー、ライダー、バーサーカー、キャスター……唯一、アサシンだけが合流を果たせていないようです」

「真名が分かった者は？」

「現時点では残念ながら一人も摑んでおりません。まあ、直接戦った訳ではないので当然と言えば当然ですが。六騎のステータス程度なら、既に確認できています」

シロウが懐から書類を取り出した。獅子劫は礼を言って受け取ると、ざっと中身を見た。六騎のステータスだけで、固有スキルや宝具といった最重要情報はまだ記載されていないが、それでもステータスである程度は判断できる。

難敵となりそうなのは、やはりセイバー、アーチャー、ランサーの三騎士だ。三人ともステータスが図抜けて優秀だ。バーサーカーは、予想通り弱小サーヴァントの補強に使用したらしい。それでもスペックとしては下位に位置しており、さしたる脅威には当たらないだろう。ライダーやキャスターは、スペックよりも宝具や使用する魔術が問題なので、現時点では評価保留だ。

「獅子劫さん、相手方の真名に心当たりがありますか？」

「……一人、いると言えばいるがね。お前さんだって大体予想はついてるだろ」

シロウは苦笑して頷いた。

「まあ、ここがルーマニアであることを踏まえると、この国の英雄を引っ張り出さない訳にはいかないでしょうね」

そう。冬木市ならばともかくとして、ここルーマニアで行われる聖杯大戦に、国内での知名度が極めて高い英雄を召喚しない理由がない。

「——ワラキア公ヴラド三世。こちらの陣営に居なければ、間違いなくユグドミレニアがサーヴァントにしているはずだ」

英霊ヴラド・ツェペシュ。ルーマニアへのトルコ侵略に際し、ゲリラ戦術で戦い抜いた大英雄。ドラキュラ伯爵のモデルとしても有名であるが、ルーマニアにおいてはあくまで英雄としての側面が強調されている。知名度補正は、ほぼ最高レベルだろう。問題はどのサーヴァントクラスで現界したのか、ということだが——。

「……やはり、このランサーだろうな。ヴラド三世という英霊は、剣や弓矢に関するエピソードはほぼ皆無だ。バーサーカーとアサシンは論外、キャスターも可能性としては零に等しい。となると、ライダーかランサーのどちらかだが、知名度補正がある割にライダーのステータスは全般的にやや低い。となると、このステータスが馬鹿高いランサーが最有力候補だ」

同意見だ、というようにシロウが頷いた。

「ランサーがヴラド三世、この情報はそれなりに価値があるでしょうね。七騎全てが不明よりは、余程いい」

「それで、こちらのサーヴァントはどうなんだ？」

「悪くはありませんよ。獅子劫さんのセイバーもかなり優秀のようですし、ランサーとライダーもヴラド三世に拮抗できる力を持つと断言できます」

「――へぇ」

魔術協会も余程強力な英霊を発掘してきたようだ。シロウがそこまで断言するからには、余程の知名度を持つか、知名度以上の強さがあるかだろう。

『まさか、我が父か……』

セイバーが、ぼそりと他の者には聞こえないほどの小声で呟いた。

(安心しろ、それはねぇよ。……たぶん)

――そう思いたい。そんな事態が起きれば、戦う前から空中分解確定である。

「ともあれ、獅子劫さんのセイバー召喚で七騎揃いました。さて、それでは――セイバーの真名を、教えて戴けますか？」

シロウの言葉に、アサシンがクスリと笑う声がした。同時に、セイバーの雰囲気が刺々《とげとげ》しい敵意を露わにする。真名を教えろ、という問い掛けもさることながらアサシンの笑い声がどうにも癪《しゃく》に障ったらしい。

「あー……どうしても、明かさなきゃ駄目か？」

「――ふむ。明かさない理由を教えて貰いたいですね。今回、我々は仲間です。互いの命を預ける以上、真名は明かしておいた方がいいのでは？」

「そりゃ、命は預けるが……真名はなぁ」

そもそも、真名とはサーヴァントの最重要情報だ。迂闊に明かすことなど、できはしない。真名が判明すれば、必然的に宝具がどのようなものか、弱点がどのようなものか、逆に得意なことは何かすらも分かってしまうのだ。

「それに共同戦線を張る以上、どのような宝具を使用するかは教えて戴けないと。ところがそうすると、ほぼ高確率で真名も看破されるでしょう。同じことですよ」

シロウの提案は、道理に適《かな》っている。適っているのだが、獅子劫にはそもそもこのシロウと――そして、アサシンと共同戦線を張るという行為が、酷く恐ろしい行為に感じられて仕方がない。

奇妙で、どこか寒々しい感覚。それは戦場の熱気には決して存在しない謀略の臭いだ。

獅子劫は二人に背を向けて、セイバーと顔を突き合わせて念話を飛ばした。マスターとサーヴァントの間であるならば、声に出さずともこの程度の意思疎通は可能だ。

〝マスター。どうするつもりだ？　ちなみにオレは嫌だ〟

〝同意見だが、理由は？〟

〝……直感だ〟

〝お前の直感は信用できるな。よし、決めた〟

獅子劫は書類を掲げ、二人に背を向けて身廊を歩き出した。

「おや。どちらへ？」

「ああ、俺たちは俺たちで勝手にやる。幸い、俺のサーヴァントはセイバーだ。単独で行動したところで、特に支障はない」

七騎のサーヴァント中、最優と謳われるセイバー。そのステータスの高さと、攻撃力の高さならば、どのサーヴァントと戦っても敗北する可能性は低い。

「ふむ、すると共同戦線を取るつもりはないと？」

「六騎のサーヴァントが揃っているんだろ？　更にお前さんが言うように、ランサーとライダーがそれほど優秀ならば、何も問題ないだろうさ」

「参りましたね。……確かにその通りですが」

少し困ったように、シロウは頭を掻いた。アサシンがわずかにその目を吊り上げる。表情にはわずかに不快さが滲み出ていた。

「――すると、お主は我々の助力が不要だと申すのだな？　我々ならば、トゥリファスのあらゆる情報が手に入るぞ」

「まさか。情報はいくらでも欲しいさ、何だったら買い取ってもいいぜ」

その言葉に、ますますアサシンの目が不愉快そうに吊り上がる。シロウがそっと彼女を制止した。

「定期的に情報は差し上げますよ。貴方と共に戦いたかったのですが、残念です」

惜しむように、シロウは囁いた。

獅子劫は教会から出ると、すぐにセイバーを霊体化させた。そして、脇目も振らず階段へと向かい、転がるように下りていく。

「セイバー。追ってくる奴はいないか？」

『……いない。アサシンが霊体化して追跡しているかもしれないから、油断はするな。攻撃を仕掛けてきた瞬間に斬り捨ててやる』

「昼間だから、可能性は低いと思うがな。……イヤな予感がしてならない、とっとと此処から離れよう」

『オレからも一ついいか？』

「どうぞ」

『〝赤〟のアサシンは、母上と同じ匂いがする。裏切られるならまだいい、最後まで裏切られたとすら考えられず、屍《しかばね》を晒す羽目になりそうな気がする』

モードレッドの母親――それは、言わずとしれたアーサー王の実姉モルガンだろう。モードレッドに王位簒奪《さんだつ》、アーサー王打倒を囁いた彼女はマーリンと肩を並べる魔術師だったという。

セイバーが『母上と同じ』というからには、相当な陰謀家なのだろう。

『……とにかく、アサシンには近付かない方がいい』

獅子劫は階段を下りきってから、ようやく安堵の息をついた。セイバーに確認させたが、周囲にサーヴァントの気配はない。

『それよりマスター』

「何だ？」

『……その、何だ。オレのマスターが、奸物《かんぶつ》に阿《おもね》るような類の者ではないと分かって安心した。少しだぞ？　少しだけ、安心した』

わずかに躊躇うような口振りで、彼女はそんな褒め言葉を口にする。少なくとも、彼らの提案を断ったメリットは大きかった。自分のサーヴァントがマスターを信頼してくれたというならば。

「そいつぁ、どうも。さて、トゥリファスに向かうぞ。最悪、全サーヴァントが敵に回る可能性もあるが、構わないな？」

獅子劫の言葉に、セイバーは声高らかに告げた。

『任せろマスター。我が名はモードレッド、父上を超える唯一の騎士だからな！』

なるほど、と獅子劫は心の中で納得した。サーヴァントの召喚は、召喚者の精神性に類似した英霊が選ばれるらしいが、彼女は実に自分とよく似ている。

——自信過剰な点が、特に。


「参ったな。恐らくですが、勘付かれたみたいですね」

「だが、シロウ。お前ならば、あのセイバーの真名を見抜けるのではないか？」

アサシンの問い掛けに、シロウは困ったように頭を掻いた。

「いやそれが。どうも、あのセイバーは真名を秘匿するスキルか宝具を持ち合わせているようでして。ステータスくらいは読み取りましたが、それ以外は何とも——」

「不確定要素は早めに潰しておいた方がいいと我は思うぞ。今からでも遅くない、誰かを遣わせるのも一つの手ではないか？」

「いやいや、止《や》めておきましょう。さすがに仲間同士で争うのはまだ早い」

アサシンの容赦の無い提案を、シロウはあっさり拒絶した。

「仲間でなかろう」

「利害が一致している、という点では仲間とも言えます。〝黒〟のサーヴァントたちを倒してからでも、充分対処は可能でしょう。それよりアサシン、貴女の宝具はどうなっていますか？　不足していた材料は、全て揃えたはずですが」

「ああ。後は宝具として成立するための儀式を執り行うだけだ。三日あれば問題ない」

「了解しました。トゥリファスに攻め入るのは、おおよそ三日後になりそうですね」

「それまでは鳩たちを使って情報収集だけになりそうだな」

不意に二人が会話を止めて、扉に顔を向ける。途端、何者かが扉を開いて闖入《ちんにゅう》した。その姿を見て、シロウたちは警戒を緩めた。

「キャスターじゃないですか。どうしました？」

キャスター、と呼ばれた中世ヨーロッパ風の洒脱《しゃだつ》な衣装を身に纏った伊達男は、身廊をつかつかと歩きながら、大仰に手を広げて叫んだ。

「『――馬だ《A horse》！　馬を引け《A horse》！　馬を引いてきたら王国をくれてやるぞ《My kingdom for a horse》！』」

しばしの沈黙の後、シロウがおずおずと――何とも申し訳なさそうに、口を開いた。

「……自作の台詞ですか？」

彼の言葉に、キャスターは失望を露わにして肩を落として嘆く。

「何ということだ！　この現世に生きていながら、我が傑作劇をご存知ないと仰るのか！

マスター、マスター！　どうか、こちらの本をお読みになって下さい！」

そう言って、彼は分厚いハードカバーの本を差し出した。どうやら、書店で自著を購入したらしい。タイトルは『シェイクスピア大全集』とある。

〝赤〟のキャスター、ウィリアム・シェイクスピア。世界随一の知名度を誇る劇作家であり、彼の作品を知らぬ者は無知の誹りを免れまい。現代のあらゆる文芸作品の源流を遡れば、必ずこのシェイクスピアの諸作に突き当たるとまで言われている。

だが、今しがたの台詞には一つだけ見逃せない点がある。キャスターは、シロウのことを『マスター』と呼んだ。アサシンをサーヴァントとするシロウ神父を、である。シロウも、そしてアサシンもその呼び掛けを訝しむ様子はない。彼の言が真実ならば、シロウは既にサーヴァントを二騎従えていることになる。

それは、可能ではあるかもしれないが少し異常だ。過去の聖杯戦争において、一人のマスターがサーヴァントを二騎従えた例など、ありはしない。魔力が枯渇して自滅するのが関の山であろう。もし真実だとすれば、このシロウという男はその身にどれほどの魔力を蓄えているのか。

「聖杯といえども、さすがにお主の作品に関する知識までは与えんよ。我が知るのは、せいぜいお主が『歴史的に有名な作家』ということだけでな」

アサシンの言葉に、キャスターは天を仰いで嘆く。

「おお、アッシリアの女帝よ。そんな悲しいことを仰らないで戴きたい。このシェイクスピアにとって、その言葉はまさに我が人格否定に等しい！」

「――ま、お主にとってはそうだろうな。しかしキャスター、わざわざ実体化してやってきたということは、何かあったのか？」

アサシンの問い掛けに、大袈裟な仕草で嘆いていたキャスターが、ピタリと静止した。

咳払いを一つし、やや気まずそうに語り出す。

「ええ、まあ。『恋人も狂人も頭が沸騰している《Lovers and madmen have such seething brains》』という言葉があるように、狂戦士《バーサーカー》のような存在は、時として理性では考えられないことをしでかすもので――」

「……バーサーカーが暴れ始めましたか？」

シロウの問い掛けに、キャスターは「いえいえ」と否定する。

「なら、どういうことなのだ？　明瞭に答えてみい」

苛立ったアサシンが顔をしかめて、詰め寄る。キャスターは宮廷道化師の如きへつらいの笑みを浮かべて、声高らかに告げた。

「バーサーカーは、トゥリファスに向かって歩き始めました。どうやら、仕留めるべき相手を見定めたようで」

「な――」

「……おや。それは困りましたね」

アサシンは絶句し、シロウはのんびりとした口調で呟いた。

「ひとまずアーチャーが追っていますが、押し止《とど》められるかどうかは五分五分――いえ、恐らく失敗に終わるでしょうな」

「笑い事ではないぞ、キャスター」

アサシンが苦々しげに呟いた。それも当然の話だ、〝赤〟のサーヴァントたちは勢揃いしているものの、戦争の準備が整った訳ではない。まして、ユグドミレニアとそのサーヴァントたちは難攻不落のミレニア城塞で、万全の態勢を整えて待ち受けている。いくら何でもバーサーカーが一騎突出した程度でどうにかなるものではない。無駄死にするサーヴァントが一騎出るだけだ。

「如何とする、マスター？　まだ、我の宝具は準備ができておらぬ。この状況で攻め入るのは我らといえども無謀に過ぎる。見捨てるしかないぞ」

「『災厄よ、やっと動き出したか。《Mischief, thou art afoot.》後は汝の思うがままに！《Take thou what course thou wilt》』……という訳ですな」

「――ふむ。つまり、唆《そそのか》したのはキャスターですね？」

シロウの言葉に、キャスターは大仰な仕草をぴたりと止めて、どこか決まり悪そうに目を逸《そ》らした。

「トゥリファスの場所を教えたのか、全くお主という奴は――！」

「おお、叛逆すべき相手を探し続ける哀れな狂戦士。このシェイクスピア、彼の満ち溢れる苦悩を見てはいられませんで」

キャスター、シェイクスピアにとってこの世界はまさしく驚天動地の物語である。否、そうでなければならない。彼は非凡な存在を心より愛しており、彼らによって紡がれる物語を求めているのだ。

その為には、多少の欺瞞《ぎまん》や唆しも彼としては『有り』だ。全ては物語の為である。

「つくづく困った奴だな、お主は……」

はぁ、と嘆息するアサシンに向けてキャスターは悪びれずに告げる。

「トラブルメーカー、またはトリックスターとも言うようですぞ、吾輩のような男は」

「……仕方ありませんね。アーチャーにはバーサーカーの後方支援を要請。ただし、状況が不利ならば撤退することを厳命して下さい。あのバーサーカーは、絶対に止められません。彼のマスターの令呪を消費したところで、時間が経てば同じことを繰り返すだけですからね」

「分かった。使い魔にアーチャーへの伝言を送らせよう」

「私の方は、これから監督官としてバーサーカーが通過する道々への対処に追われるので、しばらく何もできません。キャスター、貴方はじっとしていてくださいね？」

シロウは監督官でもあるため、当然ながら魔術の秘匿に関しては全力で処理に掛からねばならない。バーサーカーが真っ直ぐトゥリファスに向かうならば、その途上で一般人に目撃される可能性が高い。霊体化してくれればいいが、生憎《あいにく》とあの、バーサーカーにそのような理性は期待しない方がよい、というのが監督官の判断だった。

「おお、了解です。我がマスターよ……」

気落ちするキャスターを励ますように、シロウは柔らかな笑みで告げる。

「安心なさい、キャスター。戦端は間もなく開かれます。〝黒〟の七騎と〝赤〟の七騎が果てもなく殺し合う、最大規模の聖杯戦争——即ち、聖杯大戦が。その戦いは、きっと貴方の物語への欲を大いに満足させることでしょう」

§§§

かくして〝黒〟の七騎と〝赤〟の七騎が出揃い、一夜が明けた。時計塔からの脱却を謀《はか》る魔術師一族ユグドミレニア。それを許さず、大聖杯の奪還を目的とする時計塔が雇った魔術師たち。

降伏も和平もなく、交渉の余地はない。まさに殲滅戦、死に物狂いの殺し合い——とはいえ、大方の戦争がそうであるように、始まりは静かなものだ。

一晩掛けて、獅子劫界離と〝赤〟のセイバーはトゥリファスに到着した。早速戦いに赴こうと張り切るセイバーを抑え、獅子劫は調合した薬草で眠気を覚まし、工房での作業に取りかかることにした。

ホテルの一室を借りることも考えたが、狙われる可能性が一番高いのはそこだ。如何にホテルの部屋を工房用に改造したところで、脆弱なことに変わりはない。世の中には、ホテルの一室を工房にしたのなら、ホテルごと吹き飛ばせばいいと考える人間もいるのだ。

「……だからと言って、これはない」

げんなりとした表情で、セイバーが愚痴を零す。彼女は要求した通り、シギショアラのブティックで当代風の衣装を獅子劫に購入して貰っていた。秋だというのに、腹部を晒したチューブトップに真っ赤なレザージャケットを羽織っただけで寒そうではある。もっとも、サーヴァントである彼女にとって、気温の暑さ寒さなど障害ではないのだろう。

セイバーが意気消沈しているのは、獅子劫が『工房』に選んだ場所である。セイバーとて、生前は魔術師との交流もあったのだ——そもそも母親が魔術師だ。彼らがいかに奇矯で偏屈でエゴイストな存在であるかということくらいは分かっている。

だが、それにしても——。

「ねぐらを地下墓地《カタコンベ》にするとか、本気で有り得ねェ……」

セイバーが嘆くのももっともだ。周囲には蠟燭と、それに照らされる骨の山。少し開けた祭壇のような場所に寝袋を二つ。つまり、ここで睡眠を取ることは確定しているらしい。

「贅沢言うな、これほど上等の霊脈は滅多にないぞ。ここなら、お前の魔力の回復もかなり捗るはずだ」

「霊脈がどうとかいう問題じゃなくてだなあ、オイ」

「ああ、怖いのか？」

ぽん、と手を叩いて納得したという表情の獅子劫に、セイバーはカミツキガメのような表情で叫んだ。

「違うわ！　ただ単純に、こんな場所でこんな扱いをされるのが我慢ならんだけだ！　仮にもオレは、騎士だったんだぞ!?　というか、騎士でなくともこれは抗議するわ普通！」

「はぁ……分かった、ならそっちの寝袋を使え。五千円高かった分、快適なはずだ」

「……」

セイバーは肩を落とした。魔術師との付き合いを通して与えられた格言が一つある。何事も諦めが肝心、ということだ。

とはいえ、獅子劫とて伊達や酔狂でこの場を工房に選んだ訳ではないことはセイバーにもよく分かっている――だからこそ腹立たしいのだが。彼が扱うのは死霊魔術《ネクロマンシー》である。必然、相性が良いのは墓地やモルグのように、人の死が土地に染みついている場所だ。

出口は数ヶ所あり、複数同時に封じられない限りは脱出も容易。いざとなれば、地上へ向けて孔を作ればいい。爆破などによる生き埋めも難しい。この地下墓地は思っていた以上に広くできている。吹き飛ばすには相当量の爆薬、ないし高度な術式の構築が必要であり、警戒さえ怠らなければ問題ない。

地下墓地という事実さえ我慢すれば、ここは意外なほどに堅牢な城なのだ。

獅子劫はひとまず探知用の結界を地下墓地の出口周囲に張り巡らせた。工房といえども、ここは仮のねぐらに過ぎない。罠を仕掛けるのは長期戦が確定し、時間に余裕ができてからにしようと獅子劫は決めた。

そして、彼はバックパックからそのガラス瓶を取り出した。ぼんやりと作業を眺めていたセイバーも、さすがにこれには興味を惹かれたと見えて、彼の背中から覗き込んだ。

「……蛇か？」

「そう。ヒュドラの幼体、そのホルマリン漬けだ。世界に二つとない貴重な代物だぞ」

「ふぅん。それをどうするんだ？」

「忘れたか？　俺は死霊魔術師《ネクロマンサー》だぞ。加工するに決まってる」

「……加工？」

ガラス瓶から慎重にヒュドラを抜き取った獅子劫はそれを床に横たえた。何気なくセイバーがそれに触れようとした途端、獅子劫の鋭い叱責が飛んだ。

「やめろ！　触るんじゃない」

「……っ。何だよ。ちょっとくらい、いいだろ」

膨れっ面を浮かべるセイバーに、獅子劫は嘆息して言い聞かせる。

「あのなあ、セイバー。ヘラクレスの伝説は知識として存在するだろ？　それで、ヒュドラと言えば？」

「……九つの頭を持ち、」

「他には？」

「毒の息を吐く。……ああ、そういうことか」

「その通り。ヒュドラの体は毒が詰まっている。成体なら近くで呼吸しただけで、肺が爛《ただ》れるくらいのな。ま、こいつは幼体でしかも屍だから触れなければ問題ない」

無論、セイバーならば常人と違って死ぬことはない。しかし、ヒュドラはやはり魔性の獣でもあるのだ。君子危うきに近寄らず、という格言はやはり正しい。

獅子劫は分厚い革手袋を身につけると、慎重にナイフで首を一本一本切り取った。それから、首の一本一本を赤黒い液体に浸していく。

「何するんだ？」

「もう少し長ければ、矢にでも仕立て上げたんだけどな。この大きさなら、短剣《ダガー》がせいぜいってところか」

「ふーん。……時間掛かるのか？」

「三時間は掛かるな。それまで暇なら寝てろ」

セイバーは睡眠を選ばず、獅子劫の隣にしゃがみ込んだ。

「面白いか？」

「別に。解体だの加工だの、面白くも何ともないね」

セイバーはつまらなそうに頬杖を突いている。だったら魔力節約のために寝てろ、と言いたいところだが、言っても絶対に聞かないだろうな、という確信が獅子劫にはあった。

先ほどまで液体に浸していた首をピンセットで摘《つま》むと、蠟燭の炎で炙《あぶ》っていく。ひたすらに地道で、そして危険な作業であった。

「……なあ、マスター。お前は何を聖杯に望んでいるんだ？」

獅子劫は一歩間違えばヒュドラの毒で死ぬという、極度の集中を要する作業を行いながらも、セイバーの何気ない質問に答えた。

「大聖杯に懸ける望みなら、一族の繁栄だ。魔術師だからな」

些か平凡とも言える答えに、セイバーは鼻白んだ。魔術師が一族の繁栄を願うのは、当たり前と言えば当たり前だ。

「何だ、つまらん」

「馬鹿お前。繁栄は大事だぞぅ？　子供がいれば、己の夢を嗣《つ》いでくれる。人間は寿命が短いからな。たかだか二百年も生きることができやしない」

「子供が夢を嗣ぐとは限らんぞ」

「そりゃ、経験則か？」

セイバーがたちまちふて腐れた表情を浮かべた。獅子劫は苦笑して「悪かった」と謝罪する。だが、彼女は謝罪を受け入れることなく無言で寝袋に潜り込んだ。

サーヴァントに睡眠は必要ではない、と言っても魔力の消費を抑えるという点で不要という訳でもない。特に、〝赤〟のセイバー……モードレッドは、その比類無き力の代償として、凄まじいまでの魔力を喰らう。抑えられるときは、できるだけ抑えておいて貰った方がいい。もっとも、今の彼女は単にふて腐れているだけだろうが。

獅子劫は加工作業を行いながら、食事として干した肉と果物を齧《かじ》った。黙々と作業を続けながら、時折セイバーに目を移す。あどけない少女の寝顔にしか見えない――その事実に、どこか暗澹《あんたん》たる気分を抱く。


叛逆の騎士、モードレッド。アーサー王の栄光の物語に、最後の最後で泥を塗る稀代の悪党。

アーサー王が遠征に出た隙を突いて、留守を任された彼女は兵を唆して念願の王位に就いた。帰還したアーサー王は、休む暇もなくモードレッド軍と戦いを繰り広げる。それが、カムランにおける一大決戦だ。

最早名の有る騎士はほとんど存在せず、アーサー王とモードレッドは燃え盛る戦場で一騎討ちを行い、アーサー王の聖槍ロンゴミニアドがモードレッドを貫くも、彼女は最後の力で王に致命傷を与えた。

アーサー王は最後まで付き従った騎士ベディヴィエールに聖剣を返すように命じ、息絶えたとも妖精郷《アヴァロン》で傷を癒しているとも言われている。

だが、一方のモードレッドはあの一騎討ちで死亡したという薄ら寂しい記述が残っているだけだ。それもそうだろう。伝説の騎士王、現在でもその名を刻むブリテンの大英雄、アーサー・ペンドラゴンに一杯食わせた悪役だ。

「——よし。これで九本全て作業完了。後は胴体か」

一人呟きながら、獅子劫は思考に埋没する。召喚したせいで贔屓目《ひいきめ》もあるのかもしれないが、彼はモードレッドとアーサー、どちらかに付き従えと言われたら迷わずモードレッドを選ぶだろう。

聖剣を手に輝く騎士道を体現したような王と、彼が遠征に出向いている間に、兵を唆して叛逆するような拗《ねじ》くれた騎士ならば、後者の方が面白いに決まっているではないか。

モードレッドは父親《アーサー》を愛していたのか、憎んでいたのかはよく分からない。愛も憎悪も紙一重の感情だ。だが、強い影響を受けていたことだけは間違いないだろう。

だからこそ、叛逆した。父のようになるためか、父を否定したかったがためかまでは、分からないが——善悪関係なく、それは間違いなく勇気ある行いだった。

「……我ながらコイツが召喚された理由がよく分かるな」

自嘲的な笑みを浮かべる。己のような魔術師が真っ当な円卓の騎士など、召喚できるはずがない。叛逆の騎士万歳というところだ。

加工作業を終えた獅子劫は寝袋に潜り込み、深夜まで泥のように眠った。

深夜のトゥリファスは、ひっそりと静まり返っている。家々の灯りという灯りは全て消えており、二十四時間営業中の店など、一店たりとも存在しない。

ただ道路の街灯のみが、夜を照らし出していた。といっても、その光はごくごく淡いもので、暗闇に対してはあまりに弱々しい。

モードレッドと獅子劫は、ミレニア城塞攻略への基点となる場所を探していた。通常の聖杯戦争ならば、マスターである魔術師の工房を探すのがセオリーだが、今回の場合、それは不要だ。

何故なら、既に彼らの本拠地はあの城塞だと確定している。捜索は不要、マスターもサーヴァントも、あの頑強極まる城塞から出ることはまずないだろう。つまり、あの城塞を攻略しなければ何も始まらない。よって、まずあの城塞を遠巻きにでも観察できる場所が欲しかった。

ミレニア城塞はトゥリファスの北東に位置しており、周囲は三ヘクタールの森林が取り囲んでいる。トゥリファスは全体として西から東へ上り坂となった台地にあるため、一番高地に位置する城塞は、都市の全てを見渡すことが可能だ。

その為、獅子劫とセイバーはまず城塞の南方向から探ることにした。なるべく高層の建築物で、城塞から近くはないが見えないほどに遠くもない、という場所がいい。

「あれはどうだ？」

セイバーが指差した方向には、約百年前に建築されたトゥリファス市庁舎がある。セセッション様式の建物は全体的に直線と平面で構成されており、色鮮やかな幾何学模様のタイルで葺《ふ》かれた屋根が、極めて印象的だ。

貴重な芸術品であり、歴史的な建築物であるが――二人は此処が絶好の監視場所であること以外、何の関心も持っていない。

「いいな、上って確認してみるか」

獅子劫がそう呟くと、何故かセイバーに襟首を引っ張られた。

「……おい」

「上るんだろう？」

嫌な予感がして、獅子劫は彼女から逃れようと身をよじったが無駄だった。掛け声一つ、セイバーは『魔力放出』を使用して、一気に屋上まで跳躍した。着地した瞬間、首筋に物凄い圧力がかかって、獅子劫は微妙に気が遠くなった。

しばしの沈黙の後、獅子劫は得意満面のセイバーをどう叱ろうか迷った末、

「次はするな」

と、当たり障りのない文句をつけるに留まった。うむ、と頷くセイバーに反省の色は皆無である。

「それよりマスター。ここはどうだ？」

「そうだな……」

城塞の様子を窺うには遠すぎもせず、相手側から容易に観察できるほど近すぎもせず、まさに絶好の監視場所ではあるのだが――。

「駄目だな、ここは」

獅子劫の嘆息に、セイバーも忌々しそうに首肯した。屋根に立った途端、城塞から何か鳥のようなものが複数、一斉に飛び出してきた。獅子劫が屋上のタイルをよくよく観察すると、擬装されているが探知用の結界が張り巡らされていた。

「セイバー！」

獅子劫が何かを命じるよりも早く、彼女は即座に全身鎧に換装《チェンジ》して、迎撃態勢を整える。

「……あれは、鷹か？」

暗い夜の出来事だ、魔術師である獅子劫でも微かな動きしか捉えきれない。だが、傍らにいたセイバーはその規格外の視力を以て、正確に襲撃者を視認した。

「違う、あれは——ゴーレムだ！」

蜻蛉《とんぼ》を象ったと思しき石造りのゴーレムが、下降しながら襲いかかってくる。空中四方から襲い来る敵。セイバーは跳躍と同時にまず一体を仕留め、一番近くにいた石人形を踏み台にして、残る二体を叩き斬った。

「くそ、他にもいるぞ！」

獅子劫の言葉に、着地したセイバーは油断なく剣を構えた。彼の言う通り、四方八方から人型、非人間型のゴーレムたちが出現した、どうやら近隣の建物の屋根に擬態していたらしい。それればかりではない——何時の間に集まってきたのか、戦斧《ハルバード》を握り締めた人間たちもゴーレムと共に二人を取り囲む輪に加わった。

いや、人間にしてはやけにその感情は希薄だった。何より、兄弟と見間違うばかりに顔が統一されていた。

「人間……じゃないな、ホムンクルスか」

「……ッ」

獅子劫の呟きに、セイバーがわずかに身じろぎした。

「どうした？」

「何でもない……マスター、指示を」

「俺の魔術は、ゴーレムを相手にするにはちょいと威力が不足していてな。……ホムンクルスは任せろ。セイバーはゴーレムたちを頼む」

「心得た！」

セイバーが銃弾の如き勢いで、屋上のタイルを粉砕しながらゴーレムに襲いかかる。石あるいは青銅で造られた頑丈なゴーレムを、それこそ紙や木っ端の如く打ち砕いていく。

一体のゴーレムがその比類無き巨体でセイバーを押し潰そうとする。だが雄叫びと共にセイバーは沈めた体を跳ね上がらせることで、石人形を吹き飛ばした。

その様は、騎士の優雅で華麗な剣術というものからはほど遠く、むしろ狂戦士《バーサーカー》、あるいは野獣のそれに近い。本来は両手で扱うべき剣を片手で振り回し、空いた手で拳を入れたかと思えば、何と剣士の命とも言える剣を投擲、宙空から襲い来るゴーレムを串刺しにした。

セイバーは一体のゴーレムが打ち放った拳を受け止め、勢いよくゴーレムを放り投げた。宙空で串刺しにされたゴーレムと激突し、双方が砕け散る。欠片と共に落ちてきた剣を受け止め、セイバーは疾走を再開した。

一方、ホムンクルスと対峙することになった獅子劫は懐から大型のショットガンを取り出した。じりじりと詰め寄っていたホムンクルスたちは感情が希薄であるはずだが、それでもその兇器を見た瞬間、反射的に立ち止まった。

水平二連式の切り詰め型《ソードオフ》ショットガン、メーカーは無名《ノーブランド》。銃床《ストック》と銃身《バレル》を短くカットされたそれは、携帯及び屋内での取り回しには向いているものの、有効射程距離は極めて短くなる。

だが、死霊魔術師《ネクロマンサー》たる獅子劫界離にとって、銃本来のスペックは武器にすることと何の関係も無かった。

「それじゃ、喰らっちまえ」

ホムンクルスに向けて、獅子劫は何の気なしに引き金を引いた。狙いなど、最初《ハナ》から定めてはいない。重要なのは銃を己の手で握ることだけだ。彼の持つショットガンは撃針部分などには呪術的な処理を施しているものの、肝心なのは銃よりもむしろ銃弾である。装填されている弾丸を見れば、誰もが凍りつくだろう。人の指を加工した弾など、悪趣味という問題ではない。

北欧のルーン魔術にガンドと呼ばれる術がある。相手を指差すことで呪いを与えるというこの術は、魔力を強くして編み上げると銃弾のような物理的攻撃力を発揮する。ガンドと死霊魔術《ネクロマンシー》を組み合わせたこの指弾は、速度こそせいぜいが亜音速でしかないが、進行方向にある体温を蛇のように察知して軌道を修正する。

そして、体内に潜り込んだ銃弾は心臓に到達すると同時、呪いを破裂させる。まさしく一発必殺の『魔弾』である。

放つ弾は緩やかなカーブを描きながら、あっという間にホムンクルスを数体討ち果たした。二発撃ったところで再装塡《リロード》。この機を逃さぬとばかりに、ホムンクルスたちが襲いかかる。獅子劫は再装塡作業を一旦停止して、懐から奇怪な物体を取り出した。やや萎びて赤黒い色をした——魔術師の心臓である。

獅子劫は手にしたそれを、ホムンクルスたちの密集地帯へ投擲した。べちゃりと音を立てて、彼らの傍に心臓が落ちる。次の瞬間、それは勢いよく膨らんで破裂。中に詰まっていた魔術師の歯や爪がホムンクルスの体に食い込むと、彼らは毒を飲まされた如く苦悶して、たちまち死に至った。

死霊魔術師《ネクロマンサー》は数いれど、魔術師や獣の体をここまで凶悪に加工する戦闘特化型は獅子劫界離くらいのものだろう。

ホムンクルスたちはそれなりの戦闘力を保持していたが、賞金稼ぎの魔術師である獅子劫界離にとっては、与し易い相手だった。それはセイバーも同様らしい。

「——終わったぞ、マスター」

「応。ご苦労さん」

最後のゴーレムを叩き砕いたセイバーが帰還する。屍となったホムンクルスを見回し、ほうと感心の息を漏らした。

「存外やるじゃないか、死霊魔術師《ネクロマンサー》」

「一応、ほどほどに修羅場は潜《くぐ》ってきてるんでね」

　そう答えつつ、獅子劫は砕かれたゴーレムの欠片から羊皮紙を毟《むし》り取った。その紙にはびっしりと命令《コマンド》が書き込まれている。

「……古いな。八百年以上前か」

　魔術において、時間というものは極めて重要な価値を持つ。古ければ古いほど、神秘は強さを増す。例えば魔術刻印が受け継ぐ度に少しずつ成果を積み上げていくことで、強力になっていくように。八百年以上前の羊皮紙ならば、熟練の魔術師の一人や二人容易に屠《ほふ》る能力のゴーレムを鍛造できるだろう。

　だが――。

「セイバー。ゴーレムはどうだった？」

「オレは石人形と戦うのは初めてだったが……意外にやるもんだな。最後の奴なぞ、三合も打ち合ったぞ」

「うん。現在の魔術師が人生賭けて造ったゴーレムでも、お前相手に二合は保たないだろうな」

　無論、例外はいる。世界は広い、探せばサーヴァントに比肩するだけのゴーレムを造り出せる魔術師が存在するかもしれない。……だが、ユグドミレニア一族にそれほどまでに才あるゴーレム使いがいるとは思えない。せいぜい、ロシェ・フレイン・ユグドミレニアあたりが限界だ。彼のゴーレムも相当に優れているが、セイバーならば一撃で粉砕しよう。更に、これだけの数を揃えることなどまず不可能だ。

……となれば、このゴーレム使いは現在の魔術師では有り得ない。

羊皮紙をもっとよく調べようと獅子劫が顔を近付けた瞬間、熱が顔に襲いかかった。

「あっちぃ!?」

慌てて仰《の》け反り、燃え盛る羊皮紙から手を離す。獅子劫が手にしていたものだけではなく、その場にあった全ての羊皮紙が炎に包まれていた。さらにゴーレムたちも急速に風化し、塵となって消えていく。

「おい、大丈夫かー?」

「あー、ちょっと痛い。くそ、用意周到だな。手掛かりは消えた。待ち構えられていた以上、ここを拠点にすることもできないか」

ユグドミレニアの方も、ここを拠点としようと考えるのは予想の範囲内だったらしい。元よりここは小さな都市だ。城塞攻略の要となりそうな場所にはある程度の人員が配置されていると考えて然るべきだろう。それも一人二人ではない、高度な技術で造られたホムンクルスとゴーレムの大量投下だ。更に、それに戸惑っていると今度はサーヴァントが迎撃にやってくることなど予想がつく。

使い魔を飛ばして遠巻きに観察する。当面はそれ以外に手段がなさそうだ、と獅子劫は判断した。

「なら、とっとと帰るしかないか」

「ま、一つだけ分かったことがある」

「何だ？」

「キャスターか、あるいは別のクラスかまでは分からないが、七騎のサーヴァントの中にゴーレムに長じた英霊が一人いる」

その情報だけでも、かなり絞ることができる。ゴーレムそのものは珍しくもないが、英霊になるほどの存在でゴーレムに深く関わりを持つ者は数少ない。

「そう言えば、誰かに見られているような感覚があったんだが気付いたか？」

工房に戻る道すがら、ふとセイバーが思い出したように告げた。獅子劫はああ、と頷く。恐らく遠見の魔術か、使い魔の共感覚による観察だろう。自分とセイバーの戦いを見物し、こちらの戦力を調べようとした訳だ。

「ま、その兜があれば最低限こちらが守り通したい情報は確保できるからな。当面は外すなよ？」

セイバーの持つ宝具の一つ、『不貞隠しの兜《シークレット・オブ・ペディグリー》』は一部ステータス情報を隠蔽することができる。ステータスやクラス別スキルといった汎用的な情報は隠せないが、真名はもちろん宝具や固有スキルといった重要な部分を隠し通すことができる、便利な宝具だ。

ただし、この状態のときは彼女が持つ最強宝具を発動できない。とは言えそれは対軍宝具、それこそ強敵への必殺とすべきものだ。明かしたときには、相手がこの世から消し飛んでいるくらいでなければ。

「戦闘中以外は外していいんだよな？」

「ああ、それは構わない」

セイバーが嬉しそうに口笛を吹いた。無論、情報が漏れてもいいという訳ではない。どうやら、あの兜は鎧とセットの状態で『脱いだ』ときに、初めてステータス情報が解放されるものらしい。つまり鎧を外して現世の衣装《コスチューム》を纏っていて、なおかつ武器を手にしていない状態ならば、兜が無くてもステータス情報は隠蔽され続けるということだ。

という訳で、早速セイバーは先ほどの衣装に着替えて息をついていた。

「やっぱり、あれ苦しいのか？」

「まあ、慣れれば何とでもなるけどな。解放感が段違いなんだよ」

セイバーはうぅん、と大きく伸びをした。それから、軽い足取りで道路の真ん中でくるくると回り始める。戦闘後ということで、少々セイバーのテンションが上がっているのかもしれない、と獅子劫はぼんやり考えた。

回っていたセイバーがピタリとその足を静止し、振り返って告げた。

「そうだ。マスター、オレはどうだった？」

「あん？」

「オレの戦いぶりはどうだったのかと聞いているのだ。ま、サーヴァントと戦った訳ではなく、存分に力を発揮できたという訳ではないが」

「おお、それか。……ま、素晴らしいという他ないな。お前がセイバーたる由縁、存分に見せて貰った」

その言葉に、セイバーは胸を張って満足げに頷いた。

「ただ、最後らへんに剣をブン投げてたけど、アレは有りなのか？」

「馬鹿だな、マスター。要は勝てばいいんだ、勝てば。剣の技など戦闘における一つの選択肢に過ぎん。勝つためなら、殴るし蹴るし嚙みついてもやるさ」

「……大いに同感だ」

自身とあまりに似通った精神性に、獅子劫は目を覆いたくなった。

§§§

ミレニア城塞、王の間。〝黒〟のキャスターは七枝の燭台《メノラー》に灯った炎を通じて魔術協会の猟犬《マスター》たちと共に、彼が召喚した〝赤〟のセイバーの戦いを見聞していた。その映像は、まるで映画館のスクリーンのように壁に向けて投映されており、ユグドミレニア一族のマスターと彼らのサーヴァントは揃ってその光景を見つめていた。

ダーニックを除いたマスターたちは、〝赤〟のセイバーの苛烈な戦いに圧倒されているようだった。映像越しでも分かるほどの、圧倒量の戦気。矮軀ながら、巨大な鋼鉄の塊は砲弾の如き勢いで、ゴーレムたちを粉砕していく。〝黒〟のキャスターのゴーレムの造り手としての力量は超一流だ。あのゴーレムたちは、低ランクのサーヴァントならば互角に戦える程度の力を有していたはずだ。

それを一合、最高でも三合程度で斬り伏せた。

「さすがセイバー、と言うべきかな」

〝黒〟のランサーの言葉に、臣下たる姿勢を崩さないダーニックは頷いた。

「筋力B+、耐久A、敏捷B、魔力B……幸運を除いてC以下が存在しないとは、まさに剣の英霊に相応しいステータスでしょう」

特に、筋力のB+というステータスは破格だ。+とは瞬間的であるが数値の倍加を行える稀少なパラメータだ。対魔力及び騎乗ランクもB。Aランクの魔術行使で、ようやくダメージを与えることができるという頑強さだ。

三度あった冬木の聖杯戦争において、セイバーは最後まで生き残ったという。それは、あらゆる状況に対応できる万能的な強さがあるからだったと聞くが、今しがたの戦いぶりを見る限りでは無理もない。

「更に注目すべきは一部ステータスを隠蔽している節があることとです」

サーヴァントであるランサーには分からないが、マスターであるダーニックはサーヴァントのステータスを読み取ることができる。にもかかわらず、固有スキルや宝具といった情報がどうしても読み取れない。彼が使っていた能力、あるいは手にした剣の意匠はどこかで見たはずなのに、想起することを阻害されている感覚。

固有スキルか、それとも宝具なのかは不明だが、恐らく『自らの素性を隠し通す』伝説が何かしらの形で具現化しているのだろう。いずれにせよ、難敵である。

「他の者はどう思う？　セイバーよ、君は彼に勝てるかね？」

ランサーの問い掛けに、セイバーは無言で頷いた。彼はゴルドの命令通り、王の前でさえも、無言を貫いている。

「大賢者よ。君はどう考える？」

アーチャーは穏やかな海を思わせる微笑みで答えた。

「難敵であることには違いないでしょう。ですが、後は宝具の性質さえ判明すればさほど問題はないように思われます」

　ふむ、と満足げにランサーは頷いた。

「おじ様。マスターの方はご存知なのですか？」

　フィオレの問い掛けに、ダーニックは頷いた。

「ああ、時計塔に潜ませていた血族から情報は得ている。獅子劫界離。死霊魔術師《ネクロマンサー》の賞金稼ぎだ。時計塔に限らず、どこの依頼でも受けるフリーランス」

「魔術で金を稼ぐ、薄汚い商人か」

　ゴルドが吐き捨てるように言う。彼にとって魔術は探究であり、間違っても金を稼ぐものではない。それは他のマスターたちも同様である。彼らの目には強い軽蔑、あるいは戸惑いが浮かんでいる。百年を魔道に生きたダーニックと、黒魔術による呪殺を生業《なりわい》とするセレニケだけが冷静に彼の実力を精査していた。

「強いな」

「……そうみたいねぇ」

　そもそも、死霊魔術《ネクロマンシー》とは死体と共に発展してきた魔術である。単純な屍人《ゾンビ》、あるいは継ぎ接《は》いで誕生した怪物を蘇らせるこの魔術は、必然的に大量の死体を必要とすることになる。

　何処に行けば大量の死体を手に入れられるか？　それは墓地でも死体置場《モルグ》でもなく、戦場だ。従って、一流の死霊魔術師《ネクロマンサー》は墓地ではなく戦場へと赴くことになる。革命やクーデターなどで大量虐殺《ジェノサイド》が行われれば狂喜乱舞して死体を掻き集めるのが、死霊魔術師の宿命とも言えた。

古来、戦争が絶えた例しはなく、死霊魔術師は常に危険と共に在った。魔術師は自身の命も危ういような危険な実験もする。召喚した生物が暴走して戦う羽目になることもある。だが、理不尽がまかり通る戦場に好んで身を投じる魔術師などそうはいない。

獅子劫界離——獅子劫一族は、魔術が盛んとは言い難い極東の出でありながら、代を重ねること既に七代。六代目である獅子劫燈貴《とうき》の論文は時計塔でも高く評価され、息子である界離も当然時計塔の研究者の道に進むものと思われていたが、彼は三年も学ばぬ内に時計塔を休学。

以降は戦場で死体を漁りつつ、異端のはぐれ魔術師たちを討伐する賞金稼ぎの道へと踏み入ったという。

動機は不明だが彼の扱う魔術、そして性格は賞金稼ぎに合っていたらしい。十年も経つと、獅子劫界離の名はアンダーグラウンドに潜む魔術師たちの間でも知れ渡るようになっていた。

時計塔との繋がりも決して消えた訳ではない。恐らく今回も、高額の報酬か何かで雇われたのだろう。もっとも、時計塔が送り込んできたマスターのほとんどが同じ立場だ。唯一の例外は、聖堂教会から派遣されたシロウ・コトミネ神父だ。第八秘蹟会所属という以外、一切の経歴が分からない。無論、聖堂教会にも血族は潜り込んでいる。にもかかわらず、プロフィールのほとんどが不明というのは、相当に深い部分に位置する人間か、さもなくば本当に経歴が空白《ブランク》だということだ。

実力が未知数のシロウ神父を除けば、六人のマスターはいずれも一流を上回る超一流。魔術師としての力で拮抗できるのはダーニックとフィオレくらいのものだろう。だが、哀れなことに彼らはサーヴァントを使役する代償として、自身の魔力を彼らに供与しなければならない。

ユグドミレニア一族にはそれがない。彼らは令呪を持ったマスターであるが、魔力供給の経路《パス》を別の存在にバイパスすることで、サーヴァントに魔力を喰らわれることを防いでいる。

無論、保険のために最低限の魔力供給——即ち、マスターがサーヴァントを現界させているという部分だけは、残している。つまり英霊を現界させるにあたり、根幹の部分のみをマスターが引き受け、宝具や自己治療、魔術行使などによる魔力消費を『別の存在』が担っているという状態だ。

これにより、実力差はあっさりと覆される。一流の魔術師であればあるほど、行使する術には膨大な魔力が必要であり、場合によってはサーヴァントと魔力を奪い合うという滑稽な状況にも陥るだろう。

たかだか十日にも満たない準備期間で、この聖杯大戦に勝利できると思うのが誤りだ。ユグドミレニア一族は——否、ダーニックは冬木市における第三次聖杯戦争が終結してから、ずっとこの戦争への準備を整えていたのだから。

「——戦は近いな」

ぼそりと、〝黒〟のランサーが呟いた。その場にいた全てのマスター、全てのサーヴァントがそれに無言で同意する。彼らの心の奥底で猛り狂うモノがあり、それが戦争の開始を告げているのだ。

本格的な戦端が開かれるまでは、恐らくあとわずかな猶予しかない。聖杯大戦の中心となるのは、召喚された十四騎のサーヴァント。そして二大組織であるユグドミレニアと魔術協会。これは、此度の戦争における全マスター、全サーヴァントの統一見解だろう。

——だが。その日、一つの運命が動き出した。

ひどく、ゆらゆらしていたと思う。剝き出しになった神経《かいろ》から、魔力が排出されていく。魂が熔けて、融けて、解けていった。意識は鮮明なのに、思考するに足るものがない。弱々しい本能が何かを悲痛に訴えているけれど、『彼』にとってそれはか細い獣の声に過ぎない。認識ができない、思考ができない、論理を構築できるはずもない。自己を主張できず、自身を生きていると断言できない。

それでも、大地《そこ》に在る以上は獲得できるものがある。例えば情報、そして時間。情報を受け入れ、整理する時間があれば、そこには知識が産み出される。知識は、今まで雲のように摑み所のなかった感覚を、言葉として成立させた。

——俺は、生きている。

単純な真実。泣きじゃくる赤ん坊ですらそんな当たり前の事実は無意識に理解しているというのに、彼は今の今まで、生きているということすら知らなかった。

時間が流れる。

情報を獲得する。

知識を得る。

自覚を持ってからは、そのサイクルが異常な速度で回転していった。元より、『彼』は魔術回路を基盤として産み出された生物である。知識というものへの理解力は凄まじい。

通り過ぎる人がいて、通り過ぎる仲間がいて、通り過ぎる怪物がいた。

人は何の関心も持たずに自分たちを眺めている。仲間たちは薄い感情を瞳に乗せて自分たちを見る。怪物の反応は様々で、興味など欠片も持たない者、痛ましそうに見つめる者、興味深げに調べようとする者がいた。

それでも、変化はない。情報と知識のサイクルがひたすら続く。

瓦落多《ガラクタ》のように乱雑だった知識は、今や図書館の蔵書の如く整理され、分別され、綺麗に積み上げられていた。だが、外界の情報を貯蔵《ストック》すればするほど、胸を掻き毟られるような感覚があった。

彼はそこから無意識に目を逸らし、更なる情報収集を続行する。しかし――集めれば集めるほど、理解すればするほどに。その感覚は無視できぬものとして、肥大化していく。

自身の心を数値に置換すれば、『それ』が既に六割を占めていた。最早無視できそうにない、そんなモノを目の前にしてもなお、彼が選んだのは保留だった。

これを、決して勇無き行為と弾劾《だんがい》することはできない。そもそも、勇無き行為とは勇気有る行為を理解して、初めて成立するもの。それが、臆病だと彼は理解していない。ただ、何となく目を逸らしただけだった。

——運命が流転する。変転し、拗れ曲がって狂い出す。

彼の眼前に、一人の人間と一人の怪物が立っている。どちらも幾度となく自分の前を通り過ぎた人物だ。

一方の名前《コード》は、確かロシェ、あるいはマスター。

もう一方は、キャスター、あるいは先生。

「——魔術回路の組み込みを試してみましょう」

キャスターの言葉に、ロシェが頷いて答えた。

「なら、ここのホムンクルスを使って……」

会話の内容を、彼は慎重に精査する。魔術回路——魔術を運用するために必要な擬似神経。自分たち《ホムンクルス》はそれを軸として肉体を形成している。では、組み込むとはどういうことか？

脊髄を蟲が這い回るような悪寒。過《あやま》つことのない、確かな死の運命。

ここのホムンクルスを使って——使う、即ち消費。使えば、得るものがある代わりに消えるものがある。

鋳造されて以来、あらゆる状況で一定回数を保ち続けていた心音が、わずか一分にも満たない会話によって、激しく掻き乱されていく。

以前の会話を検索する。キャスターとロシェ、二人は幾度かゴーレムについて語り合っていた。人造の生命、というよりは土と石と式で構築された機械人形。それに魔術回路を組み込む理由――魔術を編み上げるゴーレムを造り出すため。

創造には消費が伴う。創造されるのが『魔術を使用するゴーレム』ならば、消費されるのは当然『魔術回路を持つホムンクルス』に決まっている。

悪寒の正体を、彼はとうとう理解した。

消費は消滅であり、消滅は即ち『死』。その言葉を知ってはいても、理解はできていなかった。

「まず、三体くらい使ってみましょうか。ええと……これと、これと、これ」

自分が指差された。色鮮やかな死が、彼の心を窒息させるように締め上げる。目を逸らしていた六割が、厳然と告げた。

――お前は『死』ぬ。生まれてすぐに、この魔力供給槽に封じ込まれて全く何の意味もなく、ただたまたま目についたからという、ただそれだけの理由で消費される。

二人が立ち去っていく。自分が死ぬまで、あと少しの猶予しかないと確信した。

絶望が襲いかかる。目を逸らし続けていたのはこれだ、これなのだ。生まれたことに意味がなく、存在意義が稼働していない。

だというのに、泣き叫ぶことも悔やむこともできない。ただ、虚ろな瞳で見つめるだけしかできない。

……いや、本当にそうだろうか？

彼は思う、必死になって考える。自分は本当に、何もできないのだろうか。何もできないと、そう思い込んでいるだけではないか。現に、自分には他の者にはできないことができている。……少なくとも、情報を獲得し、思考して、出した結論に恐怖する。そこまで辿り着くことはできたのだ。

ならば。もう少しだけ、もう少しだけ前に進め。

サーヴァントに魔力を供給するための水槽に閉じ込められた『彼』に自我が芽生えたのは単なる偶然であり、彼が指差されたのも単なる偶然だ。

されど。二つ重なればそれは運命に等しい重みを持つ。

――動け。

生まれて初めて、指を一本動かした。手を動かし、拳を握り、腕を振り上げようとする。

――動け。

状況を再確認。魔力を効率良く供給するため、翠緑の保存溶液に閉じ込められていることは理解している。稼働していない存在意義はひとまず棚上げし、眼前の目的を明瞭にする。ここから脱出しなければならない、今すぐに。

──動け！

両腕を動かし、乱暴に強化ガラスを叩く。だが、すぐに無意味な行為だということに気付いて止めた。自分が与える物理的衝撃では、このガラスを打ち破ることは不可能だ。

彼はしばし思考して、自身の魔術回路を走査した。大気の魔力《マナ》を取り込んで、サーヴァントが現界するためのエネルギーを供給している彼は、既に回路を励起させる準備を整えている。

「──理導《シュトラセ》／開通《ゲーエン》」

供給をカット。自身が知る言語を以て、己の神秘を駆動させる。望んだ結果は破壊、両手を強化ガラスに接着させる。体内に流れ込んでいた魔力は、放出先を見つけてたちまちその掌に向けて殺到する。

触れたガラスが如何なる鉱物かを把握。最適かつ最小の力で破壊できるように、魔力が変質する。両手に光が満ちる──まるでバルサ板のような脆弱さで、強化ガラスが粉々に砕け散った。

途端、体が外に向けて押し出される。隔絶されていたはずの世界が接続してしまう。割れたガラスに背中を裂かれつつ、彼は通路──現世へと押し出された。

苦しい、何かがおかしい。胸を掻きむしる、口を開こうとして開けないことに気付く。自分の口に押しつけられた、呼吸器のようなもの。それを引き剝がし、改めて息を吸い込んだ。

「……ク、ァ……ッ!!」

噎せ返った。喉に焼け付くような痛み、あまりにも濃い味のする気体を吸い込み、肺が痙攣したような痛みを覚えた。

弱々しく両手両足を振り回す。目標は達成したものの、最終目的は未だ達成していないことを思い出した。

逃げなくては。早く、できるだけ早く!

目標が決まり、立ち上がろうとして——『立ち上がる』という行為が、軀に浸透していないことを自覚した。弱々しく立とうとして、無様に転ぶ。歩けそうにない。両腕で床に這いつくばり、軀を動かす。

わずかに前に進む。落ち着け、と己に言い聞かせながら肘を突いて上半身を起き上がらせた。足を地面につける。脆弱な足首が悲鳴を上げる——無視して、ゆっくりと膝を伸ばしていく。

そして、その一歩を歩き出した。

床を踏み締めるたびに、重力が襲いかかる。始終誰かにのしかかられているような苦痛があり、べとつく液体がひたすら不快だった。

呼吸はようやく落ち着き始めたが、進むべき道が分からない。分かるのは、ここにいては死ぬということだけ。

呻きが漏れる。目尻からは涙が零れている。これだけの苦難を経て、得たものはわずか数歩の道程でしかない。

歩いて、この場から逃れる——ただそれだけの行為に、全人生を捧げたような徒労感。頽《くずお》れそうになる己を叱咤し、歩くという作業に没頭する。

微かな囁きに振り返りたくなるのを必死で堪えた。その囁きが何で、何を意味するかは分かっている。それを無視することしか、自分にはできない。それより今は、ただ先へ進むことが全てだった。

壁に手をついて一歩一歩を念じて歩いている内に、いつのまにか今まで己がいた部屋から、石床の廊下へと抜け出していた。足から血が流れ出している。赤子のように柔《やわ》い足は、つい先ほど、初めて大地を踏み締めたのだ。小石一つで、容易く皮膚が裂かれてしまう。血が流れていく。痛みを覚えていく。あの溶液に浸かっていた頃とは段違いの情報量に、脳が酷く軋んだ。濃い大気のせいで、肺は始終圧迫されているように痛む。

歩くことが設計されていないはずの肉体で、どれほど歩いただろうか。廊下は無限と思えるほどに長く続いており、変化がまるで無かった。もう一歩も動けないと悟って、彼は弱々しく蹲《うずくま》った。

か細い呼吸、死に物狂いで走る心臓、生きることに全く向いていない肉体は、歩くことはおろか立ち上がることすら拒絶していた。圧倒的なまでに熱量が足りず、手足の先が凍えて仕方がない。霞む視界、遠のく音、論理的な思考もできず、ただ死がひたひたと近付いてくることに絶望する以外ない。

――なんて無意味な生命。なんて無意味な存在《じぶん》。

無意味に産み落とされて、無意味に死に果てる。ただその残酷な真実に震えるしか、するべきことはない。

厭だった。何が厭なのか分からないが、とにかく酷く厭だった。瞼を閉じるのも恐ろしかった。それきり、二度と目覚めないような気がしたからだ。眠ることが恐ろしい、闇に囚われることが恐ろしい、世界が恐ろしい。恐ろしくないのは、自分自身だけ。だって、自分自身《おれ》には何もないから。何も所有しておらず、何も刻んでいない。無色透明で、ただそれだけの自分――。

「……？」

不意に、鼓動が弾んだ。

自分以外の存在が傍らにいることに気付いてしまった。いつのまに自分の近くに来ていたのか分からない。脳は混乱の極みに達し、怯えきった彼は目の前に誰がいるか知ることすら拒んでいた。

視線が彼を捉えている。見られていることが感覚で分かる。逃げなければならないと思うが、どうにもできない。恐怖で身が竦む。押し潰されそうな沈黙に、彼の心臓が耐え切れないほどの早鐘を打つ、その時――。

「どうしたのさ、キミ。そんな格好で風邪引くよ？」

投げかけられた言葉は、身を引き裂くような蔑みではなく。ただ彼の身を案じただけの、温かなものだった。

反射的に彼は顔を上げ、目を合わせてしまった。

微かな吐息が漏れる。その顔は、一度だけ見たことがある。痛切な表情を浮かべ、自分を一瞥した怪物の一人。確か、その名はライダーと言ったか。

「風邪引くよ？」

微笑んで、そんな言葉を繰り返す。けれど、どんな言葉を返せばいいのか分からない。ただライダーは自分の返答を待っているのだろうということは、彼にも分かった。

何を言えばいいのだろう。何と言えば、適切なのだろうか。

「…………て」

我知らず、掠れた声で何かを呟いた。聞き取れなかったらしく、ライダーは顔を近付けて耳を欹《そばだ》ててくる。

何も分からない、何を信じて、何をもって行動すればいい？　分からない、分からない、もう、何も分からない――。

意識が断線する。どうやら自分は昏倒するらしい、と理解して怯えた。ただ歩いただけで、これほど苦しかったにもかかわらず、まだ生きていたいと……心の底から、願った。


〝黒〟のライダー、アストルフォは城塞の通路で蹲る男を見てどうしようかと考えた。とにかく助けなければならないことは、彼の中で既に確定している。彼がどうしようかと悩んだのはどうやって助けるか、だ。

「とりあえず、運ぼう」

やるべきことさえ決まれば、彼の行動は素早い。マントを外して彼をくるむと、肩に担ぎ上げる。痩せても枯れても英霊である、人間の一人くらい担ぎ上げるのは造作もない。

ただ、どこに運ぶかでまず悩む。自分に与えられた私室は論外である、数時間に一回はマスターであるセレニケの呼び出しがあるのだ。自分が召喚したサーヴァントとはいえ、あれほど固執するのはどうかと、ライダーは思う。

「ライダー様」

呼ばれたので振り返る。ホムンクルスが二体、感情の籠もっていない薄い瞳でじっと自分と担いだ男を見つめていた。

「逃げたホムンクルスを、キャスター様が捜しています。心当たりは？」

「ないよ」

コンマ数秒、思考した形跡すらない返答の速さだった。ホムンクルスは担がれている男を一瞥したものの、そうですかと頷いて背を向けた。

「君たちも頑張ってね〜」

立ち去っていくホムンクルスに感謝を籠めて、ライダーは手を振った。

しかし、理由は分からないがキャスターがこのホムンクルスを追っているとなると、ますます助けるのが難しくなる。誰かに相談しようにも、セイバーは話しかけてこないために性格が分からない、ランサーはホムンクルスなどどうでもいい――つまり、追跡するつもりはなくとも助けるつもりはないだろうし――バーサーカーは論外だ。

となると、頼りになりそうなサーヴァントは残り一人。ライダーはケイローンの私室に向かうと、扉をノックして来訪を告げた。

「アーチャー。ボク、ライダーだけど。部屋に誰かいるかい？」

「ライダー？　いえ、誰もいませんが」

それなら良い、とライダーは扉を開く。その肩に担がれた男を見て、アーチャーは即座に察したらしく、二人をベッドに案内した。

「キャスターが追っているホムンクルスですね」

「そうだと思う」

　ライダーはホムンクルスをベッドに乗せると、自分のマントを一旦剝いだ。気を利かせたアーチャーが手渡したタオルで汚れた体を拭き、借りたローブを着せてやる。男の表情は、苦悶に満ちており、呼吸もどこか荒い。

「アーチャー。医術に詳しいんだろう？　診てやってよ」

「分かりました」

〝黒〟のアーチャー、ケイローンは神々から様々な智慧を授かったケンタウロス族随一の賢者であり、ヘラクレスやイアソンなどギリシャの英雄たちを教育した師でもある。

　彼が教えを授けた中には、後に医神とまで謳われるアスクレピオスもいた。当然、彼も医術に関しては練達している。

　アーチャーは昏倒したままの彼の手を取って脈を測ると、心臓に手を当てた。彼の弓《アー》兵《チャー》として鍛えた目が、ホムンクルスの体をつぶさに観察していく。

「どうやら魔術回路が暴走し掛けたようですね。あのガラスを破壊する際に魔術を行使したため、その余剰魔力が血管で暴れたのではないか、と。……加えて、単純ながら理由はもう一つ。過労です」

「過労？」

「恐らく、彼は生まれて一度も歩いたことなどない。自力で立ち上がったことすら今日この日が初めてでしょう」

「そうか。……産まれたての赤子か、彼は」

本来、ホムンクルスは鋳造されたその瞬間から活動できる生命体だ。完璧な造られ方ならば、寿命による死はない。ただし、誕生そのものが歪《いびつ》なせいだろうか、ホムンクルスは総じて肉体的な欠陥が多い。

恐らく、このホムンクルスは産まれついて肉体的に虚弱なのだろう。戦闘用ではなく、供給用として産み出されたせいだろうか。一級品の魔術回路を持っていながら、それを活用できるだけの軀がない。

魔術を行使すれば、回路は耐えられても虚弱すぎる肉体が耐えられない。

「使わなければ、問題ないのかな?」

「そうでしょうね。ただ……それでも真っ当に生きていくのはひどく難しい。恐らく保って三年の命でしょう」

部屋が沈黙に包まれる。三年、という単語のあまりに残酷な響きに、さすがのライダーも肩を落とした。しばらくして、気まずさを振り払うようにライダーが口を開く。

「……ベッドを汚したね。申し訳ない」

「それは構いません。……ですが、一つ。何故、助けたのですか?」

アーチャーの問い掛けに、ライダーは何の躊躇いもなく答えた。

「助けたかったからだけど？」

そこには、何の気負いもない。助けたかったから助けただけ。シンプルで、当たり前で、それ故にライダー以外には困難な行為だった。

「彼はキャスターが追っているようですが？」

「あはは、知ったこっちゃなーい」

笑顔で両手を空に突き出す。アーチャーは溜息をつきつつも、彼の判断はきっと正しいのだろうと考える。確かに戦いに勝つことは重要であるが、英霊としての本分を忘れるほど現状が窮地に立たされている訳ではない。彼を救い、見逃すことくらいは許されて然るべきだろう。

「……少し、この部屋を空けます。人が訪れることはないでしょうが、ノックをされても返事をしないように」

「ありがと。じゃ、しばらく居させて貰うね」

部屋を去る寸前、アーチャーは不意にライダーへ問い掛けた。

「君は、最後まで責任を持つつもりですか？」

問われたライダーは、ベッドで眠るホムンクルスに視線を注ぐ。先ほど担いだ身の絶望的な軽さを思い出す。震えながら頭を庇う両腕は枯木のように細かった。立って歩くという基本行動すら覚束ない、生まれ持った脆弱さ。

この城塞から上手く抜け出せたところで、生きていけるかどうかも危うい。責任を持て、とは彼の人生に責任を持つということだ。だが、彼の三年には残念なことに付き合えない。付き合いたくとも、聖杯大戦はそこまで長く掛からない。さて、どこまで彼を救えば――『助けたい』という自身の願望に応じたことになるのだろう。

ライダーには分からない。分からないときは、心の赴くままに任せると決めている。彼を守り、彼の意志に添うように助力する。

「ボクはボクが、納得いくまでは助けるよ。見捨てるなんて、しない」

アーチャーが退室すると、ライダーはホムンクルスの額に手を当てて囁いた。

「起きなよ、キミ。とっくに起きてるんだろう？」

その言葉に目を開いたホムンクルスはよろよろと上半身を起こし、不安に揺れる瞳でライダーを見つめる。逃げ場を失った小動物のようだ、とライダーは思った。

「や」

ライダーはとりあえず挨拶をしてみたが、返ってくるのは沈黙だけだ。

「ええと……だね」

「――――」

「まあ、何と言えばいいのやら……うーん……」

「―――」

はて、とライダーは首をひねる。こういうとき、どう言えば自分は味方だと伝わるものか。しばし迷った末に、ライダーはホムンクルスの首に両手を廻した。胸元に頭を預けさせた状態で、ライダーは告げた。

「これなら分かってくれるかな？　ここに、キミを傷つける奴はいない。キミの願いを叶えるために、ボクは今ここにいる」

「……？」

分からない。ライダーが何を言っているのか、ホムンクルスには理解できない。言語が分からないのではなく、ライダーの意志が分からない。

「キミの、願いを言って」

耳元で、ライダーはそう囁いた。ホムンクルスは、思考を開始する。願い、願い、願い――果たして、自分には願いというものを言葉にする権利があるのだろうか？

自分はまったくの無力で所有している財は何もなく、積み重ねた歴史など一切ない、ただの魔力を供給する装置に過ぎない――その役割すら、放棄してしまった。

だが、そんな彼にも分不相応な欲求がただ一つだけ存在した。それは、彼には身に余る願いであり、夢だ。叶えて貰えるなど期待してもいない。でも、口に出すだけならばいいだろう、と彼はそう判断した。

口を開く。未だほとんど使用されたことのなかった発声器官を使用する。それは苦痛すら伴う作業であったが、彼はどうにか『願い《ことば》』を告げた。

「たす、けて」

その願いを聞き届けたライダーは、軽い調子で答えた。

「分かった。助けるよ」

まさに間髪を容れず、思考したかどうかも怪しいような速度であった。信じ難い、という想いを抱いてホムンクルスはライダーの顔を見る。ライダーは、屈託のない笑みを浮かべていた。

「『助けて』って言っただろう？　ボクはそれを聞いた。これでも英霊だからね、ボクはどうしたってキミを助けようと思う」

助けて、くれるのか。自分の願いを叶えてくれるのか、信じていいのか——いや、そうではなく信じたい、とホムンクルスは願った。

このホムンクルスにとって最初に出会ったのが〝黒〟のライダー——天衣無縫の勇士、アストルフォであったことは、果たしてどれほどの幸運であっただろう。

ライダーは胸を張って告げる。
「さてさて。キミを助けるためにどうすべきか、まずは一緒に考えよう。ああ、ボクに一任するなんて、間違っても考えない方がいいよ。何しろ思慮分別に欠けてるという点で右に出る者がいないからね、この〝黒〟のライダー、アストルフォは！」
ホムンクルスは目を丸くしつつ、ライダーの言葉を受け入れた。信頼できるのかと疑うことも馬鹿馬鹿しいと思わせるその無邪気さに、心が滲むような感動を抱いていた。

――この日、運命が歩き出した。

§§§

時計塔がユグドミレニア誅伐のために選抜した七人の魔術師――その内の一人、聖堂教会から派遣された監督官であるシロウ神父は、五人のマスターたちを前にして、恭しく跪《ひざまず》いていた。

まるで王の間であるかのように、シロウとマスターたちの距離は隔たっている。そればかりではない、五人の前には薄手のカーテンが引かれて視界が遮られており、薄ぼんやりとした影しかシロウには見えない。

「……報告を」

シロウは滔々《とうとう》と薄いカーテンに遮られた向こう側にいるマスターたちに告げる。

「——戦況は全くもってこちらの優勢です。既に七騎中五騎のサーヴァントが討たれ、こちらは七騎とも健在。逃げたマスターは捕縛済みです。ご指示を仰ぎたいのですが」

しばらくして、くぐもった笑い声が響いた。

「当然殺せ、殺せ、殺すがいい。首は我々が貰い、胴体は野良犬にくれてやれ。腐臭を放つ臓物は不要、首があれば賞金の印となる」

「……分かりました。ところで皆様、以前私が提案した件は考えて戴けましたか？」

不意に、カーテンの向こう側が沈黙する。声高に拒絶された前回と違って、考える余地はできてきたようだ。

「お前のことを信頼している。だが、その必要はない。我々はマスターであり、彼らサーヴァントを使役せねばならぬ」

「その役割は、私が担っております。ご心配なく」

「……ならば、必要はないのか？」

その問い掛けに、これまでにない感情が混じっていることをシロウは見逃さない。弱気、あるいは厭戦感、責任を他者に預けることへの安堵――。

「勿論ですとも」

力強いシロウの言葉に、カーテンの向こう側でひそひそと囁きが交わされる。シロウは跪いたまま、沙汰を待つ。

「……いや、やはりそれは危険だ。安全の為にも分散させておいた方が、いいだろう」

「承知しました」

安全の為に、と彼らは言った。そもそもソレは他者に渡すようなものではない。なのに、理由がなくてはその提案を拒絶できない。彼らの内部での常識が、大分崩れかけている。もう一押しというところだろうと、シロウは見当をつけた。

「では、私はこれで。ご歓談をお楽しみ下さい」

シロウが一礼して立ち去ると、カーテンに覆い隠された彼らは世間話に興じ始めた。熟練の魔術師とて、人間としての面が無ければ世間に溶け込むことができない。他愛ない動物の話や、失敗談を語り合う彼らは実に平和を享受していた。

「――駄目でした、もう少し状況を動かした方が良さそうですね」

肩を竦めてあっけらかんと告げるシロウに、〝赤〟のアサシンは忍び笑いで応じた。

「だから言ったであろう？　賭けは我の勝ちじゃ」

「仕方ありませんね。あの葡萄酒はお譲りしましょう。ただ、よろしいんですか？　あれは第八秘蹟会の先輩に貰ったもの。古いだけで、特段魔力を秘めている訳ではないですが」

「酒に秘められた神秘など、たかが知れるわ。我が求めるはただ、富貴な味わいだけよ」

「……なるほど」

不意にシロウはアサシンを見て納得したように頷いた。

「何が『なるほど』なのだ？」

「いえ。聖杯戦争のサーヴァントの中には、霊体化することを嫌い、食事や睡眠を積極的に取るタイプがいるそうです。そういう方々は、王族の英霊が多かったとか」

「——ほう。まあ、確かにそうだな。王というのは、基本的に誰よりも優れたもの、そして多くのものを求める。それは王たる者の宿命よな」

「ふむ。ですが、中には質素を旨とする王もいたようですが？」

「それは権力という、何よりも必要なものを得ていたが故の戯れよ。王たる者は、基本的に暴虐だ。暴虐でなければならないのさ」

そこまで言ったところで、アサシンは不意に口を噤《つぐ》んだ。シロウの表情は変わらない。

彼女の論理は完璧で完全だ。異論を差し挟む余地はない。

「いいや、すまないな。お前にこんなことを言い聞かせても仕方ない」

「いえいえ、執政者の思考には慣れていますので。……ふふ」

くつくつと、妙に可笑しそうにシロウが笑った。

「どうした？」

「ええ、考えてみればみるほどこの現状が愉快でして。立場が逆なら、まだ話は早い。私が従者《サーヴァント》で、貴女が主人《マスター》であるなら、それは当然の道理です。なのに、現実は逆転している。……聖杯戦争におけるサーヴァントシステムは、時にこんな珍妙な状況を作り出す」

「――ふむ、確かにそうだな。傅かれるのには慣れているが、傅くことには慣れておらん。今からでも遅くない、交代するか？」

シロウは首を横に振って答える。

「遠慮しますよ。どうやら貴女は、相当な暴君のようですから」

その言葉に、アサシンは薄い色素の瞳を悪戯《いたずら》っぽく輝かせて囁いた。

「世界最古の毒殺者の名は伊達ではないぞ。このセミラミス、果たしてお前に扱えるものなのか？」

――それはシロウがアサシンを召喚した際、アサシンが最初に告げた言葉だった。

微笑み、シロウはその言葉への返答をもう一度繰り返す。

「アッシリアの女帝よ。十四騎のサーヴァントによって執り行われるこの聖杯大戦。私は勝利や敗北とは違う場所を目指します。協力していただけますか？」

アサシンはその言葉に珍しく呵々大笑した。

「そう、それだったな！　いやはや何を言い出すのかと思ったよ、あの時は。正直言うと、あの時点で違う傀儡《マスター》を見つけて、さっさと交換しようとも考えたわ」

「今はどうでしょうか？」

「それを今頃になって聞くのか？　マスター、お前は面白い。お前の望みは、我が望みも同然。故に協力することに、些かの躊躇も見出せぬ」

礼を言おうとしたシロウの前を、灰色の鳩が横切った。彼女はアサシンではあるが、同時にキャスターでもある。『二重召喚《ダブルサモン》』——アサシンとキャスター、両方のクラス別スキルを保有することができる、極めて稀少なスキルである。

従って、キャスターとしての使い魔を〝赤〟のアサシンは保有している。

伝説に曰く——彼女は産まれてすぐに母に捨てられ、鳩たちが乳母の代わりを行ったのだという。長じてからも、鳩は常に彼女の友であり続けた。

彼女《アサシン》の真名はセミラミス。世界最古の毒殺者だ。彼女が毒を呑ませて殺害したのは、夫であるニノス王。一人目の夫であったオンネス将軍から彼女を強奪した人物である。その後数十年にわたって、彼女はアッシリアに女帝として君臨した。

「知らせじゃ。どうやら、我らがバーサーカーはトゥリファスに到着する頃合いらしい。アーチャーとライダーが後詰めとして準備を整えているそうだ」

「――おや。ライダーもですか？」

アーチャーが追跡を仕掛けたことは、シロウもアサシンも知っていた。だが、どうやらそこにライダーも加わったらしい。

「アーチャーの後を追ったようだ。……まあ、あのライダーだ。大方、同郷のアーチャーを口説きがてら、というところだろうよ」

アサシンの声が、やや険のあるものへと変わる。あの王を王とも思わぬ豪放磊落《らいらく》なライダーと、アッシリアで女帝として君臨していたアサシンとでは、致命的に相性が悪いことをシロウも感じていた。『聖杯大戦』ではなく『聖杯戦争』であったならまず最初に激突した組み合わせであろう。

もう一羽、鳩が降り立った。アサシンは鳩の告げた報せ《しら》に薄ら笑いを浮かべて、シロウを見た。

「――シロウ。どうやら、お前がもっとも警戒していた者も辿り着いたようだぞ」

アサシンが告げた言葉に、彼の遠くを眺めるように悠然としていた眼差しは、明瞭たる敵意を浮かび上がらせた。

憎いのではない。それは、シロウにとって断固として潰さなければならない、世界でただ一人の存在だった。

「ルーラー――ですね」

「うむ。彼奴《きやつ》がルーマニアに潜入したことが確認できた」

鳩によるネットワークは、広くルーマニア全土に及んでいる。ルーラーが現界し、この決戦の国《ルーマニア》に潜入した時点で、〝赤〟のアサシンの尖兵たる鳩は、サーヴァントとして隠しきれぬ魔力の奔流を嗅ぎつける。

「どうする？」

「――殺しましょう。最悪、時間を稼ぐだけでも構いませんが」

「では、ランサーだな。ライダーが居れば、組ませたのだが」

〝赤〟の七騎中、独自行動を取っているセイバーを除いた六騎。その内、ランサーとライダーは他四騎と比較して、まさに破格の英霊だ。特にライダーは、ここルーマニアでの知名度においてもヴラド三世に比肩する。ライダーは、まさに世界の英霊なのだ。

「ライダーがこの任務を受け入れるとは思えません。たとえマスターの命令であろうとも『嫌なものは何があっても嫌』という、実に英雄らしい男ですからね」

ライダーはバーサーカーのような叛逆の英雄ではない。だが、王に傅いた騎士からは遠く離れた男だ。気に入らなければ王の命令であろうとも公然と無視し、再び武器を取ったのは、討ち果たされた友の為だった。

そんな男が、ランサーと二人がかりでルーラーを殺害せよという命令を了解するとは思えない。

「ランサーはマスターからの命令ならば、取り立てて異議を申し立てることもなく、従うだろうな」

一方のランサーは、一言で喩えるなら〝武人〟である。彼はマスターの命であれば、逆らうという発想がそもそも存在しないように振る舞っている。

「――ええ。ではランサーに命を下しましょう」

シロウはランサーのマスターを経由して、サーヴァントに命を下す。

『〝赤〟のランサーに告げる。〝赤〟のアサシンの導きに従い、ルーラーを抹殺せよ。なお、宝具の啓龕《けいがん》は自身で見定めるべし』

間もなく、ランサーから『諒解した』という短い返答があった。

こうして、ルーマニアに踏み込んだ彼女を察知した〝黒〟と〝赤〟の両陣営も直ちに動き出した。〝黒〟は優位性を確保するために、〝赤〟はルーラーを最大の敵と見なして。

第三章

第三章

〝乙女《ラ・ピュセル》が内側《こころ》に持っていたのは善良さと謙虚さ、誠実さと素朴さ、そして信心性、ただそれだけでした〟

――ある神学者の言葉

ルーアン ヴィエ・マルシェ広場

……罵りは果てしなく遠い国の唄のようで、あまり気にならなかった。痛みがない、と言えば嘘になるが耐えられぬ苦痛ではない。

恐怖も、あまりない。無念や後悔といったものは、戦うと決めたときから置き去りにしていて、とうとう戻ってくることはなかった。

引き摺られていくのが嫌で、真っ直ぐ歩く。無意識に胸元に触れたが、十字架は奪われてしまっていた。心の拠り所とするべきものがないのは、少し悲しかった。そんなことを考えていると、一人のイギリス人が駆け寄ってきて、即席で作ったと思しき木製の十字架を恭しく差し出した。ありがとう、と小声で礼を言うと、彼は涙を流して跪いた。罵倒もあるが、泣いてくれている人もいる。

罵りが遠い国の唄ならば、悲哀は母の子守歌のようだ。

一際高い木の棒に、後ろ手に縛り付けられた。決して緩まぬように、と考えられたせいだろう、かなり強い力で縛られた。ここまで来て逃げるもないものだと彼女は思う。

司教が最終判決の朗読を終えると、たちまち松明が投げ込まれ、じりじりと足下を灼いていく。肉体を消失させることが最大の恐怖であると信じる彼らにとって、これが最も苛酷な刑罰なのだろう。

炎は肌を焼き、肉を焦がし、骨を灼いていく。繰り返し繰り返し、神と聖母の名を口にする。

――お前の祈りは嘘だ。

幾度となくそう弾劾され、幾度となくそう罵られた。しかし、彼女はそれが不思議で仕方がない。だって、祈りに嘘も真実《まこと》もない。祈りはただ祈りであり、祈る対象によって本質が変わる筈がない。

そう伝えたかったが、喉から声が出なかった。不意に眼前に現れたのは、過去の情景。純朴な村と平凡な家族、それらを振り切って走り出した愚かな自分。

愚か？……そう、確かに愚かかもしれなかった。だって、最初から、こうなると分かっていた。この結末を周囲の誰より理解していたのは、他ならぬ自分だった。

――目を逸らせば、こんな終わりを迎えることはなかった。

その通り。あの声から耳を塞ぎ、失われていくであろう兵たちの嘆きなど打ち捨てれば、当たり前のように日々を暮らし、当たり前のように結婚し、夫や子と共に生きていっただろう。そういう未来があったことも、彼女は知っている。

だが、彼女はその未来を捨ててもう一つの未来へとひた走った。

剣を握り、鎧を身につけ、旗を持ち、馬に乗って最前線に居ることを選んだのだ。

――この結末を知っていたのだろう？

知っていた。分かっていたのだ。戦い続ける限り、いつか訪れるものだと知っていた。

だから、誰かに愚か者だと罵られても仕方がない。でも、自分で自分を愚か者だと自嘲することだけは、絶対に彼女は許そうとしなかった。

「それでも、救えた命があったから。この道は、間違いではなかった」

過去の情景も、有り得ない未来も、過酷な現実すらも、どれも彼女の祈りの前には無為に散っていく。

ただ祈り、ただ捧げた。誰もに間違いだったと罵られるのならば、せめて自分自身《わたし》だけは自分を裏切らないであげようと思う。

違う道に未練はなく、これから先への渇望もない。ただ、静かに眠ろうと思う。
残虐で、惨《むご》たらしい光景の只中にいるにもかかわらず——少女の胸に宿ったのは、最後まで未練なき、清廉でしかない祈りだった。

——主よ、この身を委ねます——

最期《おわり》の言葉。意識は途絶え、あらゆる苦痛から解放されていく。
少女の夢は終わり、現実が顔を覗かせる。けれど、まだ終わってはいない。確かに少女の夢は終わったが、乙女《ラ・ピュセル》の夢はこれから始まる。

——検索開始《サーチ》。
——検索終了《サーチ》。
——一件一致。
——体格適合。
——霊格適合。
——血統適合。
——人格適合。
——魔力適合。
——憑依による人格の一時封印及び英霊の霊格挿入《インストール》開始。
——元人格の同意獲得。
——素体の別領域保存《バックアップ》開始。
——霊格挿入《インストール》完了。体格と霊格の適合作業開始。
——クラス別能力《スキル》付与開始。
——全英霊の情報及び現年代までの必要情報挿入開始。
——別領域保存《バックアップ》終了。

――クラス別能力《スキル》付与終了。スキル『聖人』……聖骸布の作製を選択。

――必要情報挿入完了。

――適合作業終了。

――全工程完了。


――サーヴァントクラス、ルーラー。現界完了。


瞼を開く。あまりにも尋常でない召喚手段だった。現世との繋がりがこれほど弱い召喚は、過去に例がない。此度の聖杯戦争……聖杯大戦と呼称された戦いが、あまりにもイレギュラーなことが原因なのだろうか？

現界はどうにか成した、スペックも問題はない。だが、この体この現身は紛れもない、、、、フランス人の少女である。更に言うのであれば、彼女はフランス人の少女としての記憶も大部分持ち合わせていた。一つの肉体に二つの人格が宿る、いわゆる多重人格というよりは、二つの人格の統合と言った方がいいかもしれない。極めて感受性が強く、信仰心に篤い少女だったせいだろうか。彼女は、自身の内側に宿った乙女《ラ・ピュセル》を認め、完全に受け入れていた。

「……しばし、この軀を借り受けます。レティシア」

少女はそう、持ち主の名を呼んだ。

まず最初にやるべきことを見出した。友人への挨拶である。ベッドから抜け出た少女は、隣のベッドで眠る友人を揺り動かした。しばしむずかっていた友人は、少女の囁きにようやく眠たげな目を擦って、半覚醒した。

「ん…………何ぃ？」

如何にも眠たげな声に、起こしたことを申し訳なく思いつつも、少女ははっきりと言葉を口にする。

「今日からしばらくの間、ここを離れます」

その言葉の深刻さが理解できなかったのだろう、ああハイハイと返して友人は再び眠りに就き——数秒経って、シーツをひっぺがして叫んだ。

「アンタ何言い出してンの!?」

「唐突で申し訳ありません。ですが、時間がないので」

「いやいや。時間がないとかあるとか訳分かんないから！　唐突過ぎるでしょ！　何で『おやすみなさいまた明日』って言った直後にそんな発言が出て来るのよ！」

戸惑い叫ぶ友人に、少女は真摯な表情で『長期間の旅行であること』と『絶対に必要な旅行であること』と『心配はないこと』を告げた。友人はしばらくの間、ぽかんとした表情でそれを聞いていたが、やがて納得したように頷いた。

「分かった。……必要なら、仕方ないね」

「ええ。先生には、私の方から説明しておきます」

「うん。……じゃ、おやすみ」

「ええ、おやすみなさい」

少女は魔術による暗示を掛けた訳ではない。だがサーヴァント、ルーラーである彼女には自らの言葉を第三者に信じさせる力がある。

教師と学友に旅に出ることを告げ、どうしても必要な旅なのだと理解させた。やや強引であった気もするが、少女は仕方のないことだと溜息一つで雑念を追い払う。

幸い、この体の本来の持ち主は学生寮に住んでおり、両親とは遠く離れている。恐らく、長くても一ヶ月程度の旅であれば、知られることはないだろう。

必要な着替えやパスポート、それから教科書も鞄に詰め込んで、少女は学生寮を後にした。借り受けた体の持ち主——レティシアは、まだ学生である。農村の出身であった少女は、読み書きを学ぶ機会がついぞ無かったので、現代語の知識が聖杯によって勝手に情報として獲得できているのは、何とも奇妙な気分だった。

「——それにしても。イレギュラーにも程があります」

本来ならば他者の肉体を借り受けるまでもなく、通常のサーヴァント同様に戦場となる都市で現界する形で召喚されるはずだ。

にもかかわらず、今回は他者の肉体を憑依する形で召喚され、更にその場所は自分の祖国──未だかつての面影を残す、このフランスだ。

そもそも、ルーラーは八体目のサーヴァントとして召喚される。だが、今回は何と十五体目のサーヴァントとしてだ。過去のあらゆる聖杯戦争の中で、恐らくは最大規模だろう。過去最大規模の聖杯戦争故のアクシデントなのか、あるいは何か別の理由があるのか。いずれにせよ、ルーラーとして召喚された以上は万難を排して任務に携わらなければならない。少女はそう決意した。

少女の真名《な》はジャンヌ・ダルク。サーヴァントとしてのクラスは『ルーラー』。マスターが存在しない、聖杯戦争の絶対管理者である。

かくしてルーラーは一路、深夜バスを使って空港まで向かい、そこから飛行機でルーマニアのブカレストに飛び立った。せめて霊体化ができれば問題なかったのだが、どうやらそれも不可能なようだ。仕方なく、自費（正確にはレティシアのお金だが）で飛行機のチケットを購入するしかなかった。後で聖堂教会か魔術協会に請求するべきだろうか、などと考えて少々陰鬱になった。

飛行機の中で、彼女は与えられた知識を整理する。戦場となる場所は理解している。ルーマニアの小都市トゥリファス。その土地の管理者《セカンドオーナー》こそが、今回の聖杯大戦の主催者であるユグドミレニア。対立するのは、離脱を宣言された時計塔の魔術師たち。現状問題となっているのは、七騎で相争うのではなく、七騎と七騎が争うという異例な規模《スケール》の戦いということ。

一騎と一騎が殺し合う余波だけで、周囲の建築物が蹂躙されるのはそう珍しいことではない。それが七騎と七騎――二陣営の全面抗争ともなれば、どれだけの破壊が振りまかれるか、想像するだけで気が滅入る。

自分がルーラーとして召喚されたのはコレが理由だろうか。規模の大きさに、戦争が完全破綻することを危惧《きぐ》した大聖杯によって召喚された……？　分からない、今はまだ考えを纏める時期ではないだろう。

まずはルーマニア、トゥリファスへ。話はそれからだ。

乗り換えや待合時間も含めるとルーマニアの首都、ブカレストのアンリ・コアンダ国際空港に到着するまで一日半以上掛かった。時間帯は正午を過ぎたところ、空は生憎の曇天《どんてん》だ。分厚い黒灰色の雲に覆われた空は〝今にも泣き出しそうな〟という表現が相応しいだろう。知識として与えられているとはいえ、やはり最新の建築技術によって造られた空港は、少女の目にも珍しいものとして映っていた。

ずっと座っていたせいか、少しだけ腰が重たい。長い空の旅は、半分の時間を此度の聖杯大戦についての思考に費やし、残り半分を旅の無事への祈りに捧げた。サーヴァントとして与えられた知識のお陰で、飛行機というものがどういう乗り物なのかはよく分かっている。だが、知識として与えられることと、実際に乗るとでは話が別だ。正直、何故あのような鉄の塊が飛行しているのか、知識として理解はできているが理解したくなかった。

……本当に、落ちなくて良かったと思う。

鞄を手に提げひょこひょこと無防備な表情で歩く少女は、空港にたむろするこそ泥にとっては最高のカモであろう。だが、何故かどのこそ泥も彼女に手を出すことなど、考えられなかった。清らかな水に、汚れた足で踏み込むほどの無頼さは彼らにはない。

トゥリファスはここから更に北東へ。何某かの乗り物を都合して向かわねばならない。バスか、あるいはヒッチハイクか——。

「……む」

空港から一歩出た瞬間、複数の視線がルーラーを射貫いた。

しかし彼女が索敵可能な限界領域、自身を中心とした半径十キロ圏内にはサーヴァントがいる気配はない。

アサシンの『気配遮断』すら無効化するルーラーの、強力な索敵能力で感知できないにもかかわらず、視線を感じ取るということは——。

「……遠見の魔術に、使い魔ですか」

遠くのものを視る魔術は大まかに分けて二つの手段がある。一つは遠見の魔術、水晶玉や鏡などを通して、遠く隔たった地点を観察するものである。何かしらの媒介さえあれば、安全な工房からでも外を見張ることが可能なため、多くの魔術師たちがこの魔術を会得している。

一方の使い魔は、小動物や肉体の一部に手を加えることで擬似的な生命体を造り出す魔術であり、主人と因果線《ライン》を結ぶことで五感を共有することが可能になる。こちらもまた、一般的な魔術師であれば初歩の魔術だ。

灰色の空を見回したルーラーは、無数の鳩がこちらを視認していることに気付いた。どうやら、あの鳩が使い魔らしいが……その瞳からは、何故か知性の輝きを見出せない。通常、使い魔となった生物は魔術師の髪や血を分け与えることで、喋ることはできずとも、ある種の知性を感じ取ることができるはずだ。

にもかかわらず、彼らの瞳は純粋な鳩そのものだ。ただ、自分を観察していることは間違いない。鳩に暗示を掛けて操っているのだろうか？……回りくどい方法だが。

ルーラーは遠見の魔術が自身を視ている方向と、それから鳩たちを強く睨み付けた。別段何か魔力を籠めたという訳ではないのだが、視線から伝わる意思を汲み取ったのだろう。遠見の魔術で視られているという感覚は消え、鳩たちは一斉に飛び立った。

それを確認してから、ルーラーはふぅと息をつく。

……基本的に、ルーラーは聖杯戦争に参加する訳ではない。それでも、ルールに違反するサーヴァントやマスターに審判を下さねばならない立場であるため、必然的にそれ相応の戦闘力も求められる。

聖杯戦争を二度も三度も経験する人間は数少ない。いたとしてもルーラーという存在が顕現した戦争を経験した者はまずいないだろう。ルーラーという存在の力量を計りたかったのかもしれない。

「これは、益々もって容易ならぬ判断が必要なようですね……」

此度の聖杯大戦、ルーラーにとってたった一つだけ大きな利点が存在する。十四騎のサーヴァントは七騎ずつ、二つの陣営に分かれているという。〝黒《ノワール》〟と〝赤《ルージュ》〟、これはつまり、十四騎がバラバラに動くのだけは避けられるということだ。

十四騎のサーヴァントが、それぞれ勝手に暴れ回る情景を想像するだけで、悪夢に等しい。下手をすれば、都市が丸ごと壊滅する。

「ともかく。まずは、トゥリファスに向かわなくては……」

呟きつつ、彼女はトゥリファス行きのバスを探した。だが、そのトゥリファスに直接向かうバスはないらしい。中継地点であるシギショアラに向かってから、トゥリファスに向かう以外の方法はないようだ。

だがしかし、シギショアラ行きのバスが次に来るのは明日だ。仕方なく、ルーラーはトゥリファスへ直接向かう車がないか、あったら乗せていって貰えないかを尋ね回った。

結果、鳥打ち帽を被り眼鏡をかけた痩せぎすの老人が応じてくれた。

「確かに、儂《わし》はこれからトゥリファスに行こうと思ってるがね」

「でしたら――」

「けどよ、あそこはシギショアラと違って観光地じゃないぞ。デケぇ城塞以外何にもねぇ癖に、その城は私有地で立ち入り禁止だ。ヴラド三世の生家があるシギショアラの方が歴史の勉強にゃあ、いいんじゃないかと思うんだが……」

「いいえ、トゥリファスに親戚が待っているので。お願いできますか？」

「まあ、そういうコトならええか。けど助手席は割れ物を運ばなきゃならないから、埋まってるんだ。荷台で構わないかね？」

「運んでいただけるなら、それで問題ありません。ありがとうございます」

「雨が降らないように神様に祈ってくれな」

後部の荷台に彼女を乗せ、老人は笑って言った。

「はい、分かりました。祈ります」

ルーラーは生真面目に頷いて、そう返答した。確かに、雨が降るかどうかばかりは祈るしかなさそうだった。

がたん、と空のドラム缶を蹴り飛ばしたような音が幾度も響き、安定したところでトラックが進み出す。その震えを感じながら、ルーラーは流れ行くブカレストの風景を眺めていた。

どん、と車が揺れた。同時にマフラーから黒い煙が漏れ始める。

「……馬とは少し違いますね、やはり」

馬の生物的な震えと、機械が起こす小刻みな震動では同じ乗り物でもやはり異なる。速度や耐久力が向上した分、快適さを失ってしまったのか。かつて戦場で共に駆け回った白馬を思い出す。良い仔だったが……コンピエーニュの戦いの折、行方不明となってしまった。恐らく殺されたか、乗り換えられでもしたのだろう。

速度は次第に上がっていき、荷台に載せられた幾つかの木箱はがたがたと揺れている。意外にも馬と同程度の速さだった。だが、これは単に今乗っているこのトラックの性能が平均を下回っているだけだろう。馬でいうなら、最早老齢に差し掛かっているような。

もっとも馬と違って、車は途中で息切れすることもない。のんびりとした速度のままトゥリファスへと向かう。

「お爺さん。トゥリファスまで、何時間ほどでしょうか？」

ルーラーが運転席の老人に呼びかけると、彼は鼻歌交じりで答えた。

「んー、このペースなら十二時間ってトコだなァ」

「それほどまでに時間が掛かるのですか?」

「途中で休憩を挟むから仕方ないな」

「……なるほど。それは仕方ありませんね」

ルーラーはやや意気消沈したものの、ふと思い立って鞄の中から教科書を取り出した。

「私のような農家の子女でも教育を受けられる。……良い世の中です」

ただし、聖杯は現世で生きる為に必要な知識を授けてはくれるものの、教科書の中身までは教えてくれない。憑依した少女の知識が即ち、ルーラーの知識の限界である。

「……さっぱり分かりません」

悪戦苦闘の予感を覚えながら、ルーラーは数学の教科書に取りかかった。

§§§

トランシルヴァニア高速道
トランシルヴァニア高速道は、トゥリファスへと向かう唯一の国道である。電車網からも外れている上に、高速道の終点であるトゥリファスへと向かう車はほとんど存在しない。

立ち並ぶ道路照明灯も、半分以上が壊れている。ドライバーの抗議が皆無なせいだろう、政府も予算節約を決め込んでいるらしい。

薄く輝くだけの月は、道や標識を照らすには覚束ない。走っている場所が正しいかどうかは、アスファルトの感触で認識するしかないという状況だ。

――『鳩』の報せによれば、ルーラーは何故か霊体化せずにヒッチハイクを利用して、トゥリファスに向かっているらしい。

故に追跡を行うまでもなく、この道で待ち伏せていれば、いずれルーラーを乗せた車が通過する。実体化した〝赤〟のランサーは、命令を遂行するためにここトランシルヴァニア高速道で待機し続けていた。

ランサーは、下された命令の好悪は考えない。その命令がどういう事態に繋がるのかも、敢えて思考を忌避している。ただ自らを召喚したマスターに仕えることが、彼にとっての第一義である。

それでも、さすがにこの命令にはわずかながらに疑念を抱いた。敵マスターではなく、敵サーヴァントではなく、無辜《むこ》の人間を喰らっての魔力補給ですらなく。十五人目のサーヴァント――この戦争の審判を務めるはずのクラス、ルーラーを誅殺せよというマスターの指示には首を傾げるしかない。

そもそも、ルーラーがどちらかに一方的に与することはない。彼らは、あくまで規約に反するものに注意を促し、ペナルティを与え、聖杯戦争そのものが成立し得なくなる事態を回避するためのサーヴァントだ。

恐らくは、ルーラーの排除によって規約違反のペナルティを回避するためだろうが……。それにしても、短絡的ではある。だが、ルーラーの排除にそれ以外の理由付けを探すのは難しい。

とは言え、命令は命令。異議を唱えるようなことを〝赤〟のランサーはしない。というよりは、そういう思考が抜け落ちている。

殺せ、と言われたならば——仮借《かしゃく》無き殺戮を実行するだけだ。


鳩が一羽、ランサーの肩に止まった。嘴《くちばし》に咥えた紙を引っこ抜くと、鳩はそそくさと飛び立っていった。恐らく、あのアサシンの使い魔だろう。〝赤〟の陣営は、キャスターも特異なサーヴァントならば、アサシンも負けず劣らずの異端だった。あのアッシリアの女帝は、アサシンで現界しながらキャスターとしても活動できるという、極めて希有なスキル『二重召喚《ダブルサモン》』を保有している。これにより、キャスターがキャスターとして活躍できない分を、アサシンが補っていた。

「……ふむ」

紙に書かれていたものは、実に簡潔だった——車種とナンバープレートの数字。ただそれだけだが、これで充分標的は絞られる。

ランサーは高速道の巨大な標識に座って足を投げ出し、ルーラーがやってくるのをひたすら待つことにした。実のところ、ランサーもルーラーというサーヴァントが如何なるものなのか、具体的な知識は皆無に等しい。恐らく、大聖杯の方でルーラーに関する情報は厳重に秘匿されているのだろう。

ルーラーは大聖杯により、聖杯戦争のシステムを管轄する役割を負う。部外者を巻き込むことへのペナルティなどを科すという点では、聖杯戦争の監督官にも似ている。だがその力は、人間である監督官の比ではない。

重要なのは、ルーラーは単騎で『聖杯戦争』を管轄するに足る特権を保有しているということ。仕留めるのは至難の業だ。しかし、それでこそ戦い甲斐があるとも言える。

遥か遠方、車のヘッドライトが点す微かな光を〝赤〟のランサーは視認した。


途中三時間の仮眠を挟み、ようやくルーラーを乗せたトラックがトゥリファスに差し掛かろうとしていたそのとき、彼女は数キロ先にいるサーヴァントを知覚した。

瞬間、心の中で警報が鳴り響いた。危険だ、危険！　あのサーヴァントはどうしようもなく危険だ！

「——車を端に寄せて停まって下さい！」

ルーラーは運転手の老人にそう言って、トラックを強引に停止させた。

「一体何を……」

「朝まで待ってから運転を再開してください。私はここから歩いて行くので、問題ありませんから」

顔をしかめる老人を強引に納得させて別れを告げ、彼女は鞄を持ったまま全力で走り出す。人払いの結界が張られているのか、数キロ先まで辿り着くと車はおろか動物の気配すら途絶えた。

鞄を置き、彼女は即座に服を本来の戦装束へと変転させた。魔力で編み上げられた鎧が彼女を包む。どうやら、事態は彼女が思っていた以上に逼迫《ひっぱく》しているようだった。召喚されたルーラーに、戦意を叩きつける程に。

「——サーヴァント、ルーラーとお見受けする」

声は頭上から。見上げるルーラーの目に映ったのは、高速道用の大きな標識とそこで片膝を突いて待っていた一人の青年だった。

ただ無造作に伸ばされた髪は、透き通るような白さを保っていた。眼光は研ぎ澄まされた剣のように鋭く、剝き出しの胸元は埋め込まれた赤石も相まって艶やかな妖しさを醸し出している。だが何よりも目につくのは、全身に纏った——というよりは、肉体と一体化したような神々しい輝きを放つ黄金の鎧だろう。

一つ一つのパーツは美しいにもかかわらず、統合された青年は美を上回る凄烈な印象を与える、何とも奇妙な青年だった。

ルーラーは彼の姿を油断なく見据えて言った。

「……〝赤〟のランサーですね」

「ほう。得物も出していないのに、看破できるものなのか」

何処か興味深げに、青年――〝赤〟のランサーが頷く。

「ええ。分かっています。無論、貴方の真名もですよ。――英霊カルナ」

「……」

告げた名前は、〝赤〟のランサーを立ち上がらせるに足る威力があったらしい。

英霊カルナ――古代インドの大叙事詩「マハーバーラタ」にその名を残す不死身の英雄である。太陽神スーリヤと、人間の女性であったクンティーの間に生を受けた彼は、父から息子である証明として黄金の鎧を与えられた、まさに生まれついての大英雄である。

「なるほど。確かにお前はルーラーだ。槍を出してすらいないオレの真名を看破したことが、何よりの証明だろう」

「ええ。それで〝赤〟のランサー、貴方はどうして此処に？」

「――とうに理解しているコトを口にするのは、賢明とは言えん。オレが此処にいること、それ自体が明瞭な宣戦布告と考えるがいい」

確信していたとはいえ、改めてそう告げられるとルーラーは気が滅入った。

「愚かなのは、貴方とそのマスターです。今ここで、私を仕留めることに何の意味があるのですか？」

「知らぬよ」

簡潔かつ、あまりにも意思の疎通を拒絶する回答だった。〝赤〟のランサーは続いて告げる。

「ただ、ここでお前を仕留めよとマスターに命令された。ならば契約上、オレはそう動くだけだ」

瞬間──蒼白の光が、ランサーの右手を貫いたかに見えた。だが、それは彼の手元に本来あるべきだった物が、現界しただけのこと。

そこには、巨大な槍があった。長身の青年を大きく上回るそれは、人が扱う槍とはとても思えないほどに大きく、芸術的なまでに精密な造形だった。神が与えた、とでも形容する他ない兵装。

「ランサー……!!」

「行くぞ、ルーラー。悪いがお前の特権を考慮するに、手加減する余裕はない。手向ける一撃、只それのみで勝負をつけさせて貰う」

その言葉と、一瞬で膨れ上がった魔力にルーラーは瞠目《どうもく》する。打ち合おうとすることもなく、彼は問答無用で宝具の真名を解放するつもりだ。駄目だ、これではこちらが『特権』を行使するより、彼の宝具が先に動く——！

「クッ……!!」

覚悟を決めたルーラーが武器である〝旗〟を召喚したそのとき——。彼女は第二のサーヴァントの気配を知覚した。

「やれ、セイ、バ、ー!!」

野太い男の声と同時、標識を支える鉄柱が一刀のもとに両断された。〝赤〟のランサーが支えとしていた場所がたちまち崩壊していく。無論、ランサーがその程度で動揺する筈もなく。至極冷静な態度で跳躍、アスファルトを踏み締めた。

「——お前は」

〝赤〟のランサーは凍気を絡ませたような冷え冷えとした声で呟き、やってきたセイバーと相対した。セイバーの傍らには、肥満体の男が恐怖と憎悪を露わにして、〝赤〟のランサーを睨み付けている。どうやら彼がマスターらしい。

「〝黒〟のセイバーか。その荘厳にして苛烈なる剣気、まさかバーサーカーやアサシンなどではあるまい」

相対したセイバーは、無言で頷いた。

「ふむ、となればお前たちも目標としていたのは同じくルーラーか」

ランサーはちらりとルーラーに目線を移した。目標は同じであったとしても、目的は排除ではなく、恐らくは囲い込みだろう。中立であるルーラーを手中に収めれば、自分の陣営が圧倒的有利になることは間違いないからだ。

代弁者としてか、マスターが一歩進み出るとルーラーに向かって恭しく手を差し出した。

「危ないところでしたな、ルーラーよ」

呼びかけられたルーラーは軽く首肯した。

「〝黒〟のセイバーと、そのマスターですね」

「その通り。我が名はゴルド・ムジーク・ユグドミレニアと申します。此度の聖杯大戦において、〝黒〟のセイバーのマスターとして名を連ねております。さて——」

頬を吊り上げ、ゴルドは〝赤〟のランサーを指差すと声高らかに弾劾した。

「〝赤〟のランサーよ！　お前がルーラーを殺害しようとしたのを我々は確かにこの目で見た！　聖杯戦争を司る英霊の抹殺を謀ろうとは、究極のルール違反であろう。罰則で済まされるものではない、大人しく我がセイバーと……ルーラーである彼女の沙汰を受けるがいい！」

その言葉は弾劾であると同時に、共闘の提案でもある。ゴルドの目にも、先ほど〝赤〟

のランサーが解放しようとしていた宝具は見過ごせぬほどの力を持っていた。ここは一つ、強力無比な特権を持つらしいルーラーと共闘して、ランサーを打倒するのが賢明だろう。

先ほどのランサーの一撃は、明らかにルーラーを狙ったもの。当然、ルーラーもこの提案には納得するはず……と、ゴルドは確信していた。

だがしかし、その言葉を聞いたルーラーはゴルドを鋭い視線で一瞥した。

「〝黒〟のセイバー。そして〝赤〟のランサー。此処で戦うというのであれば、異存はありません。私が手を出すことはありませんので、ご安心を」

「……え？」

唖然とするゴルドに、ルーラーは冷然とした表情で宣言する。

「私の命を〝赤〟のランサーが狙うことと、〝黒〟のセイバーが〝赤〟のランサーと戦うことは全く別の案件です。私はルーラーとして、この戦いの規律を守る義務がある」

ゴルドは低く、言葉にならない声で唸った。このサーヴァント、ルーラーの価値観が分からない。自分の命を狙う者がいるのに、戦いが終わるまで待つというのか？

「フム。オレを二人がかりで戦うことで押し切ろうとでも企んだのか。お前が求めたものはただひたすらの勝利か？　何とも浅ましいが、それもまた戦いの一つの形だ。オレはそれでも構わんぞ」

〝赤〟のランサーは全くの平静を保ったまま、昂然と二人同時に相手をしても構わないと宣言した。その言葉が意味するものは、自分は敗北することがないという絶大な自信。尊大ではない、傲慢でもない、ただ平然と――彼は自身にとっての『真実』を告げたのだ。

「な……」

絶句するゴルド。浅ましいと蔑まれたことも驚きならば、自分が絶対的な自信を持つサーヴァントを目の前にしてもなお、余裕綽々《しゃくしゃく》の言葉を放つランサーにも驚いた。

驚きは即座に憎悪へと転化し、ゴルドは傲然たる怒りと共に叫んだ。

「セイバー！　殺せッ!!　あの〝赤〟のランサーを、叩き潰せ！」

マスターの言葉に、終始無言であり続けた〝黒〟のセイバーは軽く頷き――その一歩を、勇者たるに相応しい足取りで踏み締めた。

「――そうか。ならば、〝黒〟のセイバー。お前と二人で殺し合えるようだ」

そう呟いた瞬間、紅の槍兵は剣士の微笑みを見た。ほんの一瞬、誰にも悟られないほどに小さく、微かな笑み。英霊ジークフリートは、その時確かに口元を緩ませたのだ。

ランサーは不意に、その瞳を懐旧の念に染めた。時代も、祖国も明らかに異なる〝黒〟のセイバーに、何か思うところがあったのか。

「お前と似た眼をした男と、一度会ったことがある」

何となく、そんな無駄な言葉を口にする。〝黒〟のセイバーが、自分の言葉を促すかのようにわずかに首を傾げた。

「その男は、紛れもない英雄だった。……お前がその眼でオレを見るならば、オレと戦うは偶然ではなく必然ということだ」

ランサーの闘志は、蒼き炎の如く燃え上がる。沈黙を守る〝黒〟のセイバーもしかし、静かにその剣気を滾らせていた。じりじりと、空気が焦げるような匂いがする。それは二人の武器に因るものか、それともサーヴァントの凄まじい闘気が弾けているのか定かではないが。

ともあれ、ランサーにとって明瞭な事実が一つ。

――ああ、そうか。お前もか、お前もオレとの戦いを望んでいるのだな。

〝赤〟のランサーはそう確信して、歓喜する。ならば最早、一切の邪魔は入らせまい。どこまでも戦おう、どこまでも殺し合おう。

我らは英霊、共に戦い続けて朽ち果てた求道者《ぐどうしゃ》にして大狂人。第二の生を得て現界した今でも、その信仰は変わらない！

雄叫びはなく、裂帛《れっぱく》の気合もなく、されど双方の闘気は灼熱の如く――周囲の一切を染め上げていく。

ルーラーも、〝黒〟のセイバーのマスターであるゴルドも、静かにその場から後退した。猛る炎が熱でその危険性を伝えるように、生物としての直感がここでは近すぎると知らせていた。

やがてルーラーとゴルドが安全と思える場所まで離れたことを切っ掛けとして、二騎のサーヴァントは戦闘を開始した。それは同時に、サーヴァントとサーヴァントが殺し合うという本来の形式の『聖杯大戦』が開始したということでもある。


――槍が大気を切り裂き咆吼する。

――剣が風と共に絶叫する。


激突。散りゆく生命のように火花が散り、二つの巨大な力が拮抗する。

間合い、という点であれば当然ながら槍兵に一分の利がある。何しろ〝赤〟のランサーが持つ槍は、穂の部分だけで優に一メートル以上はあるという恐ろしい長さだ。

が、間合いを広く持つということは必然攻撃速度が鈍るということ。一刺突を行った後、槍を戻すという作業が起こすほんのわずかなタイムロス。

無論、〝赤〟のランサーの槍捌きは天下に名を轟かせた英雄カルナの名に恥じぬもの。恐らく、ただのマスターでしかないゴルドには何をやっているのかすら理解できないに違いあるまい。

だがしかし、その隙間無き石壁の如き槍の連撃を受けるは――ネーデルラントの勇者、

〝竜殺し《ドラゴンスレイヤー》〟のジークフリートだ。その剣捌きは、既にして人外の域。わずかなタイムロスを活かし、彼は一歩ずつ間合いを詰めていく。

しかし、優れた剣士《セイバー》故に槍の一撃が防げて当然という訳ではない。それだけでは神域に踏み入った槍の連撃を受けきることは絶対に不可能だ。

にもかかわらず、〝黒〟のセイバーは平然と間合いを詰めていく。それは、彼の伝説を知るはずのルーラーですら、声を上げて制止したくなるような無謀極まる行為だった。

身を捨ててこそ浮かぶ瀬もあれ、死中に活を求める——言葉では酷く簡単だ。だが、それを実行するには多大な困難があり、大抵の者は死という泥沼に沈み込む。

〝黒〟のセイバーは、更に前へ進む一歩を踏み締めた。最小限の動きで大剣を操作し、槍の連撃を受け流す。しかし、それではとても追いつかない。幾つかの刺突が、急所に直撃した。動脈を切り裂き、眉間を穿つ——はず、だったのだが。

「……ッ!?」

その異様とも言える光景に、〝赤〟のランサーは即座に後退。間合いを取って、〝黒〟のセイバーを凍るような眼差しで一瞥した。

「傷が浅いな」

一撃どころではない、実に七十八の槍撃が〝黒〟のセイバーに突き立てられた。いずれも過たず急所——なのに、セイバーは平然と構えている。

負傷をしていない、という訳ではない。だが、その傷の浅さはあまりにおかしい。腕が千切れていていても、目が抉られていていてもおかしくない。少なくとも、それだけの威力を以て〝赤〟のランサーは槍を突いたのだ。

だが、ゴルドの治癒魔術により〝黒〟のセイバーはたちどころに傷を塞いだ。それは、傷が即座に再生できるほどの浅さでしかないという事実である。

そんなはずはない、あの連撃が全て捌かれたというなら信じ難いが理屈は通っている。だがしかし、直撃を受けてなお、あの程度の損傷《ダメージ》というのは有り得ない……!!

それは有り得ない出来事であり、同時に確かに起きた現象だ。ならば、理由がある。あの〝黒〟のセイバーには、深手を負わぬ理由がある。自陣のライダーのように神から愛されているのか、それとも鍛えあげたのか、あるいは――。

「――ああ、なるほど。ようやく理解した」

久しく感じたことのない高揚がランサーの胸に宿った。ああ、やはりこの〝黒〟のセイバーは〝彼〟に似ている。

……無論、驚愕しているのは〝黒〟のセイバーとて同じである。彼の持つ反則級の能力『悪竜の血鎧《アーマー・オブ・ファヴニール》』……竜の血を浴びた英霊ジークフリートの伝説を再現するこのスキルは、

Bランク以下の攻撃の無効化を可能とする。

つまり、本来ならば――宝具が完全発動した訳でもない、あくまで単なる兵装として槍を利用しているこの状態で、セイバーが傷つくはずはないのだ。

しかし、ランサーに与えられた都合七十八の連撃は全て彼に傷を負わせていた。軽傷であり、マスターの治癒魔術で即座に修復される程度のものではあるが、その事実は英霊ジークフリートをして慄然とさせるに足るものがある。

即ち、〝赤〟のランサーの槍は――Aランクに相当する物理的攻撃力を秘めている。無論、あの槍そのものが相当な逸品であることは間違いない――だが、それだけでこの竜の身を貫く一撃を放てるはずもない。凄まじい膂力《りょりょく》と、卓越した技があってこその破壊力。

――素晴らしい。

〝黒〟のセイバーは外面をそのままに、喜悦の発露を己に許した。生前ですら、これほどの英傑と刃を交えた経験はない。村々を干上がらせた悪竜を打ち倒してから、不死身の軀によって数々の伝説を打ち立てたが――そこに魂を磨り減らすような死線を潜り抜ける感覚は、最早失われていた。

あらゆる攻撃が自身には通用せず、ジークフリートはただ無造作に敵を屠るだけという――闘争ではなく、作業に近しいものを感じていた。

だが、この戦いにはそれがない。

見よ、我が竜の鎧を貫く魔槍を。見よ、その神域に達した術技を。どれほどの伝説を打ち立て、どれほどの苦難を乗り越えてきたのか。

〝黒〟のセイバーは、それを思うだけで感嘆の念を抱く。そしてそれは、眼前の槍兵も同意見のようだった。

沈黙のまま、頷き合い──再び、戦いに耽溺《たんでき》する。

振りかざした槍は、再び〝黒〟のセイバーに向けられた。そこには闘気があり、戦意があり、殺気があり、鋼鉄《はがね》のような意志があった。

セイバーは大剣を構え直し、ランサーは槍を両手で握る。

闇夜にもかかわらず、陽光を浴びたような清々しさと晴れ晴れしさと共に──稀代の英霊二人は、再び刃を交えた。

「ぬぅ……」

歯嚙みしながら、ゴルドは〝黒〟のセイバーと〝赤〟のランサーの死闘を傍観していた。魔術を行使する隙はなく、そもそも相手側はマスターが不在のようだ。

だが、何よりの不満は〝黒〟のセイバーが打ち勝てないことだ。勇者ジークフリート、あれはまさしく最強のセイバー。Bランク以下の攻撃を歯牙にも掛けぬ大英雄だ。

そのセイバーを以てしてもなお、〝赤〟のランサーの攻撃を防ぎきれない。ここはやはり、彼女の助力を受けなければ。

「ルーラーよ、どうかお願いします。せめて貴女の力で以て、彼奴の真名を――」

「お断りします。中立のサーヴァントたる私が、それを伝えるのはルール違反です」

素っ気のないルーラーの返答。だが、ゴルドはそれでも食い下がる。

「ですが！　彼は貴女を殺そうとしたのですぞ！　ここで〝黒〟のセイバーが敗北すれば、彼は貴女をもう一度狙うやもしれません。ここは――」

「先も言いましたように、それはそれ。私個人の事情を鑑みることによって、彼らの戦いに色を加えることは、ルーラーとして召喚された私の誇りにかけてできません」

「……ッ!!」

焦りが募る。当然ながらキャスターの遠見の魔術や使い魔たちを通して、ダーニックたちもこの光景を見ているはずだ。

二騎のサーヴァントが戦っているというのに、指示を下す訳でも魔術で援護する訳でもなく――ただ、二騎の異様なまでの圧迫感に背筋を凍らせるしかない愚かな自分を。

ふざけるな、これは聖杯大戦。二騎のサーヴァントが戦い、二人のマスターが雌雄《しゆう》を決する究極の魔術対決ではないか。どこだ、マスターはどこにいる。何故、出てこない。恐れをなしたのか、ふざけるな。私が倒してやる、私が殺してやる。

「出てこい、〝赤〟のマスターよ！　魔術協会の走狗《いぬ》め、このゴルド・ムジーク・ユグドミレニアが相手をしてやる！　見ているのだろう？　見ているのだろう⁉」

……返答はなく、自身のサーヴァントは無論のこと、〝赤〟のランサーやルーラーも彼を一瞥することもない。

置き去りにされたという感覚は、ゴルドに久しく感じたことのなかった恥辱と慚愧《ざんき》の念を呼び起こした。

――何かをやらなければならない。

――何かをやる力がなければならない。

――そう、その力は、すぐ、手元に。

ゴルドは右手の甲を見た。そこには、確かにマスターである証がある。膨大な魔力で刻まれたマスターとサーヴァントの繋がり……令呪が。

そうだ。この令呪を使えば、あのサーヴァントを簡単に支配下に置ける。あのサーヴァントは英雄ではなく、あくまで傀儡《かいらい》であることを忘れてはならない。

サーヴァントを戦わせて自分は茫然と観戦しているだけなど、許される行為ではない。マスターたるもの、その魔術の腕と冷静な判断力で以てこの戦いに勝利すべきではないのか。

だが、現状はゴルドにとって手出しできるようなものではない。さすがにゴルドも、それくらいの冷静さは有していた。というよりは、ただただサーヴァント同士の戦いに圧倒されていたとも言えるが。

轟風を巻き起こし、砲弾の如き刺突を放つ〝赤〟のランサー。

風を割り、闇を切り裂く黄金の大剣を振るう〝黒〟のセイバー。

互いの斬撃は螺旋のように絡まり、火花のように儚く散る。剣技と槍技の頂点に立つ者が二人、覇を競い合う。

技の卓越性ではわずかに〝赤〟のランサーが上回り、軀の頑丈さでは〝黒〟のセイバーが上回っていた。とはいえ、総合的な実力はほぼ拮抗している。ほんの一瞬でも気を抜けば、心臓を突かれるか首を刎ねられる。

強いて優位性を見出すとすれば、マスターであるゴルドの存在。彼の治癒魔術によって、〝黒〟のセイバーは常にダメージを修復することができる。だが、ランサーの自己治癒力もまた凄まじい。マスター不在とはいえ余程強いラインで結ばれているのだろうか。彼に与えられている魔力も相当な量だ。

打ち鳴らされる鋼の音は、既に万を超えようとしていた。

たちどころに修復されたわずかな傷は、千を超える。

やがて。二騎はどちらからともなくその手を止めた。疲労ではない、稀代の英傑である二人ならば、三日三晩打ち合ったとてその体力が尽きることはない。だが、時間だけはどうにもならない。既に空は完全な闇から、仄暗いダークブルーへと変化していた。

そう、打ち合い始めてから実に数時間の時が流れていた。互いに宝具は使わず――真名を解放する隙すらも見当たらなかった。

「――このままでは、日が昇るまで打ち合うことになるな。オレはそれでも構わんが、そちらはどうだ。お前のマスターはうんざりしているようだが」

「……」

セイバーは、あくまで無言で剣を納める。ゴルドが何か言おうと口を開いたが、言葉にできなかった。二人がぶつけ合った闘気があまりに濃密で、余人が口を出せる世界ではないと本能的に悟っていたからだ。

そして、マスターに言葉を封じられている〝黒〟のセイバーはわずかな逡巡を切って捨てて、口を開いた。

「願わくは、次こそは貴公と心ゆくまで戦いたいものだ」

その言葉には、奇妙なまでの切実さがあった。〝赤〟のランサー、カルナは知らない。英霊ジークフリートの華やかな英雄譚の裏側に存在したものを、彼は知らなかった。それでも――その言葉の響きに感じ入ったものがあったのだろう。〝赤〟のランサーは微かに首肯し、剣士の言葉に賛意を示した。何故なら、それはランサーが秘めていた願いでもあったからだ。

約束や誓いなどと言った大袈裟なものではない。二人は互いを抹殺すべき敵と見なし、戦うべきサーヴァントだと理解している。だからこその共感だった。

「──ああ、オレは実に運が良い。〝黒〟のセイバー、初戦にお前と打ち合えた幸運を心から感謝しよう」

それは〝赤〟のランサーによる掛け値無しの賞賛だった。そこには戦士としての絆があった。〝お前を打ち倒すのは我が剣であり、槍であって欲しい〟という、まるで無垢な少年のような夢だった。

「では、さらばだ。〝黒〟のセイバーよ」

「……」

無言の挨拶。〝赤〟のランサーはたちまちの内に、その身を霊体と化して消えていく。

そして空は、黎明を示す薄紫色に染まり出していた。

「──見事な戦いでした。さすがはアルマーニュ随一の英雄」

ルーラーの賞賛に、〝黒〟のセイバーは無言で頷いた。

しばし勝手に口を開いた〝黒〟のセイバーを睨んでいたゴルドだが、気を取り直すように改めてルーラーに顔を向けた。

「ルーラーよ。それでは、我々と一緒に来て戴けませんか？　これより先、トゥリファスでの戦いを検分なさるおつもりならば、ミレニア城塞に逗留するのが良いかと思うの

が──」

「いえ、それでは公平性が保てません。心配なさらずとも、私の知覚力は並のサーヴァントの数十倍。トゥリファスのどの場所で戦ったとしても、即座に駆けつけますので」

ルーラーはにべもなく拒絶した。この聖杯大戦、二つの勢力がぶつかり合うという他に類を見ない状態の戦争である。間違っても、どちらかに与するということが――仮令《たとえ》、見せかけであっても存在してはならない。

「……行くぞ、セイバー」

その声色はいかにも不愉快を抑えつけている体で、ゴルドの目的が最初からルーラーの確保であったことは明白であった。だが〝赤〟のランサーによって手順は狂わされてしまった。セイバーの力でルーラーを抑えつけるにしても、もう猶予はない。ゴルドとて、魔術師だ。晴れやかな空の下で、サーヴァントを戦わせるという愚は犯さない。

霊体化したセイバーを伴い、ゴルドはルーラーに背を向けた。わずかに両肩が震えているのは、恥辱のためだろうか。

ゴルドが立ち去ると、ルーラーは改めて二人が織り成した破壊の痕跡を見やった。それはあまりにも無造作で、無秩序で、方向性が定まっていなかった。何かを破壊しようと悪意を抱いて壊したのではなく、戦闘における単純な余波でしかない証左だ。そう、単純な余波だけで高速道路の標識は分断され、大地は隕石でも落下したかのようにクレーター状となっていた。

ここが高架道路でなくて良かった、とルーラーは思った。下手をすると踏み込みを支えきれず、倒壊したに違いない。無論、それでサーヴァントが死ぬはずはないのだが高架道路の再建には長い時間が掛かる。それは少し申し訳ない。

ともあれ、〝黒〟のセイバーと〝赤〟のランサーの戦いは引き分けに終わった。どちらも深手を負った訳でもなく、大量の魔力を消費した訳でもない。軽い小競り合いであり、前哨戦に過ぎない。

だが、そのたかが前哨戦でこの有様なのだ。

戦争は次第に激しさを増し、枠組から外れようとするサーヴァントやマスターも出てくるだろう。自分は——ルーラー、ジャンヌ・ダルクはそれを監視するためにこの世界に召喚されたのだろうか？

違う、とは言い切れない。しかし、素直に信じることもできないあやふやな感覚。とにかく、この聖杯大戦は何かが『違う』と、少女の内なる何かが囁いていた。

「……今考えても始まりませんか。ともかく、頑張らなくてはいけません」

ルーラーは拳を握り締め、一人そう宣言した。それから、もう朝日が昇りかけているというのに鎧を着込んでいる自分が妙に気恥ずかしくなり、慌てて魔力で編み上げていた鎧を解放して元の私服へと着替え直した。

薄紫色の空の下、少女は道を戻って鞄を手に取るとトゥリファスに向かってのんびりと歩き始めた。

§§§

――皆が、俺を呼んでいる。

〝助けて〟〝痛い〟〝苦しい〟……基本的には、この三つの繰り返しだ。だが、量があまりにも桁違いだった。助けを求める声なき声、痛みを……苦しみを訴える絶叫。理不尽な運命に押し潰され、死の恐怖に怯えて啜り泣く弱き者たち。

男は思う。ああ、これは俺に縋っている訳ではなく。ただ訴える声を、俺が拾い上げているだけなのだな――。

だとするならば、それは悲しいことだった。助けを求める者がいたなら、まだ希望はある。だけど、助けを求める対象すら存在しないならば――その声は、ただ溶けて流れて消えていくだけだ。

――なら、俺が。

そう考えたところで、夢から覚める。目を開き、自分の肉体を確認した。紛れもない、ただの夢だ。細い両腕は剣を持つこともできず、一級の魔術回路は魔術を行使しただけで肉体を破裂させかねない危険な代物だ。

誰かを救う力はない。誰かの手を取る力はない。当たり前だ、己はただのホムンクルスであり、生誕して数ヶ月。サーヴァントの魔力を供給する電池として生まれ、後は死ぬはずだった存在だ。

助けを求める声は誰だったのだろう。自分の右隣にいた少女か、左隣にいた青年か、向かい側にあった、人のカタチを取ることができない者か。

だが誰であろうとも、どうすることもできなかった。獲得した聖杯大戦への知識が、自分たちがどれほど重要な位置に在るモノなのか理解《わか》らせてくれる。

サーヴァントを現界させるために必要なものは、偏《ひとえ》に魔力だ。そして、魔力の多寡こそが事実上サーヴァントの力を決定づけるといってもいい。

どれほど強大な宝具を持つ英霊であろうとも、その真名を覚醒させるだけの魔力がなければ、使用した途端に消滅、敗退する恐れもある。

逆にコストが低い宝具であれば威力こそないものの、魔力の消費を考えずに連発することもできるだろう。ただ一発で弾を撃ち尽くす大砲と、いくらでも矢を補充できる弓とでは、後者が有利なのは自明の理だ。

だから、マスターが持つ魔力が多ければ多いほどに有利となる。そのはずだが、ここでユグドミレニアは発想を転換した。

消費する魔力は、第三者から死ぬまで搾《しぼ》り取ればいいという、単純で残酷なアイデア。

無論、ただの凡庸な人間たちでは駄目だ、倫理的な問題ではない。単に秘匿するのが難しくなるという、それだけの理由だ。そうかと言って生贄にする魔術師たちの数を揃えるのもまた難しい。けれど、魔術回路を持ったホムンクルスならば、惜しむ者は誰もいない。

金と手間が掛かる作業であるが、逆に言えばその程度でしかない。

アインツベルンや他の錬金術の大家たちから盗み出した技術は、専門家からすれば児戯にも等しいものであったが、単なる魔力を消費するだけの電池《イキモノ》として扱うならば全く何の問題もなかった。

そう。此度の聖杯大戦に全てを懸けるユグドミレニアにとって、自分たちはまさに『鍵』という他ない存在なのだ。

どれほど燃費の悪い宝具であろうが、自分たちがいれば即座に魔力を補給できる。おまけに、マスターたちは彼らサーヴァントへの魔力供給を考える必要がなく、自身が扱う魔術に全力を傾けることができる。

マスターにとっても、サーヴァントにとっても、これは最良の環境だ。その陰で、命を浪費する自分たちのことを度外視すれば。

「――ああ、俺は誰も救えない」

彼らの解放など、夢物語でしかない。助けを求める声は、振り払うしかない。そもそも、今の自分がどうなるかすら、あやふやなのだ。

§§§

戦争が本格化する直前、ミレニア城塞ではマスターとサーヴァントたちはその余暇というにはあまりに短い、隙間のような時間を思い思いに過ごしていた。

召喚されて以来、フィオレの車椅子を押すのは〝黒〟のアーチャーの役割になった。二人の関係は、他の組と比較しても抜きん出て良好であった。フィオレは彼に全幅の信頼を置いていて、睡眠時などを除いたほとんどの時間をアーチャーと共に過ごすことにしている。

「こちらでよろしいですか？」

「ええ、ありがとう」

アーチャーが差し出した薬湯と粉薬を確認すると、フィオレはそれを一気に呷《あお》った。動かぬ両足の痛みを緩和するための、一種の鎮痛剤のようなものである。副作用として、堪えようのない眠気があるが、しばらくは眠っていても問題ないだろう、とフィオレは判断した。

薬が効いてくるのを待ちながら、ふと彼女は自身のサーヴァントにまだ重要な問い掛けを済ませていなかったことを思い出した。

「……ねえ、アーチャー。そう言えば私、貴方の願いをまだ具体的に聞いていなかったわ」

アーチャーが聖杯に託す望み。サーヴァントにとって恐らく一番重要なものを、フィオレはまだ聞いていなかった。無論、最初に尋ねようとしたのだ。だが、彼は「些細な、そして誰に迷惑も掛けぬ望みですよ。後で語る機会もあるでしょう」とその話を流してしまった。今回召喚されたサーヴァントの中では、恐らく随一の誠実さを誇る彼がそう言うのだから、とフィオレもひとまず保留していたが、間もなく前哨戦が始まるとなっては、そろそろきちんと問い質すべきだと考えたのだ。

「聖杯に懸ける願い、ですか。……無い、と言えば嘘になりますが」

アーチャーはやや困惑した表情で言い渋る。〝黒〟の陣営にとって、優先されるべき望みはまず、ランサー――ヴラド三世の願いである。無論どのサーヴァントも叶えるべき願いがある以上、出し抜く隙を窺っているだろうが、そもそも前提としてこの聖杯大戦に勝利せねばならないため、まずは〝赤〟との戦いに神経を集中させている。

アーチャーは自身が願いを公言すれば、内輪揉めを起こさないかという点を気にしているのだろう。フィオレは首を横に振って、その不安を否定した。

「心配しないで。誰にも言うつもりはありません。マスターとして、貴方の願いを優先させるのは当然でしょう？」

「……ありがとう、マスター。そして、どうか我が願いを一笑に付すこと無きようお願いします」

「勿論です」

アーチャーは少し、羞じらうように顔を伏せた。

「我欲に塗れた願いですが。……私は、神に預けたものを返して貰いたいのです」

「神に預けたもの……もしかして、それは」

「ええ。私がプロメテウスに預けた『不死』という特性。あれを返していただくのが我が願望です」

フィオレは召喚する際、当然ながらケイローンの伝説についてはきちんと調べ上げていた。その非業の生まれや英雄たちの教導など、ケイローンには様々な伝説が残っているが、とりわけ有名なのは、彼が射手座《サジタリウス》となるまでのエピソードだろう。

大英雄ヘラクレスと、同族であるケンタウロスたちの争いに巻き込まれた彼は、ヘラクレスが放ったヒュドラの毒矢を誤って膝に受けてしまう。

不死であるが故に死ぬことはできず、されど毒によって苦しみ続けたケイローンは、とうとうその不死という性質を、ゼウスに頼んでプロメテウスに譲り渡してしまった。そうして、ようやく安息の死を得たケイローンをゼウスは心より惜しみ、天に昇らせた。それこそが、あの空に浮かぶ射手座なのだという。

「別に、不死を惜しむ訳ではありません。ただ、不死であることは父と母からの贈り物。それを手放してしまった私は、最早ケイローンであってケイローンでないのです」

男は静かに、そう父母への慕情を呟いた。

「――でも、アーチャー。貴方は、」

フィオレはそこまで言うと、慌てて口を閉じた。それ以上は、彼への侮辱に繋がるからだ。伝説によれば、大地と農耕の神である父クロノスは馬に化けて、女神である母ピリュラーと交わった。そして、ピリュラーはケイローンを産み落としたものの、上半身が人間、下半身が馬という姿の彼を見て嘆き、菩提樹に姿を変えたという。

つまり、ケイローンの父と母は最初から彼に愛情など注ぎはしなかった。恐らくそのことは、他の誰より彼自身がよく理解しているだろう。

アーチャーは穏やかな表情で、フィオレの瞳を真っ直ぐ射貫くように見つめた。

「……確かに、私は父にも母にも愛されなかった。それでもやはり、血の繋がりの証とも言えるものを取り戻したい」

そう言って、どこか申し訳なさそうに呟いた。

「我欲に塗れていると言われても否定はできません。そもそも、今更不死になったところで何か変わる訳でもない。ただ、それでも——」

——それでも。ケイローンにとっては、父と母とのささやかな繋がりだった。

「アーチャー。……私の願望も、紛れもない我欲です。私はただ、『足を治す』ためだけにあの聖杯を使おうと考えているのですから」

フィオレ・フォルヴェッジ・ユグドミレニアの足は動かない。それは、彼女の魔術に深い関わりがある。フィオレの魔術回路は両足に存在する。だが、生まれついて彼女の回路は変質を来しており、その影響で両足の機能が完全に停止、時に耐え難い苦痛も襲いかかってきた。

無論、治療することは可能だ。だが、そのためには両足の魔術回路を取り払わねばならない。それはつまり、魔術師として生きることを捨てるに等しい。

フィオレは人体工学や降霊術《ユリフィス》を学び、両足が動かないまでもその代役を果たす術を身につけた。降霊によって動かぬ足の代わりを務めさせることもできる、箒を使えば空を浮遊することも可能だろう。

だが、それはやはり自分の足ではない。そして、フォルヴェッジ家の後継者として魔術も捨てられない、捨てたくはなかった。

だから、聖杯の奇跡に縋るしかない。魔術回路をこのままに、足の機能を取り戻す。ああ、何たる贅沢な願いだろうか。

「なるほど。どちらも犠牲にしたくないが故に、奇跡を望むしかないと」

「ええ。……アーチャー、貴方の切なる願いに比べれば私の望みなど、木っ端のようなものでしょう。浅ましい、そして恥ずかしい」

「そうでしょうか？　魔術師が魔術を捨て去るということへの重みも、そして自らの足でこの大地《ガイア》に立つことへの喜びも理解できます。浅ましくなどなく、羞恥に震える必要もありません」

いいや、だからこそ浅ましいとフィオレは思う。分かっている、この願いを口にしたとき、アーチャーがそう自分を慰めることなど心の何処かで理解していたのだ。こうして、慰めの言葉を掛けてくれるであろうことも。

無論、嘘をついた訳ではない。足を治したいという願いも、その願いを心のどこかで贅沢だと思っているのも事実だ。だが、それでも彼女は魔術師として万能の願望機たる聖杯を手に入れる決意があった。弱々しく、同情を引くように言う必要などなかったのだ。

なのに、如何にも気弱に……自信なげに、自分の願望を恥じるように告げた。その必要など、ないのに。生まれ持った性質だ。中心であることを避けるために謙虚で奥ゆかしくあろうとしてしまう。その虚飾を恥ずかしく思ったことなどなかった――今までは。

「ありがとう、アーチャー」

フィオレは頬を染めて礼を言う。ああ、褒めて貰いたい。他の誰でもなく、このアーチャーに自分を讃えて貰いたい。頭に手を置いて貰いたい、耳元で慰めの言葉を囁いて貰いたい。けれど、だからと言って同情を引くような態度を無意識に出してしまう自分は、心底忌々しい。

本当に、何たる浅ましさだろう——。

それでも、アーチャーの言葉に頬が緩んでしまう。恋とも愛とも違う、どこか清廉で、少しだけ歪んだ想いを胸に抱き、フィオレはそっと瞼を閉じた。

「アーチャー、薬が効いてきたので少し眠ります。貴方は自由にしてください」

「分かりました、マスター」

アーチャーはそっと、音もなくフィオレの私室から退室した。

カウレス・フォルヴェッジ・ユグドミレニアは聖杯戦争になど参加したくなかった。更に言うならば、魔術師になどなりたくもなかった。魔術自体は好きなのだ。科学では起こし得ない不条理な現象をこの手に摑む快感は、他には得難いものがある。

が、だからと言って。魔術に一生を捧げるというのもまた御免蒙《こうむ》りたいものがあった。

何しろ、魔術師は人間でありながら人間でなくなった、まさに人でなしの連中なのだ。さすがに、中世のように魔術を探究するために数千人の人間を虐殺するなどということは許されていないものの、それはただ単純に世間に露呈するのを恐れるためである。

人の情とか、優しさとか、そういう耳触りの良い言葉とは遠く掛け離れた求道者。それが、魔術師というものであり——そのような存在に、なりたいとは思わなかった。

カウレスが魔術を習わされた理由も酷いものであった。姉であるフィオレの予備。ただそれだけの存在である。もっとも、カウレス自身もそれは望むところであった。一族の運命を背負うのは重いが、魔術を学ぶだけならばむしろ気楽だった。

月日が経ってフィオレがフォルヴェッジ家の当主となり、ユグドミレニア一族の長の座も見えてくる頃には、カウレスも別の道を模索し始めていた。何も成すことのできなかったしがない魔術師として一生を終えるか、あるいは違う人生を求めるか。

そこへ降って湧いてきたのが、この聖杯大戦だった。当初、フィオレのバックアップを任命されたカウレスだったが、ルーマニアに来訪した途端に令呪の兆しが顕れてしまった。

そうなれば否応もない。他の熟練した魔術師たちの妬むような視線に閉口しつつも、彼はこの聖杯大戦のマスターとして参戦せざるを得なかった。

幸運にも、触媒となる聖遺物はすぐに手に入った。フィオレの知己であったフリーランスの魔術師から、『フランケンシュタインの設計図』を買い取ることができたのだ。

無事召喚も成功し、バーサーカーでもっともネックとなる魔力の大量消費に関しても、ホムンクルスを供給用にすることと、彼女自身の宝具が魔力供給を補助することで目処がついた。

目下の問題はただ一つ。

「……アイツ、本当に強いのかな？」

そんな些細にして極めて重要な問題だった。バーサーカー……真名フランケンシュタインの狂化ランクは意外なほどに低かった。言語能力こそほぼ失われているものの、敵味方の区別がつき、単純ならば意思疎通も可能なほどだ。

ただ……本来、身長二メートルは超える大男であったはずのフランケンシュタインが、何故か可憐といって差し支えない少女の姿をしているのは、カウレスにとって実に謎だった。ボリス・カーロフやデ・ニーロの立場がない。最初はうっかり花嫁の方を召喚してしまったかと思ったが、どうやら彼女こそがフランケンシュタイン——より正確に言うと、フランケンシュタインが創り出した人造人間——で間違いないようだ。

果たしてこの少女は戦えるのだろうか？　それがカウレスの目下の悩みであった。

そんな彼女はマスターの負担も気にせず、好んで実体化を行って城を徘徊していた。霊体化、実体化の主導は当然カウレスにあるのだが、無理矢理霊体化させて不機嫌になっても困る（そして、彼女の不機嫌そうな唸り声は脳に響くのだ）。その為、自身のサーヴァントは放置しているのが現状である。

……と言っても、暴れ回る訳ではない。城塞の中庭にある花畑で、花を摘むか空を眺めていることが多かった。たまにライダーが話しかけているのだが、応じることはほとんど無く、応じても不機嫌そうにあしらうだけだ。

カウレスとて、マスターに選ばれたからにはそれなりの矜持《プライド》というものがある。意思疎通は可能なのだから、一度きちんと話し合うべきだろう。できれば、マスターとサーヴァントとの上下関係についても理解して貰いたい。

そうして、カウレスはバーサーカーと語り合う決意を固めたのだった。

中庭に赴くと、果たして〝黒〟のバーサーカーは花畑で花を摘んでいた。そのシチュエーションに些か不吉なものを感じなくもなかったが、カウレスはよし、と自分を叱咤して踏み込んだ。

「……よ、よお」

とりあえず片手を掲げ、軽い声で挨拶する。バーサーカーはちらりと自身のマスターを見やったが、すぐにそっぽを向いた。あからさまな無視である。

多少カチンと来たものの、ここで立ち上がってしまえば何も変わらない。腰を据えて、きちんと話し合っておくべきだろう。

深呼吸……最初の言葉を告げる。

「あー、あのな。その、悪かった」

頭を下げる。上下関係を知らしめよう、という決意とは裏腹にいきなりの謝罪だった。

バーサーカーが再度、カウレスの顔を見る。

「いや、その、アレだ。俺、お前の真名をさらっと言っちゃっただろ？」

「……ゥゥ」

途端、不満げな唸り声。やはりそうだったか、とカウレスは納得した。どうも彼女は、自分に対して、何か苛立ちを感じているようだったのだ。

「もしかすると、次は敵に回るかもしれないもんな。いや、悪かった」

「……ゥ……」

彼の言葉に、バーサーカーは頷いた。唸り声も、さほどに不機嫌ではないようだ。カウレスが、この聖杯大戦の『次』を正しく理解していることに安心したのかもしれない。

「ただまあ、今はこの聖杯大戦を生き残ることに集中したいと思うんだ。どうかな？」

バーサーカーは摘んだ花を握り締めたまま、無言の頷きで賛意を示す。

「よし、まずは己を知ることから始めようか。バーサーカー」

「……？」

不思議そうに小首を傾げるバーサーカーに、カウレスは説明した。

「召喚する前、俺はお前のことを一応それなりに詳しく調べたけどさ。伝説が常に正しいとは限らないし、そのズレが致命的な事態を産み出すかもしれない。俺が今からお前について語るから、間違っていたら訂正してくれ」

こくんと、意外と素直にバーサーカーは頷いた。

自然科学を学ぶ一介の学生であったヴィクター・フランケンシュタイン。彼は『理想の人間』を創り出すという妄執に取り憑かれ、二年の歳月を経て生命のない継ぎ接ぎの肉体に、生命を宿すことに成功した。

彼の理想によれば、賢く、美しく、まさに完全な人間が誕生するはずであった。だが、出来上がったものは醜い怪物だった。フランケンシュタインは恐怖のあまり、彼女を再度解体して、その場を逃げ出した——。

だが、この怪物は解体されてもなお生きていた。自分自身を繋ぎ直し、スイスのジュネーブまで逃げたフランケンシュタインを執拗なまでに追い続けた。それは憎悪と慕情が成せる追跡劇。

彼女は父と仰いだフランケンシュタインに懇願した。

——貴方に迷惑を掛けるつもりはない。だけど、貴方が創り出したわたしはこの世界でただ一人だ。

——孤独は辛く、苦しく、痛い。どうかせめて、もう一人。もう一人わたしを創って欲しい。貴方ならば、できるはずだ。

——どうか、わたしの伴侶となるべき存在を。

フランケンシュタインは、それをにべもなく拒絶した。可能、不可能の話ではない。彼にとっては、目の前の人造人間を創り出すことに全神経を注いだのだ。結果、生まれ出たのはこの醜い怪物。二体目を創り出すなど、想像するだに恐ろしい。

ここで話を切って、カウレスはちらりとバーサーカーの顔を見た。

ヴィクター・フランケンシュタインの美意識がおかしいのか、あるいは——この外見の美しさを以てしてもなお、隠しきれない醜悪さが彼女の内部に存在するのか。カウレスには分からなかった。

創れない、もう創れないと繰り返す彼の言葉を真実だと理解した彼女は、深く絶望した。だが、それでも創って貰わなければならなかった。

フランケンシュタインの周囲に居た人間を殺し、無関係な人間も殺し、果ては最愛の婚約者をも殺害した。

それでも。彼は全てを拒絶し、ただ逃げ続けた。

かつての快活で才気溢れる青年だった男の面影は最早どこにもなく。六十を過ぎた老人のような弱々しさで、フランケンシュタインは最後の最後まで後悔しながら、北極で狂死した。

──憎悪をぶつけるべき対象が消え、慕うべき男もこの世から姿を消した。

彼女はフランケンシュタインの最期を看取ったウォルトンという男に別れを告げ、北の果てで薪の山を積み上げ、業火で自分を燃やし尽くした。我が灰よ、風に乗って海に散るがいいと呟きながら──。

それが、フランケンシュタインが妄執の果てに創り出した怪物の最期の姿であった。

彼女の生前を語り終えたカウレスに、バーサーカーは一言も口を挟むことはなかった。合っているのか、合っていなくともどうでもいいとでも考えているのか。

「……さて、と。バーサーカー。お前の願望は、『お前と同じ存在の伴侶を得ること』で合っているか？」

「ゥゥ」

首を縦に振っている。正解らしい。

「……城に居るホムンクルスじゃ駄目なのか？　似たようなものだろ」

「……」

バーサーカーは手にしていた花を、カウレスの顔面に無造作に叩きつけた。痛くはないが、驚いた。

「……駄目ってことね」

力強く頷くバーサーカー。彼女にも、彼女なりに譲れないものがあるらしい。

どうやら、フランケンシュタインが創り出した人造人間でなければ駄目ということか。死者に生者を創造させるのだから、これはやはり聖杯の奇跡がなければ成し得ない事柄だ。

一人納得するカウレスの顔を、バーサーカーがひょいと覗き込んだ。長い前髪の間から灰色の瞳がちらちらと垣間見える。服を摑み、くいくいと軽く引っ張った。

「俺の望みは何かってことか？」

バーサーカーは首肯した。さて、とカウレスは考える。順当に考えれば、根源の渦に辿り着くこと、と告げればそれで済む。魔術師ならば、そのために人生を捧げるものだし、聖杯から一定の知識が与えられている以上、バーサーカーもそれに疑問を持つはずがない。

だが、カウレスは嘘を嫌った。

「いや、実はさ。まだ決めてないんだ」

「……ゥ」

睨まれた。カウレスは申し訳なさそうに頭を搔く。

「無い訳じゃないんだぜ。これでも魔術師だから、根源の渦に到達してみたいという気持ちはもちろんある。……ただ、他にも俺の望みがある気がするんだよ」

いかな万能の願望機とはいえ、容易く根源に到達できるものだろうか？　そこが、カウレスには大いなる疑問であった。無論、辿り着くための第一歩を刻むことは可能だろう。

だが、その道はあまりにも遠い。

「ともかく、その状況になってみないと分からない。例えばほら、戦争の後で姉さんが死んでいて生き返らせようとするかもしれないだろ。そうしたら、俺の中で願いは覆ってしまう。百年先の根源より、俺にとっては目の前の姉さんだ」

――もっとも、我が姉は自分を生き返らせたりなどしないだろうなぁ。

などとぼんやり考えていると、バーサーカーはゥゥと一声唸った。どうやら、ある程度の賛意は示してくれたようだ。

「分かってくれたんならいいさ。じゃ、俺は部屋に戻るから」

立ち上がったカウレスの服を、くいとバーサーカーが引っ張った。振り向くと、突然目の前に花が突きつけられた。

「……くれるの？」

バーサーカーが頷いたので、カウレスは有り難く戴くことにした。その後、彼女はまた花を摘み始めた。それから、一枚一枚花びらを千切り始めたので慌てて退散することにした。何しろここには池がない、放り投げられたら敵わないからだ。

セレニケ・アイスコル・ユグドミレニアの冷たい舌が、ゆっくりと〝黒〟のライダーの首筋を這い回っていた。

「……あのさ」

ベッドに横たわるライダーは、両腕を革紐で縛り付けられていた。鎖帷子《くさりかたびら》や部分鎧は外され、胸元を剝き出しにされている。ほっそりとした鎖骨が白い肌と共に露わになっていた。何とも、扇情的な姿である。

セレニケはライダーに覆い被さり、上気した頰と欲情に潤んだ瞳で見つめていた。彼の目と、彼の唇と、彼の肌を。

だがしかしライダーの表情は羞恥でも苦悶でもなく、呆れ果てたというものだった。うんざりしたようにライダーが告げる。

「ねえ、もういい加減に止めない？」

「嫌よ。だって、貴方の肌があんまり綺麗なんだから。一日中舐めていたって飽きないわ」

「ボクが飽きるんだけど」

「私が気持ちいいから、それでいいのよ」

ああもう——と、ライダーは溜息をついた。サーヴァントとして召喚されて以来、毎日飽きもせずに我がマスターは自分の体を嬲《なぶ》っている。彼女の愛し方は実に倒錯的なものだった。彼女はライダーの体に指を滑らせ、舌を這わせるが、正常な状態で愛することはただの一度もない。

こう、喩えるならば。芸術品であるかのように愛でられる感覚だ。絵画や彫像を舐める人間はあまりいないだろうが。

「本当に、美しいわ」

ほう、とセレニケは感嘆の溜息を吐き出す。普段ならば、そう発言した人間を男であれ女であれ喜んで抱き締めることもやぶさかではないが、彼女に言われてもあまり嬉しくはない。

不幸中の幸いというべきか、彼女は令呪を持ち出して脅迫をするなどという短絡的な愚行には走らなかった。ただし、決戦が終わった時点で生き残っていれば定かではない。令呪も魔術の一種である以上、自身の対魔力スキルで弾くこともできようが、仮令Aランクでも命令に逆らうのは一画が限度だろう。二画使用されれば、どんな命令にも従わなければならない。

それまでに、何か適当な命令で令呪を潰しておいてくれると助かるのだが……。

「ああ……残念。どうして貴方の軀はナイフで斬れないのかしら」

実に物騒な発言である。

「そりゃ、戦うために召喚されたからだね。……っと、そろそろ時間だ」

潮時だ、とライダーは革紐を引き千切って立ち上がった。押し出された形となったセレニケは、不服そうに頰を膨らませる。

「私、そんなに駄目なの？」

「駄目だとかそういうんじゃなくてさ……」

「——伝説によれば。アストルフォは、名うての色男でしょう？」

「それとこれとは話が別だよ、まったくもぅ」

確かに彼女の言う通り、アストルフォは色男であったが、それはつまり自由なときに好みの女性を口説けたということだ。一人の女性に強引に迫られるのは、不本意にも程がある。

それに何よりも、セレニケという魔術師にまとわりついた死の香りはあまりに濃厚だった。産まれてからずっと、血と臓物に塗れてきたのだろう。香水を使い、体を洗うことで臭いは消せたとしても『死』そのものからは離れられない。

彼女は黒魔術師としては比較的古い血筋を持つアイスコル家の出である。中世に吹き荒れた魔女狩りの嵐によって、やむを得ずに西欧からシベリアまで逃げ延びた彼らは、魔術基盤を失ったこともあって、衰退の一途を辿っていた。

セレニケはそんな衰退した一族にとって、久方ぶりに産まれた子だった。黒魔術を極めることに人生全てを捧げた老婆たちはセレニケを溺愛し、徹底的に黒魔術を教え込んだ。

黒魔術はその術の特性上、必要な資質がある。全く何の躊躇いもなく、生贄を解体することができるかどうか、だ。獣の赤子、人の赤子、善良な人間、人懐っこい獣、老人、老犬、妊婦、人や獣の胎児――。できるだけ苦痛が必要ならば、その懇願に惑わされぬこと。彼女が教えられたのは外面を取り繕うこと、内面を制御すること。殺戮の快楽に酔いしれるようでは、黒魔術師としては失格だ。

殺戮が必要ならば殺戮を。苦痛が必要ならば、必要なだけの苦痛を与えるだけ。セレニケは、本当に見事な黒魔術師だった。生贄を捧げる際は、それこそ鉄のような理性で感情を制御し、あらゆる残虐な儀式をやってのけた。

そう。彼女は本当に、徹底的なまでにその激情を抑えつけていた。傷つけることへの悦びと、虐げることへの愉悦を。それは、黒魔術師としてはあまりにも危険な要素だから。

故に、魔術師ではないときのセレニケは有り余る情欲を徹底的に叩きつけた。一夜を共にして無事であった人間など、ただの一人も存在しない。

純粋な瞳で世界を眺める少年を徹底的に穢して、犯して、苦痛を与え、涙を舐めて舌を吸った。呪殺を生業とし、魔術師と魔術使いの境界線を行き来する存在。血に塗れなければ生きていけない宿業を持つ女。それがセレニケ・アイスコル・ユグドミレニアという怪物《おんな》だった。

セレニケが自身の召喚したサーヴァント、ライダーを愛でるだけで済んでいるのは一つには、力量の絶対的な格差があるからだ。仮にも英霊、暴力を振るってどうにかなるような存在ではない。そしてもう一つは、魔術師としての思考が聖杯大戦にひとまずの決着を見るまで、最大限の力を引き出さねばならないと理解しているからだ。

だが、それが終われば。

彼女は己の我欲を抑える自信が全くない。令呪を使って犯し、穢し、この可憐と言うしかない英霊を、恥辱に塗れさせるだろう。

万能の願望機である聖杯を巡る、第二の争いなど彼女の知るところではない。セレニケはただ、アストルフォと愛し合えればそれでいいのだ。

……些か、というよりはかなり歪みきった愛ではある。

「用があるので、失礼するよ」

そそくさと服を着替えるライダーを、セレニケはベッドに寝そべったままぼんやりと眺めている。

「ちょっと……また外を出歩くつもり？」

「あー、まあそんなところ」

いい加減な回答に、セレニケは目を細めた。

「街の人間に手を出してはいないでしょうね？」

「遊んでいるだけだよ。ま、せっかく現界したんだし、戦いが始まるまではいいでしょ？」

いい訳がない。現界したサーヴァントが外で遊び呆けるなど、職務放棄といってもいい。だが、叱りつけて直るようなものでもないことは、セレニケにもよく分かっていた。なので、諦め半分に呟いた。

「良くないわよ。ダーニックに怒られるのは私なんだから……」

「ごめんごめん。それじゃ、行ってきまーす！」

セレニケはライダーが出て行く姿を見送り――気付く。

服を着替え、外に行くというライダーはそのとき、まるで大切な誰かに会いに行くような、照れたようなはにかみを浮かべていた。

§§§

「とりあえず、この魔窟からさっさと逃げた方がいいと思うよ」

〝黒〟のライダー、アストルフォの提案は極めて真っ当であった。少し語り合っただけで、彼の素っ頓狂さをまざまざと思い知っていたホムンクルスは些か面食らった。

しかし――何処へ逃げろと、言うのだろうか。

「どこだって、此処よりマシさ。違うかい？」

違わない、とは思う。だが、どうやって逃げるべきか。

「よし！　じゃあ早速だけどボクの愛馬を使って逃げよっか。モタモタしてると、またマスターに呼び出されそうだし」

なるほど、彼の馬を使うのか……いや、待て。アストルフォの馬と言えば——。

「ん？　ボクのヒポグリフ知ってるの？」

聖杯大戦の知識として、取得していたものである。アストルフォはグリフォンや名馬ラビカンを乗りこなして様々な冒険譚を打ち立てたが、中でも特に有名なのがこの世ならざる幻馬——ヒポグリフの騎手だったことだ。

ヒポグリフとは、グリフォンと雌馬の間に産み落とされた魔獣だ。上半身は鷲、下半身は馬。二頭の間に産み落とされる、本来は有り得ない存在。

……さて、現時点でそれは大した問題ではない。問題なのはむしろ、ヒポグリフは間違いなく〝黒〟のライダーにとっての宝具だということだ。

宝具を使えば、莫大な魔力が消費される。その魔力を背負うのは、他ならぬホムンクルスたちだ。いや、というよりはそれを抜きにしても。宝具を使えば、魔力の消費で勘付かれるは必至である。

「でも、迅《はや》いよ？　何かこう、びゅーんって感じで。行けるとこまで行ったら、またびゅーんって帰ればいいしさぁ。それに飛ぶだけなら、魔力消費も大したことないと思うよ？」

身振り手振りでヒポグリフの速度を伝えてくれるのは有り難いのだが、やはり却下だ。

「そっかー。となると、どうしようっかなー。ケイローンに相談してみるか」

ぽろりと彼は真名を漏らしていた。ホムンクルスがそう指摘すると、ライダーの顔がさっと蒼白くなる。一応、マズいということだけは認識しているらしい。

「え？　あ、そうだったゴメン！　忘れて！」

自分にとって不要な情報なので、どうでもいいと言えばどうでもいいのだが。

「そっかー。良かった良かった。うん、他の皆には内緒にしててね」

カラカラと朗《ほが》らかに笑うライダーは、あまり反省したようには見えない。相手側に、この英霊を押さえられたなら、情報戦では相手が勝つだろう――とホムンクルスは考えた。

しばし思考をした末、ライダーが一つの案を出した。

「こういうのはどうかな？……そろそろ、サーヴァント同士の本格的な戦争が始まりそうなんだ。その戦争の最中《さなか》なら、ホムンクルス一人が抜け出したところで露呈する可能性は少ないと思わない？　万が一、バレたってどうせ追跡する余裕はないだろうしさ。ボクは隙を見て抜け出して、キミを連れて行くよ」

先ほどとは打って変わって、堅実なアイデアだった。

「それがいいでしょうね、ライダー」

アーチャーの言葉に、ホムンクルスは背筋をビクリと伸ばした。

何時の間に扉を開き、中に入ってドアを閉めてライダーの後ろに回ったのか、ホムンクルスにはまるで分からなかった。

……ライダーは一応彼の存在が理解《わか》っていたらしい。驚きもせずに、背後に佇んでいる〝黒〟のアーチャーに背を反らして顔を向けた。

「アーチャーもそう思う？」

「ええ、アーチャーです。……間違ってもケイローンとは呼ばないように」

先ほどの会話もきちんと聞いていたらしい。ライダーは申し訳なさそうに目を逸らした。

「分かってるってばさ……いやホントごめんなさい、反省してマス」

アーチャーは書き物机の椅子に座ると、ホムンクルスの顔を覗き込む。

「怯えていますね」

「そりゃあそうさ、ボクたちは怯えられて当然の存在だよ？」

ライダーが口を挟んだ。ホムンクルスは、ライダーに関してはもうそれほど怯えてはいないのだが、と反論しようとしたが黙っていることにした。

「怯えついでにお伝えしましょう。——率直に言って、君が生きていられるのはあと三年ほどです」

淡々とした声で、アーチャーは冷酷な真実を改めて剝き出しにした。ホムンクルスは理解している、というように頷く。枕元で断言したアーチャーの言葉は、ハッキリと彼の記憶に刻みつけられていた。

「ええ。これが赤子であれば、嘆きもするし同情もしましょう。ですが、君はホムンクルス。ある意味で生まれながらにして、完璧な存在です。ならば、君は考えるべきでしょう」

何を考えろと言うのか。その問い掛けに、アーチャーは真っ直ぐ……文字通り射貫くような視線で彼を見据えた。

「どうやって、生きていくのか」

——それは、ホムンクルスにとっては一生涯掛かっても解けない謎のように思われた。

生きていることとそれ自体が奇跡だというのに、どうやって生きていくべきか、とは。だが、〝黒〟のアーチャーは厳然とした態度で宣告する。

「それでも、考えなさい。そうしなければ、仮令生き延びても此処で死ぬのとさほど変わりはないのです。それでは、意味がない」

「……生きているだけ儲けモノ、でもボクは構わないと思うけどなー」

ぼそりとライダーが呟くが、アーチャーはただ一言。

「駄目です」

と、ライダーの意見をあっさりと撥ね除けた。ホムンクルスはアーチャーの言葉に答えない、答えられない。

何をどう考えればいいのか、大海に放り出された木っ端のような気分だった。

「——何。他人に聞くというのも一つの手です。幸い、君にはライダーがついている。不明な点があれば、彼に聞いてみなさい」

「えー、そこでボクに振るの!?」

「責任を持つ、というのはそういうコトですよライダー。ああ、そうそう。もう二つほど。まず歩く練習をしておきなさい。君の足は柔らかすぎる。歩けるようになれば、軽い魔術の行使も可能になるでしょう。そうすれば、君が抱える生存への支障を軽減できる」

分かりやすい目標が打ち立てられたせいだろうか。ホムンクルスはわずかながら肩の荷が下りた。歩くだけなら誰に迷惑を掛けずとも、今すぐにでもやれることだ。

アーチャーは立ち上がると、ライダーの肩を軽く叩いた。

「行きましょう、ライダー。ここは鍵を閉めておきます。会議中ならば、勝手に錠をこじ開けるような無礼な輩《やから》は存在しないでしょう」

「むぅ……分かったよ」

ライダーは億劫そうに立ち上がった。その表情にはあからさまな不満が浮かんでいる。それが何に起因するものかは、ホムンクルスには分からなかった。

「じゃあ、キミ。また来るからね？」

ホムンクルスが「気をつけて」と見送ると、ライダーは妙に嬉しそうに手を振った。扉が閉じられると同時、ホムンクルスは行動を開始する。ともかく、まずは――歩き出すことから、始めなければ。

両の足でしっかりと床を踏み締める。柔らかく細い足だが、少しの間なら自分の軀を支えることはできそうだ。一歩進む、微かな痛み――足が汚れていく。しかし、以前と違って焦燥には駆られない。少なくとも歩くことだけが目的である以上、彼が迷うことはない。だからまあ、しばらくの間は歩き続けよう。疲れ果て、一歩も動けなくなるまでは。


一方、廊下を歩く〝黒〟のライダーはたちまち不機嫌さをぶり返した。

「――ちょっと、厳しくない？」

「君が甘いので、バランスが取れているかと思ったのですが」

アーチャーは微笑んでそう応じるが、ライダーはふて腐れたように呟いた。

「いやだって、アーチャーってマスターに甘いじゃん」

「ああ、不機嫌さはそういうことでしたか。……人によって、最適な教え方は違うものです。我がマスターは、産まれてずっと背負い続けてきたハンデを撥ね除けようと、死に物狂いで努力していた。だが、それは魔術師からすれば、当たり前のこととして受け入れられてしまった。……ならば。誰かがその努力を無条件で賞賛してあげなければ、いつか崩れ落ちる」

「彼は努力していなかったってこと？」

「そもそも彼は、努力と怠惰の違いすら理解していませんよ。彼の命の短さを考えれば、怠惰であることは許されない。それは、最後の最後で後悔を招くでしょう」

むぅ、とライダーは二の句を継げずに黙り込んだ。

「……まあ、君が甘やかすのはまた別問題です。縋る者がいなければ、ここを脱走できるかどうかも危ういのですから。ただ、サーヴァントとして此処に喚ばれた意味だけは見失わないように」

「まるで教師みたいな言い方だなぁ」

「ええ、教師ですよ」

アーチャーは朗らかに答えてライダーの頭に手を置こうとしたが、彼はむずかるようにそれを拒絶した。

王の間に到着したのは二人が最後だったらしい。ダーニックが合図すると〝黒〟のキャスターは七枝の燭台《メノラー》を操作し、城外の光景を映し出した。空を飛翔するゴーレムたちを中継地点として活用するこの魔術は、通常の魔術師が行う遠見の術の限界距離を、遥かに凌駕している。

そのゴーレムによって映し出されたのは、むくつけき半裸の大男が森を進軍しているという——何とも形容し難い光景だった。

ダーニックがまず口を開いた。

「諸君。キャスターによれば、このサーヴァントは昼夜を問わず真っ直ぐ森を突き進み、このミレニア城塞に向かっている」

その言葉に、一同啞然とした。戦争である以上、サーヴァントが攻め込んでくるのは当然だ。だがしかし、それは奇襲や正々堂々の進撃、どちらにしても複数で攻め込むのが常道だ。無論、〝赤〟のランサーのように別任務を帯びた者は別としてだが。

周囲に部下となるべき兵士も見当たらず、つまり——あのサーヴァントは単騎でこちらに攻め入ろうとしていることになる。余りにも愚かな行為だが、そんな愚行を平然と行うサーヴァントが、七のクラスでただ一騎存在する。

「私はこれが〝赤〟のバーサーカーであると睨んでいる。恐らく、狂化のランクが高いせいだろう。彼は敵を求めて暴走状態に陥っているのだ」

バーサーカーとして召喚されたサーヴァントは、それぞれ生前の逸話などによって狂化のランクが異なっている。ランクが低ければ、ステータス向上の恩恵は少ない代わりに、ある程度の意思疎通や思考が可能になる。ランクが高ければ、大幅なステータス向上が見込める代償として、意思の疎通どころか命令に従わせることすら不可能に等しい。

「——どうなさいます、おじ様？」

「無論、この機を逃す手はない。サーヴァントを三騎も出せば事足りるだろう。だが、これは此度の大戦における唯一無二のチャンスだ。この〝赤〟のバーサーカー、上手くすれば我らの手駒にすることが可能かもしれぬ」

ダーニックの言葉に、一同がざわつき始めた。落ち着いたのを見計らって、玉座に座る〝黒〟のランサーが穏やかな口調で尋ねた。

「具体的なプランを聞かせて貰おうか。もちろん、こうしてサーヴァントを集めたからにはそれがあるのだろうね？」

「はい、領王《ロード》よ」

こうしてマスターであるダーニックの指示の下、〝赤〟のバーサーカーの捕獲作戦が密かに進められた。かのバーサーカーは最短距離を突っ走っているものの、歩行速度に関しては比較的鈍重であり、到達には一両日ほど掛かると推測されている。

勝利するのは当然として、問題は捕獲という目的達成だった。六騎のサーヴァントを以て、果たしてあのバーサーカーを取り押さえることができるのだろうか。

§§§

明け方になってトゥリファスに到着したルーラーは、まず宿を探すという思ってもみない困難に出くわした。あの老人の言う通り、トゥリファスは観光名所と呼べるものは何一つないためか、ホテルはわずか三軒、それも全て満室という有様だ。

「こんなコトは当方でも初めてでして……本当に申し訳ありません」

恐縮するホテルマンを他所《よそ》に、ルーラーはちらりとロビーで歓談する男女の姿を見た。微かな魔力の反応、どうやら魔術師らしい。……ユグドミレニア一族の魔術師だろう。トゥリファスのホテルに一同で逗留しているようだ。

「いえ、それなら仕方ありません。……他に、どこか泊めて下さりそうな場所に心当たりはないでしょうか？」

「それなら、教会がよろしいかと」

ああ、教会があった。ルーラーはそれを思いつかなかった己を少し恥じた。どうも、現世の知識に振り回されているらしい。普通なら、まず教会を頼るところなのに。

ホテルの受付に教会までの道筋を教えて貰い、彼女は教会へ向けて歩き出した。ホテルでのやりとりを聞いていたのだろう、幾人かが尾行してくるのが知覚できた。

「……きちんと情報のやりとりをして欲しいものです。私は魔術師ではなく、サーヴァントだというのに」

やはり、この私服が原因か。そもそも、サーヴァントであるならばできて当然の霊体化が憑依により不可能となっているのが拙《まず》いのだろうか。

いずれにせよ、教会に泊まることは知られている。そして、体のためにもできれば野宿は避けたいところである。

仕方なく、ルーラーは教会へと向かった。木造建築の小さな教会の戸を叩き、数日間の宿泊を願い出ると、シスターは快く承知してくれた。

「屋根裏部屋しかありませんが。それでよろしいですか？」

贅沢を言える立場ではないし、そもそも贅沢な宿など必要ない。

「身を休めるところがあれば、それで充分です。ありがとうございます」

シスターはアルマ・ペトレシアと名乗った。いかにもおっとりとしていて、この素朴な街で生まれ育ち、神の愛以外に必要なものは存在しないような女性だった。

「では、こちらへどうぞ」

案内役を買って出たアルマの後を追って、二階から屋根裏へと繋がる梯子を上る。

「観光かしら？」

「いえ。中世ルーマニアの歴史を学ぼうと思って」

「それなら、シギショアラの方がいいわよ。ここもそれなりに中世の建物は残っているけど、ほとんどは歴史的に価値がないものらしくて」

「シギショアラの方は、もう誰かに調べられているので」

「あら、そう。確かにこのトゥリファスは、まだ手垢がついてないけれどね」

軋む梯子を上り切ると、そこが屋根裏部屋だった。シスター曰く滅多に使用されないということらしいが、ベッドにもナイトテーブルにも塵一つ埃一つ落ちていない。マメに掃除はされているようだ。

「よければ、食事も用意するわよ？」

「いいえ。食事の間隔がきわめて不規則なので。手間を取らせる訳にはいきません」

少女は霊体化ができないことに加えて、食事も摂取しなくてはならない。無論、人間のように食事を摂らないと餓死するという訳ではない。だが食事を摂取しなければ、少女の肉体が餓えに引き摺られて、酷く調子が悪くなる。

実は、長時間食事を摂っていないためか、先ほどから胃が辛かったりもする。

なのでシスターの提案は本音を言うと大変に有り難いのだが、夜こっそり抜け出す可能性を考えると、迂闊に頼めないのも確かだった。

「いいんですよ。温め直せばいいだけですから」

「温め直す……？」

首を傾げるルーラーに、シスターもまた不思議そうに尋ねた。

「電子レンジがあるでしょう？」

「……あ、電子レンジですね。そうか、なるほど」

別に温め直すために、わざわざ火を熾《おこ》す必要はなかったのだ。

「まあでも、一緒に食べていただいた方が有り難いですけれど」

小考の末、ルーラーはシスターの厚意に甘えることにした。シスターが声を掛けたとき、屋根裏部屋から返事がくれば一緒に食べる。なければ、冷蔵庫に入れておく――そんな約束事を交わした。これならば、大した手間も掛からない。

「それで、ええと……あら、大事なこと忘れていたわ。貴女、お名前は？」

「あ、はい。それではジャンヌと、そうお呼び下さい」

彼女はあっさりと自身の真名を伝えた。彼女は真名の秘匿にさほど重きを置いていない。自分に限って言えば、漏れたところで問題はなく、〝黒〟のセイバーのように明白な弱点がある訳でもないからだ。

「ジャンヌ、素敵な名前ね」

「ありがとうございます。それから、もう一つお願いがあるのですけれど。……食事まで、教会で祈りを捧げていても構わないでしょうか？」

「ええ、もちろんよ。教会はそれが目的の建物ですもの」

ルーラーは屋根裏部屋に荷物を片付けてから、祭壇の前で跪いた。両手を握り、微かに頭を下げて瞼を閉じた。

生前と感覚は変わらない。祈りを始めた瞬間から世界と隔絶し、過去と未来と現実からすらも離れていく。目的の為に祈るのではなく、ただ主に祈る為に祈る。そうする内に、自然と己がやるべきことが心の内側で定まっていく。

彼女にとって、祈る時間は呼吸と同等の価値があった。それ無しでは、一日とて過ごせない。生前、農家の一子女として生まれたジャンヌ・ダルクは、様々な祈禱文があることすらも知らなかった。覚えようと努力してみたが、読み書きに関しては先天的に受け付けなかったらしい――せいぜい、署名ができるようになった程度だ。悩んだものの、結局どんな形であれ、主の為に祈るならそれでいいと結論付けた。轡《くつわ》を並べた同志、ジル・ド・レェは大いに笑って「それだけ書ければ充分でしょう」と請け合ってくれたっけ――。

「ジャンヌ？」

……気付けば、かなりの時間を祈りに費やしていたらしい。シスターは申し訳無さそうな表情で告げた。

「祈りを邪魔してごめんなさいね」

「いいえ。無心になって祈っていると、ついつい時を忘れてしまいます。空腹で倒れるのは、望むものではありません」

「なら、声を掛けて良かったわ。夕食ができたの、いらっしゃいな」

「ありがとうございます」

アルマにダイニングへと案内された。樫の木で作られたテーブルと椅子は、この小さな教会に相応しい素朴で古びたものだった。

「他の方は？」

「ああ、この教会は私だけしかいないわ。五年前にラクスター神父様が身罷《みまか》られて以来、後任が決まらなくて」

元々、トゥリファスは人口二万人程度でしかない小さな都市だ。その上、別の教会が建てられた今となっては、この小さな教会を訪れる者など、近所に住む老人たちくらいのものだという。祈る教会に大きいも小さいもないというのに、とルーラーは思う。

「さ、祈りましょう」

「はい」

配膳を済ませたアルマとルーラーは、向かい合わせに座るとそれぞれ感謝の言葉を呟いた。祈りが終わる頃には、ルーラーの空腹は限界に達していた。湯気が立ち上るサルマーレ（ルーマニア風ロールキャベツ）をフォークとナイフで切り分けて、口にした。

途端、甘酸っぱいキャベツとトマト、挽肉のジューシー感が舌を直撃した。

「どうかしら？」

「……素晴らしいです」

ただ一言そう呟き、ルーラーは食事に没入した。一口食べるごとに、縮みきっていた胃が開き、食べれば食べるほどに空腹が強まるという無間地獄《むげんじごく》。

「お代わりあるわよ」

「戴きます」

迷わず即答。元より農家の娘であるジャンヌは、食欲の塊のような野卑な兵士たちを相手にして、一歩も退かなかったほどの健啖家《けんたんか》である。更に言うならば、素朴な味付けであるルーマニアの家庭料理は、彼女にとって極めて相性が良かったのだろう。

ルーラーは料理を作ったアルマが満面の笑みを浮かべるほど、幸福そうな表情で夕食を堪能し、借りた浴室で体の汚れをすっかり洗い落とした。

夜になれば、魔術師とサーヴァントが動き出す。ルーラーとしての本格的な役割は、それからだ。

§§§

空は相変わらず灰色で、天気予報によれば夜中からは少し雨が降るそうだ。獅子劫界離と〝赤〟のセイバーはトゥリファスの街を歩いていた。当然ながら観光ではない。戦闘に適した場所、適さない場所、そういったものの検分である。

だが、戦闘に適した場所がそのまま使えるとは限らない。トゥリファスは、事実上ユグドミレニア一族の支配下に置かれている。街の住人に彼らの一族が潜り込んでいるのはもちろんのこと、戦闘に適した場所には予め罠を仕掛けている可能性も高い——昨晩の戦いのように。案の定、調べた場所には探知用の結界やら目眩《めくら》ましの結界などが多数仕込まれていた。

「……参ったね、こりゃ」

「大変そうだなぁ、マスター」

地面に這いつくばって、結界の破壊方法を模索している獅子劫に、セイバーは塀の上から呼びかけた。同情がこれっぽっちもない声色である。

獅子劫は嘆息し、早々にこの場所も放棄することを決意した。労多くして功少なし、こんな場所を苦労して確保する必要はない。

「セイバー。お前、平地と路地裏。どっちが戦いやすい？」

「んー、そりゃまあ……平地だな。ちょっと前に説明したが、オレの真の宝具は対軍宝具。平地であればあるほど、思い切り打ち放つことができて有利だぞ」

「だったらまあ、トゥリファス市街での戦いは放棄して外側に回った方がいいのかもねぇ」

「外側？」

このトゥリファスは、ミレニア城塞の壁がぐるりと市の一部を取り囲んでいる。壁の外側にあるのは、ここ三百年くらいで少しずつ増えていった建築物だ。そして、城塞は都市の北側、最東端にあり、その更に東側には広大な森と草原が広がっている。もっとも、森の側からは切り立った崖になっており、城塞への潜入は難しいのだが――。

「向こうが討って出るように仕向ければな」

「なるほどね。オレとしては、この狭苦しい都市で戦うよりはずっといいね」

「十六世紀くらいに建てられた民家が軒を寄せ合ってるからな、トゥリファスは。建物諸共ブッ飛ばしちまえ、というなら問題ないが」

「いやいや。あるだろソレ」

「……ま、そうだがね。究極の話、そうまでして勝ちたいってのは敵も味方も変わりねぇよ」

魔術師は、人の倫理に縛られぬ存在だ。一般人が何人犠牲になろうとも、秘匿の原則さえ守っていれば、問題はない。とは言え、何事にも限度というものがある。人が一人死ねば、近しい者が嘆く程度だろう。だがそれが十人、百人ともなれば公的機関が動き出す。結果、個人で秘匿できない程のレベルになって魔術協会が動く。故に――戦うは夜であるべきだし、戦闘の直前には人払いの結界を張り巡らせておくべきだ。

だが、今回は聖杯大戦。神話、伝説の英雄たちを召喚して好き放題に暴れ回らせる以上、街を一つ犠牲にしたところで致し方ないと考えてもおかしくはない。まして、この街は一木一草に至るまで、ユグドミレニア一族の所有物《もの》なのだから。

不意に押し黙ったセイバーが気になって獅子劫が振り向くと、彼女は露骨に不機嫌な表情を浮かべていた。

「気に食わん」

「何がだ？」

「そうやって、民草を犠牲にするところがだ。魔術師という奴は、どうしてそう持って当然の倫理観というものがないんだ」

　嫌悪感も露わに、セイバーはそう吐き捨てた。

「そりゃまあ、そういう生き物だからな」

「フン、反吐が出る。オレは嫌だぞ、マスター」

「ヘイヘイ。なるべく一般人を巻き込まないようにしますよ、〝王様〟」

　塀の上でぶらぶらさせていたセイバーの足が、ピタリと停止した。

「――今、オレのことを何と言った？」

「うん？　王様と呼んだが。だって今、お前は一般人のことを民草と呼んだだろ。民と呼ぶのは偉い人間の特権だ。それに――王と成るのは、お前の願望だろうが。いつか成るなら、今そう呼びかけたって問題ないだろ。あるか？」

　セイバーは表情を凝固させている。

「……い、いや。無いけど」

のか？」

「で、だ。お前の基本方針は、一般人はあまり巻き込まないようにする、と。それでいいのか？」

咳払いを二度繰り返し、〝赤〟のセイバーは固まっていた表情を取り戻した。傲岸不遜、塀の上に立って獅子劫を見下ろし、彼女《おうさま》は告げる。

「その通り。一般人を襲って魔力を補給するのも、無しだ」

「へいへい。じゃ、基本方針はそれでいいですよ」

……獅子劫とて一廉《ひとかど》の魔術師である。その二つの手段は、非常手段として戦術に組み込んでいる。とは言え、肝心のサーヴァントが拒絶するならば仕方がない。サーヴァントが率先して一般人を襲って魔力を補給したいというならともかく、嫌がるのであれば止めておく。獅子劫の方針はセイバーを意のままに動かすのではなく、セイバーの意のままに動いて貰う方に重きを置いている。

通常の聖杯戦争であるならば、六騎が敵に回っている状況のため、絆があろうがなかろうが、必然的に互いの命を預けなければならない。だが、今回の場合はマスターが死んだとしてもサーヴァントが生き残る確率が極めて高い。極端な話、敵方のサーヴァント不在のマスターに寝返ったとしても問題ないのだ。

つまり、サーヴァントと信頼関係を築けていないマスターに待つのは裏切りの刃だ。特に、この〝赤〟のセイバーはマスターとサーヴァントとの関係をあくまで同盟と考えている。意見が一致せず、不利益になると考えれば彼女はマスターを切り捨てるだろう。

それは裏切りではなく、切り捨てだ。王たる者に不可欠な要素である。

「……何か馬鹿にされてないか、オレ？」

「そりゃ被害妄想だ。さて、此処は駄目だ。次は──」

羽音と鳴き声に、二人は一斉に空へと目を向けた。一羽の鳩が彼らの足下に、紙を落として飛び去っていく。こんな風にメッセージを寄越すのは、当然彼ら……利益共有者であるシロウ神父たちだ。

「連絡《メッセージ》か……」

一読した瞬間、獅子劫の表情が渋いものへと切り替わった。良くないニュースなのだろう、と思って塀から飛び降りたセイバーが紙を覗き込む。

「……バーサーカーが暴走して、城塞に攻め入っただぁ？」

「おい、声が大きいぞ」

獅子劫が慌てて制止する。間違っても昼日中に大音量で言っていい台詞ではない。だが、〝赤〟のセイバーは悪びれもせずに答えた。

「知らん人間が聞けば、単なる世迷い言《よまいごと》でしかないだろ。それより暴走ってどういうコトなんだ？」

「あー……工房に戻ったら説明してやる」

「今言え、今」

頑として引かないセイバーに向けて、露骨に嘆息してみせるが、セイバーがそれを気にかけた様子はない。

「何でもバーサーカーの狂化ランクは特異らしくてな。会話が可能なせいで、一見意思疎通が可能に見えるが、実は――」

獅子劫は片手をぱっと広げた。

「こちらの話を理解していないらしい。バーサーカーは誰が何と言おうと戦闘の目的を変えることもなく、止まることもない。で、その目的を果たすために歩き出してしまったんだとさ」

「ふぅん。それで、目的ってのは何だ？」

「戦闘だろうな。ってかそれ以外ねぇな。さて困ったねと」

「で、何が困るんだ？」

呆れたように獅子劫はセイバーを見やった。

「七騎対七騎の戦争で、一騎が突出したら……死ぬよな、当然。その時点で七対六、サーヴァントの代替戦力など存在しない以上、これは絶対的に不利だ」

戦力の逐次投入は避ける、それは基本だ。まして、補充が利かないのであれば尚更であろう。にもかかわらず、バーサーカーは暴走を開始《はじ》めてしまった。救出手段が存在しない以上、まず間違いなく〝赤〟のバーサーカーは討ち果たされる。〝赤〟の側である獅子劫にとっては、実に頭の痛い情報である。一方、セイバーは知ることを知って既に興味を無くしたらしい。

「いいじゃないか。たかだかバーサーカー、戦闘が始まれば遅かれ早かれ死んじまうようなサーヴァントだろ。放っておけ放っておけ」

そう言いつつ獅子劫が市場で買ったリンゴを齧ってたちまち顔をしかめ、彼に手渡した。

「不味《まず》い。返す」

「……お前、本当酷いな。うわ、本当に不味い」

獅子劫もまた、一口齧って顔をしかめた。

夜、アルマが眠ったのを見計らってルーラーは屋根裏から外へと出た。トゥリファスの夜は、まさに〝死んだように〟静まり返っている。だが、そこに漂う妖風や屍と魔力の臭いは紛れもなく、この街で聖杯戦争が行われていることの証。

ルーラーは右手を教会で汲んだ聖水に浸して、宙に放った。水が仄かに輝き、するすると動いて街の立体図を描き始める。運営者《ルーラー》に許された数々の特権の一つ、サーヴァントの探索機能である。

探索の結果——トゥリファスにいる〝赤〟のサーヴァントはただ一騎のみと確認された。

「……むぅ」

首を傾げつつ、更に探索地域を拡大する。ミレニア城塞、そこには六騎のサーヴァントが集まっている。色は〝黒〟だ。

「……〝赤〟は六騎、〝黒〟は一騎足りない……？」

トゥリファスが完全な敵地であることを理解している〝赤〟の陣営は、この都市から離れて様子を窺っているらしい。〝赤〟の一騎は斥候《せっこう》だと推測されるが……。

となると、〝黒〟の一騎も斥候に向かっている？　〝赤〟の陣営が駐屯しているのは、恐らく近隣の都市シギショアラだろう。厳密に言えば、聖杯戦争は一都市で行うもの。故に、シギショアラに駐屯することはルール違反と言えなくもない。

「けれど、現状取る戦略としては致し方ありませんか」

何しろ、トゥリファスはユグドミレニアの管理地。冬木のように、御三家がいることである種の公平さが保たれていた状況とは異なり、トゥリファスはユグドミレニア一族のみの絶対王政なのだ。

更に、都市の規模も小さい。発展を拒み続けたかのような素朴な街である。冬木と違い、外来の魔術師が隠れ潜む場所も非常に少ない。逆に、ユグドミレニアは要害堅固なミレニア城塞に立て籠もるだけで済む。

如何に彼らが大聖杯を確保しているとはいえ、あまりに不公平だ。トゥリファス以外の都市に駐屯すること程度は、見逃されて然るべきだろう。

街は空恐ろしいほどに平穏だ。通常の聖杯戦争ならば、既に小競り合いの一つや二つはあるはずなのだが……。

「〝赤〟が一騎で動かぬ以上、〝黒〟が動くこともありませんか」

ならば、今夜は静かな夜になるだろうか？

そう思いかけたルーラーを裏切るかのように、城塞内部のサーヴァントたちが一斉に動き出した。トゥリファスの街に向かうのではなく、外側の——。

「森に向かっている……？」

探索範囲を変更し、トゥリファス東部に広がるイデアル森林に移動させる。〝赤〟のサーヴァントの反応確認、数は三騎。

街が平穏なはずだ、彼らは戦いを郊外で始めるつもりらしい。

「まあ、住民が無事なのはいいことですけれど」

自然破壊も、それはそれで困る。〝赤〟のランサーのせいで森が灼き尽くされる、などという事態にならなければいいが……と考えつつ、ルーラーは一路、森へと駆け出した。

第四章

第四章

トゥリファス東部　イデアル森林

——その男は、筋肉《マッスル》だった。

どう考えても、そう喩えるしかない。二メートルを超える大男であるが、彼を目にした者はまず何よりも先に、その超規格外の筋肉に目を惹かれるであろう。それから高さを測るために頤《おとがい》を上げ、更に絶望するのだ。

青白い肌に刻まれた無数の傷痕は、彼が凄まじいまでの修練と戦績を積み上げたものであることを容易に想像させる。だが、その傷は全て彼の内部に到達していないことは明々白々だった。

巨大な鉄球をナイフで引っ掻いたところで、その傷が致命傷になるはずもない。そう、まさに彼の筋肉は鉄の塊にも似ていた。鋭い刃は彼の皮膚《はだ》を裂くだろう、多少ならば血も流すかもしれない。だが、そこ止まりだ。

腕は鰐の胴体のよう。大胸筋は全身鎧のような頑強さであることは明瞭だ。ゆったりと動く足はマンモスの後肢のような力強さがある。

革製のベルトは窮屈そうに顔も含めた全身を締め付けているが、男は苦にした様子もない。むしろ、愉しげな笑みすら浮かべている。着用しているものは、その程度だ。腰回りや股間部分を覆う革も、ハッキリ言って身を護るということに関しては論外だ。

だが、それでいいのだろう。彼の筋肉は、鎧に収まるような代物ではない。むしろ不要だ。それほどまでに、圧倒的な超筋肉だった。

そんな男が、夕暮れ時にトゥリファス東部に広がるイデアル森林を無造作に歩いている。大蛸が地上を歩いている方がまだ現実的だ。それほどまでに、自然豊かな森林と彼とは不釣り合いにも程があった。

男は〝赤〟のサーヴァント、バーサーカーである。

「——止まらぬか、バーサーカー、バーサーカー!」

解き放たれた野獣も同然の彼を追う者がいる。枝から枝へと飛び移りながら、その少女はしきりにバーサーカーに呼びかけていた。

翠緑の衣装を身に纏った少女の眼差しは、獣を思わせるような無機質さと鋭さが同居していた。髪は無造作に伸ばされ、貴人の如き滑らかさは欠片もないが、その野性味溢れる顔立ちには相応しい。そう、彼女はまさしく美しいヒトガタの獣だった。

バーサーカーは笑い、その歩みを決して止めることなく彼女の言葉に応じる。

「ははははは、アーチャーよ。その命令には応じかねるな。私はあの城塞に、圧制者たちの元へと赴かねばならないのだ」

〝赤〟のアーチャーは、苛立つように叫んだ。

「汝は愚か者よ！　機が熟すまで待てと言うのが何故分からぬ！」

だが、バーサーカーは止まらない。力強く、一歩一歩を踏み出し続けている。既に、これで二日間歩き通しだ。バーサーカーが道行く人間に見られたことも、一度や二度ではない。あの胡散臭い神父が上手く処理してくれていることを、アーチャーは祈るしかない。

「待つ、などという言葉は私にはないのだ」

此処までか、と〝赤〟のアーチャーは彼に見切りをつけた。より正確に言うと、鳩からの指令通り、説得が駄目ならば彼の援護に専念する方を選んだのだ。

「所詮、狂戦士。意思の疎通、能《あた》わずか」

嘆息と共に吐き出された彼女の独り言に、応じる声がした。

「まあ、そうだろうねェ。伊達にバーサーカーのクラスじゃねぇな、ありゃ」

降り注いだ声にアーチャーが見上げた枝の上には、屈託のない笑みを浮かべた青年が佇んでいた。大層な美丈夫である。だが、それは貴人の胸を蕩《とろ》かすような優しい騎士のそれではない。男の瞳は猛禽《もうきん》のように鋭く、力強い体軀はがっしりとしている癖に野暮ったさは欠片もない。男も、女も、老人も、子供も、誰もが憧れ恋い焦がれるに相応しい、英傑たる風貌だった。

〝赤〟のライダー……アサシンのマスター、シロウ神父をして不死身の大英雄カルナに匹敵する、と言わしめた男である。

「ライダー……見捨てるしかないと、汝は申すか？」

肩を竦め、〝赤〟のライダーは答えた。

「ま、仕方ねぇだろう。あれは、戦うことだけを思考している生物だ。説得しようとしたアンタの方が、よっぽど変わり者ですよ？」

「暴れる獣を御するのは得意だったのでな。いっそ膝を矢で射貫いてやればとも思うたのだが……」

そんなことをすれば、あのバーサーカーは間違いなく矛先を変えて、アーチャーに襲いかかっただろう。

「自制してくれて助かったよ、姐さん」

「ところで汝。どうして後を追ってきた？」

青年はよくぞ聞いてくれたと言わんばかりの、会心の笑みを浮かべて言った。

「そりゃ、アンタが心配だったからですよ。決まってンだろ」

「フム、然様か」

頬を染めるでもなく、驚くでもなく、怒ることすらなく、完全なる無反応であった。普通の女であれば、どれほど貞淑な人妻であろうとも間違いなく頬を染めるに足る美丈夫の一言だった。

だがしかし、この野生の獣と共に生きていたアーチャーにとって、口説き文句など何の意味もない。殺し文句をあっさりと躱《かわ》され、ライダーは決まり悪そうに頭を掻いた。それから、咳払いしつつ本来の任務に立ち戻る。

「……で、だ。俺たちに与えられた任務は後方支援、無理をせずにバーサーカーを援護しつつ、可能な限り情報収集って訳だ」

「接敵はもう間もなく。順当に行けば恐らく今日の深夜、あやつは城塞に到達する。もっとも、それまでに迎撃があるだろうが」

「フム……とりあえず、〝黒〟の連中を拝んでおきたいねぇ」

アーチャーもライダーも、共に一流の狩人であり、戦士である。七騎のサーヴァントが待ち受ける城塞に、わずか半分の数で踏み込んで勝てるなどとは思ってもいない。

「あのバーサーカーを止めるに必要なサーヴァントは最低でも二騎、あるいは総掛かりで討って出ねばなるまい」

――そう、それでもバーサーカーを止めるには尋常ならざる奮励が必要になるだろう。

「それにしても。……吾々が知識として得ていたバーサーカーとは何もかもが桁外れに違うておるな」

「確かにねぇ。会話ができるバーサーカーだから、狂化のランクが低いのかと思ったンだけどなァ……」

〝赤〟のバーサーカーの狂化ランクは評価規格外、だ。会話が可能であるため、一見して狂化のランクは低く考えられるが、あのバーサーカーは喋ることができるだけで意思疎通は不可能なのだ。命令に逆らうというよりは、命令を理解していない。令呪を用いての命令も二つ重ねなければ彼にとっては身体への重圧程度であり、行動を止めることもできないという有様だ。

「トラキアの剣闘士、叛逆者の象徴――スパルタクス。何ともまあ、奇骨な男よ」

〝赤〟のバーサーカー、スパルタクス。ローマの剣闘士奴隷であったが、ある日七十八人の仲間と共に連れ立って脱走。おおよそ三千人から成る追撃部隊を敗退させ、各地の奴隷を武装蜂起させた英雄である。最後は頼みとしていた海賊に裏切られ、ローマの大軍に斬り刻まれたものの、それまでは連戦連勝。まさに、弱者である奴隷にとっては希望の星であり続けた。

全ての圧制者を憎み、全ての強者に闘志を燃やす。弱者を守り、労《いたわ》り、癒すために。そして何よりも、叛逆するために戦う狂戦士。それがバーサーカーである。

「ところでライダー、汝の馬は如何した？」

「情報を戴きに来たってのに、こちらの情報を与えてやることもねぇだろうさ。今回、あいつらは使わねぇ」

「ふむ。……まあ、汝ならば差し障りなきことか。武器は剣か、それとも槍か？」

「無論、槍だ」

ライダーとアーチャーは、変わらず暴走し続けるバーサーカーを追い続けている。真っ直ぐ、ゆったりと歩く彼を見失うことはまずない。

「ところでアーチャー。一つ聞きてぇコトがあるんだけどさ」

「何ぞや」

「アンタ、マスターの顔を見たことあるか？」

「……いや、無い。私が会ったのはマスターとの仲介人とかいう、あの神父だけだ」

召喚されてすぐ、アーチャーは目の前に居る男がマスターではないと気付いた。明らかにサーヴァントと思しき人物が寄り添っていたのと、何よりも経路《パス》が繋がっている感覚がなかったからだ。

「俺もだ。いやまあ、魔術師なんてそんなモンって言われたらそんなモンなのかね」

「……どう考えても、異常であろう。だが、最終的に吾々を待ち受けているモノを考慮すれば、詮無きことかもしれぬが……」

この聖杯大戦……一番の問題となっているのは戦争に敗北することではなく、勝利した後である。どちらの陣営が生き残ったにせよ、七騎全てが無事という可能性は低い。だが、一騎のみが生き残るという結末もまず無い。

そして、聖杯はただ一組の願望を叶える存在である。故に、大戦に勝利した瞬間に内部分裂が始まる筈なのだ。魔術師であれば、誰もが世界の外側に位置する全ての未来、全ての過去を記録した『根源の渦』に到達することを目標としている。その可能性を秘める聖遺物を目の前にしたのならば、仲間であろうが当たり前のように殺し合う。

無論、サーヴァントとて例外ではない。己の願望を叶えるために、共に戦った仲間を討ち果たさなければならないのだ。

だから、共闘するとは言ってもその関係が維持できるのは恐らく終盤、勝利が決定的になるまでの話だ。

「……だから、顔を出さないと思うたのだが」

「いやいや。さすがに顔くらいは出すだろ。……どうにも胡散臭いんだよな、あの神父とサーヴァント」

「……アサシンか。真名はセミラミスと申していたな」

対面した際、〝赤〟のアサシンは堂々と真名を明かしたため、さすがにアーチャーもライダーも唖然とした。

——何。我はアサシン故に、存在そのものに落ち着かぬだろうて。せめて真名を明かして、共闘するという証としたいのじゃ。

などと宣《のたま》っていたが、ライダーもアーチャーもその言葉を信用した訳ではない。彼女が身に纏ったどうにも退廃的な雰囲気が、生粋の戦士である二人に苛立ちと不信感を募らせてならないのである。

「そう、セミラミス。アッシリアの女帝様だ。ああ、王って奴は雄でも雌でもどうしてああも尊大になれるんだか。気に食わねぇ、大いに気に食わねぇ」

「傅かれるとああいう風に成るのであろう。立場としては対等だ、気にすること無し」

……時間にして三時間が経った。陽は既に沈み、森は闇に包まれようとしている。それまで順調だったバーサーカーの進撃が、わずかに止まった。

「敵か？」

「ああ、サーヴァントではないようだが」

アーチャーの言う通り、バーサーカーの前に立ちはだかったのはユグドミレニアの尖兵、戦闘用ホムンクルスと、バーサーカーが見上げなければならないほどの巨軀を誇る青銅のゴーレムである。その数は百を超える。

「どうする、助けてやるか？」

ライダーの提案は、些か気が抜けていた。当然だろう、サーヴァントならばともかく、あの程度に助力もないものだ。必要あるまい、と二騎は『見《けん》』を選択した。


〝赤〟のバーサーカーと、〝黒〟の尖兵たちとの戦いはまさに一方的だった。

ホムンクルスの戦斧《ハルバード》が肩に埋め込まれ、ゴーレムの拳がバーサーカーの顔面に叩き込まれた。鋼鉄でも粉砕しそうな威力の拳が直撃した彼はしかし、それでも微笑みを絶やさなかった。むしろ、その笑みは一層のこと深くなったようにも思える。

そもそもの話、バーサーカーは攻撃の一切を避けようとしない。むしろ、自分から攻撃に飛び込んでいるようですらあった。

攻撃を受ける、受ける、ただ受ける。痛めつけられ、傷つけられ、それでも法悦を抱くが如き笑みを決して絶やさない。やがて、力尽きた訳でもないのにホムンクルスとゴーレムたちが戸惑い、攻撃を停止した。途端、バーサーカーが動き出す。

「哀れな圧制者の人形よ、せめて我が剣と拳で眠りなさい」

バーサーカーの手が、ゴーレムの顔面を掴む。推定三メートルはあるはずのゴーレムを苦もなく放り投げ、運悪く投げた場所にいたホムンクルスを押し潰した。

「さあ、君たちも」

そう言って、無造作に剣を横に薙いだ。ただそれだけで、そこにいたホムンクルスの上半身が吹き飛んだ。もがいていたゴーレムを拳で殴りつけ、魔術強化された青銅製の頭部を微塵に粉砕した。

バーサーカーの暴虐は止まらない。両腕を大きく広げ、勇んで突撃した。五体のゴーレムをまとめて抱き込み、勢いよく背を反らす。合計重量数トンを超えるであろう石人形たちは、彼の投げ技《スープレックス》で頭蓋から破壊された。

その様、まさに人間台風。剣の一振り、拳の一撃ごとに死体と瓦落多《ジャンク》が大量に生産されていく。

〝赤〟のバーサーカーは微笑みながら剣を振るい、微笑みながら拳を振るう。それは、まさに悪夢に等しい。希薄な感情しか持たぬホムンクルスすら、その狂気に侵され、逃亡を選択した。

最後に残ったゴーレムを『引き千切り』、バーサーカーは自身が織り成した破壊と虐殺の痕を眺めて満足そうに頷くと、再び歩き出した。

「……笑っていたな」

「笑うていたな」

アーチャーとライダーは、不気味なものを見たとき独特の気まずさを抱えて視線を交錯させた。戦ったことも当然、勝ったことも当然、惨憺たるこの結果にも文句はないし、感じ入るものなど何もない。だが、バーサーカーが終始微笑んでいたのは二人をして寒気を抱かせるに足るものだった。

「……ふむ。確かにあの英霊は狂戦士《バーサーカー》以外の何物でもないな」

彼が怒りの表情を浮かべていたならば、もしや理性あるバーサーカーかと、アーチャーやライダーは考えたかもしれない。だが、彼は微笑んでいた。陶然と、何かに蕩けているような微笑みのまま、戦い、殺し、粉砕した。

「ともあれ、これで実力は明瞭になった。あれならば、余程の宝具でも使われぬ限り、進撃を止めることはできまい」

「ふぅん。アーチャー、アンタの見立てでは一騎くらいサーヴァントを喰えるかい？」

「どうかな。彼奴の宝具が淀みなく機能すれば、有り得ない話ではなかろうが……」

「だが、その『淀みなく機能する』ってのが至難の業だからな、あいつ《バーサーカー》の宝具は……」

共闘する仲とはいえ、〝赤〟のサーヴァントたちはさすがに宝具の能力まで互いに説明してはいない。だが、バーサーカーは例外として彼のマスターから伝えられていた。

宝具の名は『疵獣の咆吼《クライング・ウォーモンガー》』。その、余りにも特異な性能故に、通常の聖杯戦争であればまず生き残ることはできまいと確信できる代物だった。

「だがしかし、〝黒〟のサーヴァントどもが、ただ無策にダメージを与え続けるならば。面白いことになるやもしれぬよ」

そう、傷を負えば負うほど。ダメージを与えられれば与えられるほどに強さを増す、あの宝具ならば——たった一撃で、この聖杯大戦に決着をつける可能性すら存在するのだ。

「……む」

アーチャーが不快そうに鼻をひくつかせた。鉄と機械油の臭いが動物に近い彼女にとっては耐え難い悪臭らしい。

「どうした？」

「気付かれた。〝黒〟のサーヴァントが接近してくるぞ」

弓兵《アーチャー》の知覚は騎乗兵《ライダー》のそれを大きく上回る。彼女の言葉が確かなら、すぐにでも接敵するだろう。

「——やるぞ」

「応よ」

二騎のサーヴァントは己が武装を召喚した。

ライダーが召喚した槍は、〝赤〟のランサーの槍とは大きくその在り方が違っていた。ランサーの剛槍は、その鋭利な切っ先と超重を以て破壊をもたらす巨大な長槍であったが、ライダーが手にしたそれはいかにも白兵戦向きというシンプルかつ堅実なつくりの槍だった。

その長さと片手で軽く握る持ち方からして、投擲にも使用する槍なのだろう。ライダーは本来の武器である『騎乗』を使わず白兵戦に挑むようだ。有り体に言って蛮勇であるにもかかわらず、彼の悠然とした態度は、如何に〝赤〟のライダーが図抜けた英傑であるかをよく表していると言える。

一方のアーチャーは言わずと知れた弓を喚び出した。彼女の身長を上回る黒塗りの西洋弓は、狩猟の女神《アルテミス》から授かったという天穹《てんきゅう》の弓。その名をタウロポロス、雄牛殺しの異名を持つ女神アルテミスの別名である。まさに弓兵に相応しい逸品であり、これで射貫けぬ物など存在しない。

「ではライダー。私は後退し、汝とバーサーカーを援護しよう」

彼女は即座に後退、森の闇に潜んだ。見ていたライダーにすら、気配は感じ取れても何処に居るかが全く不明瞭だ。超一流の狩人ともなれば、森と一体化することも容易らしい。

「あいよ。それじゃ、軽く揉んでやりますか」

やがて、ライダーの目にも捉えられるほどに明瞭な影が二つ、ゆっくりと森の奥から進み出た。その気配は共にサーヴァント。どうやら、たった二騎でこの〝赤〟のライダーを仕留める腹積もりか。

「――甘く見たな、〝黒〟のサーヴァントめが。この〝赤〟のライダーを倒したくば、総出で掛かって来なければ勝機はないぞ？」

せせら笑うその相貌には、絶大なる自信が溢れている。本来の武器を使用しないにもかかわらず、それでもなお満ち溢れる陽気かつ莫大な闘志。

「……ア、ァァ……」

「……」

現れたサーヴァントは二騎。一騎は巨大な戦鎚《メイス》を手にした少女、〝黒〟のバーサーカー、もう一騎は昨夜から夜明けにかけて、〝赤〟のランサーと激闘を繰り広げた〝黒〟のセイバーである。

「よお、お二人さん。セイバーと……バーサーカーで合ってるかね？」

〝赤〟のライダーの問い掛けにセイバーは無言で頷き、バーサーカーは唸り声でそれに応じた。

「俺は〝赤〟のライダー。ああ、心配するな。騎乗してないのは、まさか戦争も序盤で馬を失ったからじゃない。たった二騎を相手に使うのが勿体ないからだ。どうせなら、七騎揃ってなければ面白くも何ともならん」

茶目っ気たっぷりの声で、ライダーはそう宣言した。お前たちなど相手にならぬ、と。自分の本気を見たければ、七騎でかかってこいと。

だが、彼と相対したのは他ならぬ誇り高き英霊である。バーサーカーの唸り声が荒々しいものへと変わる。セイバーもまた、その眦《まなじり》を不愉快そうに吊り上げた。その殺意に触れるだけで、常人ならば心臓を握り潰されるだろう。

――けれど、その表情を見ても〝赤〟のライダーは平然と受け入れる。獣のような凶暴さや勇者の名に相応しき重圧を受けても尚、挑発めいた笑いを止めはしない。

それは、彼があまりに慣れ親しんだ殺意と憎悪。世界にただ一人の友と愛する女たちがいればただそれだけで満足していた英雄にとって、この程度は微風《そよかぜ》のようなものだ。

強いて言うのであれば、時代と武装が異なるだけ。いつものコト、変わりなし。そして他愛もなしと全てを切って捨てる。

それこそが、〝赤〟のライダーが生前に好んだ生き様だ。

「――来い。真の英雄、真の戦士というものをその身に刻んでやろう」

槍を構えた。途端、闘気の重圧が拮抗する。〝黒〟のセイバーは勇者であるが故にそれを乗り越え、〝黒〟のバーサーカーは人造であるが故の希薄さで受け流す。だが、もしその場に真っ当な人間がいたならば、容易に精神を崩壊させていただろう。

三――カウントが始まった。

森は広く、槍や剣を振り回すには不向きな大木が取り囲んでいる。

二――凍りついていく空気は何ともはや馴染み深く。

だが、槍にはこの場にあるどの武器よりも優れた刺突がある。一撃で心臓を穿ち、一撃で頭蓋を貫通する『英雄殺しの槍』がある限り、〝赤〟のライダーはこの環境を不利とは思わない。

一——爆発寸前、まるで時間が停止したような感覚。
そして何より、世界に名高き弓兵の援護がある限り。〝赤〟のライダーの自信は全く揺らがない。
零——その場に在ったあらゆるモノが吹き飛び、不純な存在として薙ぎ払われた。誰かが踏み込み、誰かが己の武器を振り上げ、誰かが跳躍した。

§§§

〝赤〟のバーサーカーは、迎撃に放ったホムンクルスやゴーレムを全く物ともしなかった。それこそ鎧袖一触《がいしゅういっしょく》の有様であったが、〝黒〟のサーヴァントたちが焦りを見せることはない。元より、それは英霊ならばできて当然の戦闘行為。驚くには当たらない。

「……とは言え、あそこまで殺《や》るのは例外的じゃないかなぁとボクは思うんだけど」

「——惨い有様だ。あのバーサーカーは技術ではなく、傲岸な力で敵を屠る怪物ですね。術理の一切を不要とし、ただ戦うために産まれ落ちたような英霊。バーサーカーとして狂化されたからああなったのではなく、バーサーカー以外に適合するクラスが存在しないのかもしれませんね」

〝黒〟のライダーの呟きに、〝黒〟のアーチャーは同意する。二人の周囲には、先ほどとは比較にならぬ数のゴーレムたち。ユグドミレニアは戦争用の戦力として産み出された彼らの、実に半分以上の石人形をこの捕獲戦に動員していた。

「ボクやアーチャーのことも、同じように殺っちまうかな？」

「あの馬鹿げた力ならば、充分に有り得るでしょうね。直撃だけは避けなさい」

「へーい。頑張りまーす」

戦意の欠片もない、気の抜けた声である。アーチャーはその露骨な態度に、そろりと耳打ちした。

「……気もそぞろという感じですが、ここで万が一にでも死んでしまえば、彼は助かりませんよ？」

「わ、分かってるさ！」

立ち上がり、自身の頬を張ってライダーは気合を入れ直した。いつでも来い、というように自身の槍を手に取る。装飾も見事な、黄金の馬上槍《ランス》である。

「ライダー。君はある意味で、一番危険な役割を果たすことになるのです。どうか、油断すること無きように」

アーチャーはそう言って霊体化した。弓兵は本来の居場所である、城壁の上に戻ったのだろう。一人残されたライダーは、溜息をつきつつ独りごちた。

「……ああ、やれやれ。ボクはそういうのは本当苦手なのになぁ。嫌だ嫌だ、危険なんて。まあでも。やるしかないか！」

底抜けに明るい声――それに呼応したかのように。木々の向こうから、少しずつ音と震動が近付いてくる。だが、その姿は未だ闇夜の奥に潜んでいて、捉えきれない。

――来たか？

不意に、静寂。音が止まり、吹き抜ける風の音だけが周囲を支配する。だが、気配を断つ術なきバーサーカーは、姿を現さないまでもその存在をあからさまに誇示していた。

居る、という確かな予感を抱きつつ、ライダーがその一歩を踏み込んだ瞬間。

「――さあ、圧制者よ。傲慢が潰《つい》え、強者の驕りが蹴散らされる刻が来たぞ！」

大木を吹き飛ばしながら、〝赤〟のバーサーカーが出現した。

「……うわぁ」

相対した瞬間、たちまちライダーはこの場から立ち去りたくなった。

巨人は怖くない。かつて、数十本の腕を持つカリゴランテという名の巨人を相手取って戦ったこともある。街を意気揚々と引き摺り回してやった。

強面の男も怖くない、怒り狂う怪物を相手にすることも恐ろしくも何ともない。だが、強面の巨人が微笑んでいるとなると――少し、怖い。

そう、笑っているというのが恐ろしい。敵地に乗り込んだというのに微笑んでいるのは、相当に自信があるのか、あるいは有利不利を度外視するほど狂っているのかのどちらかだ。身長二メートル超、武器は小剣《グラディウス》。先の一撃から見るに、拳そのものも相当の破壊力を秘めていると考えるのが妥当だろう。

加えて、そのタフネスっぷりも破格だ。恐らく、自分の一撃では傷を負わせることはできても、仕留めきれない。――そう、傷一つつけること能わぬにもかかわらず、〝黒〟のライダーは先陣を切ることを望まれたし、先陣を切らなければならないと理解している。

「――だけどまあ、ボクはこの為に召喚されたんだし。しょうがないったらしょうがない、ようし、やってやるかっ！」

〝赤〟のバーサーカーに負けず劣らず不敵な笑みを湛えた〝黒〟のライダーは、先ほど手にした黄金の馬上槍《ランス》を振りかざす。

「遠からん者は音にも聞け！　近くば寄って目にも見よ！　我が名はシャルルマーニュが十二勇士アストルフォ！　いざ尋常に――勝負ッ!!」

久しぶりに宣ってみたかった口上を思う存分叫んだライダーは、秘匿するべき真名をさらりと告げていたが、幸いにも〝赤〟のバーサーカーには相手方の真名によって、戦術を組み立てようという思考回路が存在しなかった。

「ははははは。良い、その傲慢さは素晴らしいな。さあ、踏みにじってみるがいい！」

バーサーカーは笑いながら、ライダーに向けて突進する。その動きは意外なほどに俊敏で、さながら羆《ひぐま》の大きさをした猪の如き暴走だった。

「ははははははははははははははははははははははははははははははは!!」

笑いながら、上段からの振り下ろし──ライダーの小さな軀を押し潰しかねないバーサーカーの凄絶な一撃。それを、ライダーは華麗に躱した。

「……いっ!?」

確かに彼は躱した。だが残念なことに、躱したところで何の意味もない一撃というものも、世の中には存在する。バーサーカーの一撃は大地に爪痕を刻み、傍にいたライダーを巻き込み、衝撃だけで吹き飛ばした。

「あたたたた……ヒドい一撃だこと」

顔をしかめ、打った腰をさすりながら立ち上がる。……やはり、その瞳に恐れはない。

されどその身は英霊。力では抗することはできず、技など通用するはずもない。

触れれば吹き飛び、ましてシャルルマーニュ十二勇士のアストルフォと言えば「理性が蒸発している」とまで言われた蛮勇の徒であり、世界中を飛び回って様々な伝説を打ち立てた冒険者でもある。

そしてその冒険で勝ち得たのは、様々な魔術礼装──角笛、本、幻馬《ヒポグリフ》、黄金に輝く馬上槍《ランス》。

「さあ、行くぞ……アルガリア！　君の力を見せてやる！」

ライダーが駆ける。騎乗していないにもかかわらず、その突進はまさに電光石火。だが、ほとんどの感情が枯渇している〝赤〟のバーサーカーにとって、その攻撃は歓喜でこそあれ断じて恐怖ではない。

その一撃が強烈であればあるほどに、絶望的であればあるほどに。逆転の一撃はさぞや心地よいものになるだろう。たとえ腹部を貫かれようとも、このバーサーカーは必ずや反撃する。

故に、確信を持ってバーサーカーは再び剣を振り上げた。超圧縮された腹筋は、鋼鉄もかくやという頑丈さである。

「——触れれば転倒《トラップ・オブ・アルガリア》！」

だが、〝黒〟のライダーの持つ馬上槍《ランス》は、殺傷することを前提にしていない。無論のこと槍は槍、刺されれば負傷もするし心臓を貫けば殺しもするだろう。

けれど、所詮はただの馬上槍であり——強化魔術が付与されている訳でもなく、あらゆる物を貫く訳でもなく、心臓に狙いを定める因果がある訳でもない。

にもかかわらず、この馬上槍の力は戦場において致命的なものだった。

ぐらりと、バーサーカーは自身が落下する感覚を抱いた。踏み締めていたはずの大地がなくなり、振り下ろすはずだった剣を一瞬忘却した。それでも彼は微笑みを絶やさず、驚きもしない。だがこの理不尽な状況を覆すことだけは、不可能だ。

宝具『触れれば転倒！』《トラップ・オブ・アルガリア》と、何ともいい加減な命名をされたこの槍は、本当にその名の通りの効果のみしか発揮しない。伝説によれば、カタイの王子アルガリアが愛用したこの馬上槍は、触れたものを全て転倒させたという。重武装した騎士たちが転倒するということは、戦場においてはそのまま死に繋がる。そうでなくとも、いと華やかな馬上槍試合において、この槍を使えばどれほどの名誉を得られたかは想像に難くない。

そしてこの槍を宝具としてサーヴァントに使用した場合、膝から下が強制的に霊体化するという形で、伝説を具現化する。肉体のどこに触れようと——仮令それが、魔力で編み上げられた鎧の上からであろうともだ。槍は強制的に膝から下部分の魔力供給をカットし、一時的にだが肉体の構成を不可能にしてしまうのだ。

とは言え、それだけでは〝赤〟のバーサーカーは止められない。膝から上が残っているならば、這いつくばってでも彼は相手を倒そうとする。

「両足を無くした程度で、私は止められない」

「……いや全くその通り。だから、これから止めるのさ。ようし、かかれ！」

〝黒〟のライダーの言葉と同時、待機していたゴーレムが一斉に襲いかかった。

重さ一トンを超えるゴーレムが、彼の腕一本を封じ込めるためにのしかかる。だが、それを〝赤〟のバーサーカーは子供のように腕を振り回すことで撃退した。ゴーレムの上半身は、彼の拳一つで打ち砕かれる。だが、頭を打ち砕かれても機能が完全に喪失するまで平然と動くことがゴーレムたちの強みである。

彼らはまるで獲物を捕らえた蟻のように整然と、そして粛々と〝赤〟のバーサーカーを覆い尽くす。だが、獲物は無力な小動物でも芋虫でもない。蟻がどれほど咬みついたところで、巨人が止まるはずもない。

〝赤〟のバーサーカーは止まらない。膝から下を霊体化させられても尚、城塞に向けてまっしぐらに進撃する。

「ははははは。これはいい、これは素晴らしい。雲霞の如き敵兵、そして我が身は満身創痍。ああ、これでこそ――勝利するときの凱歌はさぞや叫び甲斐があるだろう！」

その身にはあらゆる部分にゴーレムが覆い被さっている。バーサーカーは二回りほど膨れ上がったようだ。岩と青銅と鉄で構成された鎧を身に纏い、尚も彼は前進を続ける。

前《さき》に、前《さき》に、ただ前《さき》に。〝赤〟のバーサーカーは愚者であるが、迷妄するような存在ではない。

鼻で、肌で、耳で、目で、舌で――その先に、圧制者が待っていると理解している。

「ふむ、見事なものだ。キャスター、卑下する必要はないぞ。お前のゴーレムは果たしてよくやっている。あのバーサーカーが異端なだけだ」

「……！」

〝赤〟のバーサーカーの前進が加速する。幾重にも覆われた顔のゴーレムを引き剝がして、彼は確かにそれを見た。

「お前が──」

「そう。〝赤〟のバーサーカー、そなたが求めているものが権力者であるならば、余こそがその頂《いただき》に立つ者だ」

「おお、おお……おおおおおおおおおおおお！」

〝赤〟のバーサーカーは歓喜し、腕を伸ばす。もう少し、もう少しで圧制者の首に手が届くのだ。いつも、いつだってこんな苦難の後には晴れ渡る栄光と歓喜があった。狂戦士の論理は完璧で完全で、誰にもつけいる隙などない。

だが、バーサーカーは大切なことを忘却している。その苦難の果てに待っていたのは、無惨な死、残酷な結末だったということを。

バーサーカーが猛進する。凍るような瞳でそれを見るは、〝黒〟のランサー──ヴラド三世。ここルーマニアにて覇を唱え、敵対する者は悉くを苛烈に殺戮した英雄。そして、彼が敵対者によって畏怖を籠めて呼ばれた名は──。

「極刑王《カズイクル・ベイ》」

〝黒〟のランサーがそう宣言すると同時、付近の土が盛り上がった。

「圧制者よ、叩き……潰す！」

ゴーレムの重さにも怯まず、バーサーカーは剣を振り上げる。だが、その腕に鋭い杭が喰らいついた。痛みはなくとも、その杭は強制的に彼の行動を阻止する。

「余は、そなたのような叛逆者を相手に生涯戦い続けてきた。彼らを悉く誅戮し、串刺しにして肉が腐るまで捨て置いた。だが——」

長さ数メートルの杭が、一斉にゴーレムの軀ごとバーサーカーを貫通していく。〝黒〟のランサーは、操る杭を『霊核は狙わない』程度の大雑把な操作しかしていない。死なないように多少の努力はしても、精神を磨り減らすほどの必要性を見出していないからだ。

死ねば残念、幸運にも生き延びれば——バーサーカーには更なる地獄が待つ。

膝から下の霊体化、全身を覆い尽くす無数のゴーレム、更には心臓と脳以外の全てを串刺しにされ——それでも、バーサーカーは動いていた。目前に迫った圧制者を討ち果たすために。これは、憎悪や妄念といった言葉で片付けられるようなものではない。

そう、〝黒〟のランサーが半分のゴーレムを犠牲にしても確かめたかったものは彼の信念だ。ただ権力に叛逆することをよしとするだけの愚かな蛮人なのか。それとも、狂っていてもなお——絶対に譲れぬ一線《ライン》を、己に刻んでいるのか。

ふむ、とランサーは満足げに唸った。

「こうしてそなたと相対して、ようやく理解した。そなたの叛逆は、気高き魂の表れだ。……いつ如何なるときも強者が弱者を蹂躙するをよしとせず、そなたは強者を弱者へと引

き摺り下ろすために戦った」

弱者の『ため』ではない。そんなお為ごかしの理由で、狂戦士はここまで辿り着くことはできなかった。彼はただ偏に――。

「平等なる世界でも夢見たか？　夢想家ならぬ狂想家よ。初めて――叛逆者という存在に敬意を表したくなった。そして、そなたにとっては残念なことに」

ランサーが指を鳴らすと、傍らに〝黒〟のキャスターが進み出た。

「その叛逆を変転させて貰おう。〝赤〟のバーサーカーよ、今からそなたの主は我々だ」

「…………」

狂戦士の微笑みが途切れた。〝赤〟のバーサーカーは凄絶なる憤怒の表情を〝黒〟のランサーに向ける。彼が告げた言葉は『隷従』。バーサーカーにとって、死を超える屈辱であり、絶望だった。

「では――」

〝黒〟のキャスターは淡々と、バーサーカーを押し固めたゴーレムたちに命令を叩き込んだ。彼らはたちまち流体へと姿を変えて、杭と共にバーサーカーに絡みつく。仮令叛逆の英雄スパルタクスといえども、この石牢からは抜け出すこと叶わぬだろう。

「キャスター、腑分けは任せる」

「……御意」

それきり、〝黒〟のランサーはバーサーカーへの興味を喪失した。自身の配下になった以上、その牙が向けられるのは〝黒〟ではなく〝赤〟。彼にとっては、その事実だけで充分なのだ。

帰還する〝黒〟のランサーに向かって、〝黒〟のライダーが叫んだ。

「さて、と。それじゃ、ボクも用済みだと思うのでこれにて失礼！」

そして、ライダーはそそくさと霊体化して城塞へと帰還した。無論、この状況を利用する為である。しばらくは、一体のホムンクルス如きが顧みられる状況ではないだろう。大いに好機という訳だ。

§§§

——無敵であり、疾風であった。

〝赤〟のライダーは、〝黒〟のセイバーと〝黒〟のバーサーカーの猛攻をせせら笑う。二騎のサーヴァントが呼吸を同一にし、打ち放った上段下段への同時攻撃。

それを、ライダーは躯を捻りつつ跳躍。細い槍一本で見事に双方防ぎきった。

「甘ェッ!!」

そしてほぼ同時に蹴りを叩き込む。その戦い方は、やはり騎士のような礼儀に則ったものではなく、戦場にて徹底的に磨き上げられた武の術だった。

〝黒〟のバーサーカーが吹き飛ぶも、どうにか体勢を立て直す。彼女が不愉快そうに唸るたび、奇妙なまでに空間が軋んだ。けれど〝赤〟のライダーは大して気にした様子もなく、〝黒〟のセイバーと再び激突する。

互いの軀には傷一つなく、互いの攻撃はほぼ無効化されていた。セイバーは竜の血を浴びた大英雄ジークフリートであり、Bランクを上回る攻撃手段でなければ傷がつかない。それ故に、今はどうにか均衡を保っている。だが、もし……このライダーの宝具が竜の血を貫けるものだとしたら。

『何をしているセイバー！　奴には傷一つついていない！　宝具だ、宝具を使え！』

マスターの提言だが、無視せざるを得ない。〝赤〟のライダーは、本気を見せていない。その傷一つつかない無敵さの謎は、未だ解明されていないのだ。

ただ単純に自分の宝具と同等の力か、あるいは一段格上の力なのか。それとも、傷つけるには何かの条件が必要なのか。

もし、ここで宝具を晒せば真名を露呈することになり——必然、後々の戦いに不利となる。それでもライダーを仕留めることができたならば、圧倒的なメリットがあるが……もし、死ななかった場合はどうなる？

言うまでもなく、自分は宝具を使用して真名を無様に晒しただけの愚か者になる。更に、ライダーが決着をつけずに逃げていけば、自分の真名は相手陣営に完全に看破されるだろう。そうなれば、当然のように弱点である背中を狙われることになる。

〝黒〟のセイバーは無謀と呼ばれることは好んでも、愚者と呼ばれることを好んでなどいない。故に、彼の指令を黙殺するしかない。分かって欲しい、と思う。通常ならば言葉を尽くして説得に当たるべきだが、生憎とそのような余裕はない。

仕切り直すためか、一旦〝赤〟のライダーが後方に跳んだ。

「……手詰まりだな、互いに」

「……」

セイバーはマスターとの約定通り、口を開こうとしない。その無反応さに、〝赤〟のライダーはやや不快そうな表情を形作った。

「無愛想な奴め。戦場で笑わぬ者は、楽園《エリュシオン》で笑いを忘れてしまうぞ？　この世界は陰気に腐り、膿《う》んでいる。だったらせめて、散り様くらいは陽気に行こうぜ。そう思わないか？」

――思わない。戦場での笑いは、ときに敵を侮蔑することになる。否、少なくともそう思わせてしまう危険がある。互いの力量を認め、笑い合うならば戦場の爽風であるが、死体を前に笑うは単なる嘲りに過ぎない。

無言で拒絶の意志を示す〝黒〟のセイバーに、〝赤〟のライダーは笑いながら告げる。

「……散り様は陽気がいい、いい、と言ったぜ？」

次の瞬間。音より先に飛来した不可視の矢が、〝黒〟のセイバーの胸板に直撃した。

吹き飛んだセイバーは大木を数本巻き込みながら、もんどりうって倒れた。

「……ぅぅ……ッ!?」

〝黒〟のバーサーカーが絶句する。何が起きたかだけは一瞬で理解できた。今しがたの一撃は、〝赤〟のライダーの遥か後方に位置するもう一騎のサーヴァントによるもの。

バーサーカーの思考は冷徹で、迅速だった。遠距離からの攻撃、それも魔力を使ったものではない。純粋な物理的エネルギーの一撃――即ち、弓兵《アーチャー》！

推測ではあるが、〝赤〟のライダーとの戦いをつぶさに見守っていたそのサーヴァントは、セイバーが通常ランクの攻撃では傷がつかないことを理解し、更に高ランクの物理攻撃を行うために弓を徹底的に引き絞ったのだ。

今しがたの攻撃は明らかにAランクを凌駕していた。それ故、〝黒〟のセイバーを守護する力を突き破ることができたのだろう。

……問題は、それが自分たち二騎には知覚できぬほどの遠方からだということ。更に、ここは見晴らしの良い草原などではない。闇夜で、鬱蒼と木々が生い茂る森林なのだ。自分たちに見えぬほど遠方からでは、仮令夜目が利いていても〝黒〟のセイバーなど動く点に過ぎない。

それを、成し遂げた。何より恐ろしいのはその事実だ。Aランク相当の破壊力を持つ超遠距離狙撃、視界など零に等しい闇夜での照準、まるで針の糸を通すような超々精密射撃。一つ一つならば、成し遂げる者がいるかもしれない。だが、この条件を重ね合わせて遂行する英霊など、果たしてどれほどの数がいるものか――！

〝赤〟のライダーの顔が、一瞬引き締まる。森の向こう側、〝黒〟のバーサーカーの後方を見つめて舌打ちした。

「……どうやら、こっちのバーサーカーは終わっちまったようだな。だが、此処にはまだお嬢さんがいる。バーサーカーとバーサーカー、奪い合いなら公平《フェア》だ。そうだろう？」

あくまで陽気に、そして残酷な笑みを浮かべて〝赤〟のライダーが、槍を持つ手に力を籠める。恐れ知らずの狂戦士といえども、その笑みには底知れぬ何かを感じ取る。

何より――先ほどからの攻撃でよく思い知っている。自分の攻撃には『何か』が足らず、結果として彼に傷一つつけることができない。

「さて、〝黒《メラース》〟のセイバーが復活するまで何秒あるかな。十秒か？　二十秒か？　いずれにせよ、俺の一撃より迅いなんてことはない」

逃亡も、迎撃も、降伏も全ての選択肢が断たれている。

〝黒〟のバーサーカーは、歯噛みしつつ状況を甘受するしかない。あるいは、死なば諸共と自身の宝具を完全解放するか？

決断を迫られたバーサーカーは低く呻いて覚悟を決めた。自身の全力を以て、〝赤〟のライダーを打破する──。

だがそう考えた瞬間、状況が唐突に激変した。後方から凄まじい魔力の奔流を感知して、反射的に振り向く。視線の先、苦悶の表情で大剣を掲げるは──〝黒〟のセイバーだった。

§§§

〝黒〟のセイバー、ジークフリートのマスターであるゴルドは焦燥に駆られていた。あのセイバーは自身の提言を黙殺しただけでなく、油断して吹き飛ばされたのだ。どうやら、〝赤〟のライダーは凄まじい耐久力を持っているらしい。使い魔越しの視覚で確認する限り、ステータスも極めて優秀、〝赤〟のバーサーカーを手駒にして加えることができた今、ライダーを討ち果たせばユグドミレニアの勝利は揺るがない。

「……ッ！　セイバー！　セイバー、宝具だ！　宝具を使え！」

ゴルドの叫びに耳を傾けるサーヴァントは、この場にいない。彼は一人、部屋に籠もって指示を送り続けていた。

通常のマスターは、サーヴァントとサーヴァントが戦う際に細かい指示を出したりはしない。それは、サーヴァントという存在が戦闘という領域においては絶対的な信頼を持っているからだ。少なくとも、魔術師を遥かに上回る経験と技量を持つ。故に、マスターは戦略的な部分でのみ口を出す。

〝黒〟のセイバーとマスターであるゴルドを除いた他のマスターとサーヴァントたちは、それなりに主従としての関係を築き上げていた。アーチャーは既にマスターであるフィオレと打ち解けており、主従というよりは教師と教え子のような間柄を堅持している。ランサーはダーニックが恭しく仕えている以上、全く問題はない。セレニケはライダーの奔放さにやや手を焼いているものの、彼の清廉さと無邪気さに心奪われており、何か余程のことがない限り破綻することはない。カウレスのサーヴァントはバーサーカー、命令には忠実であるし、膝を突き合わせて話し合ったことで、共闘関係は結ばれている。ロシェとキャスターは言うまでもない。マスターであるロシェは、キャスターを心から敬っている。

召喚して早々に、ゴルドはセイバーとのコミュニケーションを放棄した。……相手のことを分かろうとする努力をせず、ただ真名の露呈を恐れた。

それは正しく、そして絶望的な誤りである。ゴルドは分からない、セイバーが何を思っているのかが分からない。そこにあるのが不平か、叛逆か、殺意か、侮蔑か、あるいは何も思っていないのか。

語り合えば良かった、何を想い、何を目指し、何を信奉しているのか。それくらいは聞いておくべきだった。なのに、ゴルドはそれを拒んだ。サーヴァントを自身の装備品のように扱おうとした。

それは、虚栄《プライド》からだったのか。所詮は使い魔という思考が、彼の何かに引っ掛かり続けていたのか。

いずれにせよ、〝赤〟のランサーやライダーと戦い、不利に陥らないまでも勝利を摑むことができないでいる彼に、愚かにも焦燥を抱いていたのは確かだった。

それでも、例えばマスターとしてセイバーの背後に立って戦況を見守っていたならば。あるいは通常の聖杯戦争のように、マスターとサーヴァントが残り六騎から常に敵視される状況ならば。彼が今からやろうとする愚かな行為は有り得なかっただろう。

だが、ゴルドは安全な場所で戦場を眺めていた。万が一セイバーが滅んでも、自身の名誉が穢されるだけで、生命の危機には陥らない。そんな他愛もないコトが一つ一つ積み重なり、ゴルドの思考を圧迫し——。

「セイバァァァッ!!　令呪を以て命じる！　宝具を使って敵ライダーを倒せェェェッ!!」

ゴルドの言葉は、確かにサーヴァントたる〝黒〟のセイバーに届いた。令呪を使用した以上、たとえ地の果てに居ようとも、その言葉は剣士の魂に直接刻みつけられる。

「……ッ!?」

さすがに愕然として、彼は一度だけ城塞を振り返った。だが、ゴルドが姿を見せることはない。大剣を掲げると、秘められた力が解放される。青い宝玉が輝き、夜を引き裂くような眩い橙色の光が剣に灯り始める。

「く、ぅっ……!」

駄目だ、今この宝具を使う訳にはいかない。宝具の名を叫んだ瞬間、自身の正体が九割方露呈してしまう。この『幻想大剣《バルムンク》』を使う英霊など、世界にただ一人しかいない。真名が看破されれば、その時点で自身の致命的な弱点も暴かれる。そうなれば、自分は一気に不利な情勢に陥ることになる。

それでも、この〝赤〟のライダーを倒せるならば——やってみる価値はあったかもしれない。〝黒〟のセイバーも同意して宝具を使うことを拒絶などしなかっただろう。

だが、〝赤〟のライダーはその不死性を遺憾なく発揮しており、自身の宝具が通用するというビジョンがどうしても見えてこない。

あれはただ単純に強大な力で打ち破るべき守護ではなく。もっと、何か必要なものがあるのではないだろうか。たとえば炎、雷撃といった特定の指向性を持つ攻撃、あるいは条件。森の中では、あるいは夜では不死身に近いなど。

そんな伝説を持つ英雄は幾らでもいる。これは英霊の逸話ではないが、かつて「木、石、鉄、乾いた物、湿った物、全ての武器で傷をつけることができず、昼も夜も攻められない」という契約を闘神《インドラ》と交わしたヴリトラという龍がいた。

そこで闘神は昼でも夜でもない夕暮れ時に、湿っても乾いてもいない、もちろん木や石や鉄などではない、海の泡の柱を使ってヴリトラを倒したという。

……そう、完全なる不死などどこの世に存在しない。まして自分たちは英霊とは言え、やはりどこまでいっても『人間』という枠組からは外れられないのだ。外れた者は、元より聖杯戦争のサーヴァントとして召喚できる者ではない、理外の存在である。

自分もそうだ。Bランクを上回る攻撃手段に加えて、竜の血を浴びなかった唯一の箇所である背中。そこを狙われれば、どんな弱小のサーヴァントとて自分を殺害できる。

〝赤〟のライダーはどういう不死なのか？　その謎を解かずして、力任せに討って出るというのは、あまりに――あまりに、愚かと言わざるを得ない。

渾身の力で抑え込むが、令呪の命令は絶対だ。剣には魔力が満ち、ゆっくりと振り上げられる。

「何だ？　これは、セイバー……!?」

〝赤〟のライダーが気付いた。宝具を解放しようと剣を振り上げる彼を見て、彼はわずかに驚いたものの、どこか嘲るような笑みを浮かべた。

これでもう、宝具を解放する以外の選択肢は失われた。あの笑みを見る限りは、自分の当たって欲しくない推測が当たったらしい──苦い感情が、こみ上げる。

それでも腕は止まらない。覚悟を決めるしかない。セイバーは歯を食い縛り、今はただこの一撃に全力を傾ける。

「幻想大剣《バルム》──」

「さあ、来い〝黒〟のセイバー……！」

膨大な魔力が凝縮する。一時、深い闇に沈んでいたはずの森が黄昏の風景に切り替わる。それはかつてニーベルンゲン族が鍛造し、竜殺しを成し得た聖剣の光だ。

だが──〝赤〟のライダーの確信の笑い、嘲りの表情。何とも忌々しいが、この一撃はライダーに決して通用しない。

「天魔失《ムン》──」

せめて、この一撃が何かしらの手掛かりになることを祈り──。

『令呪を以て命じる！　宝具の使用を中止せよ！』

振り上げ、後は最後の一語を解放させるだけとなった瞬間。マスターによって新たな令呪が消費された。令呪による命令を中止させる唯一の手段、それは即ち、二画目の令呪による命令の書き換えである。

だが、強烈な命令を立て続けに受けたせいだろう。〝黒〟のセイバーは耐え切れずに、膝を突いた。呆れたように、ライダーは肩を竦めた。

「……何だ。使わないのか？　まあ魔力の節約はできたかもしれねぇが、代償は大きかったな。今のは、恐らく令呪の命令によるものだろう？」

ライダーは心底から蔑んだ表情で、〝黒〟のセイバーの——背後にいるマスターを睨む。

「ハッ！　何とも愚かだな、お前のマスターは！　令呪を以て宝具を発動するよう命じて、令呪を以て宝具の発動を中止させたか。令呪の浪費など、聖杯戦争においてはもっとも危険な行為だろうに」

一言たりとも言い返せない。彼の言葉は完全に正しい。それでも、マスターとサーヴァントの間に絆があればどうにでもなるが、自分は未だマスターと絆を紡ぐには至ってない。

「まあ、俺のマスターみたいに常時引き籠もってンのもどうかと思うけどな。やれやれ、どうせなら真名を最後まで言い切ってから——」

言葉が途切れ、〝赤〟のライダーと〝黒〟のセイバーは互いに啞然とした表情で顔を見合わせた。滴り落ちる血は、セイバーのものではない。あらゆる斬撃、打撃を物ともせず、宝具すら受け止めようとした〝赤〟のライダー、その肩から確かに血が流れていた。

「ゥ、ァ……!!」

刹那、〝黒〟のバーサーカーは矢に合わせるように走り出していた。その向かう先はライダーではなく、未だ姿を見せない〝赤〟のアーチャー。

一方のライダーは突き刺さった矢を握り、引き抜いた。貫かれた肩が幻影ではないことを確認するかのように手で押さえた。それから、彼は低く静かな声で問い質す。

「──何者だ？」

その目には、もうセイバーもバーサーカーも映ってはいない。

一方、〝黒〟のバーサーカーは魔力を後方へと飛散させつつ猛烈な勢いで〝赤〟のアーチャーとの距離を詰めていた。先ほどまでとは明らかに違う。その様は、走行というよりはホバー移動に等しい。足はほとんど地につかず、その上で大木を蹴り飛ばして更なる加速を図っている。

その加速の主因を担っているのが、彼女の持つ宝具『乙女の貞節《ブライダル・チェスト》』である。

彼女の宝具は単なる打撃用武器ではない。むしろ、その用途は副次的なものでしかない。

ていく。
彼女の宝具の真なる力は、魔力の吸収にある。サーヴァントが戦い、魔術師が鎬《しのぎ》を削る聖杯戦争において、変質した魔力はあらゆる場所に飛散し、やがては空気に溶け込んで消えていく。

彼女の宝具は、フランケンシュタインの『心臓』であり、発生した余剰の魔力を吸収する能力を持つ。溜め込まれた魔力は、心臓を通してバーサーカーの魔術回路に流れ込み、擬似的な『魔力放出』すらも可能にする。決して必殺の宝具ではないが——狂戦士として顕現した彼女にとって、これほど都合の良い武器はない。全力で動けばたちまち魔力を枯渇させるバーサーカーは、これによって永久機関のように戦い続けることができる。

ともすれば闇雲な疾走にも見えるが、バーサーカーには〝赤〟のアーチャーへと向かうべき理由がきちんと与えられている。

先の、〝赤〟のライダーの肩に矢が放たれる直前。突如、〝黒〟のバーサーカーに念話が届いた。

〝いいですか。先ほどの矢と、ライダーに関しては私が対応します。貴女は全力で、敵方のアーチャーに向けて突貫なさい〟

ゥゥゥゥ、と唸って否定する。それは無駄だ、と〝黒〟のバーサーカーは言った。このライダーには、何をやっても通じない、と。

〝いいえ。その男には、例外的に私の矢が通じます。纏めて相手をするのは少々骨が折れますが——どうか、私を信じて下さい〟

その言葉に、バーサーカーは抗議をすることを止めた。どうせ選択肢は限られている、ならば今は、〝黒〟のアーチャーを信じるしかあるまい。

〝赤〟のライダーの肩口が矢で貫かれた瞬間、バーサーカーは迷わず走り出していた。

「ナ————————————————————————————オォォォォォォゥ!!」

バーサーカーは吼える、猛る、疾走する。

目指すは闇に隠れてこちらを狙う、姑息《こそく》な弓兵。月光の下へと引き摺り出し、その頭蓋を叩き潰してくれよう——!

ミレニア城塞、分厚い城壁の上に佇む〝黒〟のアーチャーは、予想通り、自身の矢が〝赤〟のライダーを貫いたことに安堵した。

「マスター、セイバーを撤退させて下さい。あのライダーでは、彼がそこにいても意味はない」

「……分かりました。おじ様に伝えます」

フィオレが連絡すると、即座にセイバーは霊体化して消えた。……どうやら、最悪の事態は避けられたようだ。宝具も完全に発動させた訳ではない。彼の正体が露呈することだけは避けられた可能性がある。

とは言え、代償はあまりにも大きい。絶対命令権たる令呪は、単純に命令に従わせるだけではない。令呪の持つ膨大な魔力によって、様々な奇跡を行使することができるのだ。その機会を、何と二度も喪失した。セイバーのマスター、ゴルドの手元に残った令呪は、恐らくただ一画だけだろう。

「マスター……襲撃の恐れがありますので、貴女もこの場からは撤退して下さい。緊急の場合は、令呪で召喚を」

アーチャーの言葉に、マスターであるフィオレは楚々とした態度で頷きを返す。

「はい、アーチャー。……ご武運をお祈りします」

蒼白な顔をしたフィオレはどうにも儚げで、アーチャーは自分を信じて欲しいというように深く穏やかな笑みを湛えて告げた。

「大丈夫ですよ、フィオレ。私は、貴女のサーヴァントです」

フィオレが立ち去り、アーチャーは森の更なる奥を観察する。敵対者となるは〝赤〟のライダー及び〝赤〟のアーチャー。

引き絞られていく弓、狙い定めるは深い大森林の更なる奥に存在する〝赤〟のライダー。

アーチャーはあらゆる一切を忘却し、ただ矢に専心する。

それは空に浮かぶ星のように美しく、そして完璧な体勢《フォーム》だった。そう、〝黒〟のアーチャー、ケイローン。凪《な》いだ海のように穏やかな青年は、世界で最も有名な弓兵である射手《サジタリ》座《ウス》の原型だ。

解き放たれた矢は、それこそ流星のように――驀地《まっしぐら》に飛んでいく。

§§§

「――盆暗《ぼんくら》めが。宝具を解放するべき機運すらも読み取れんのか」

ダーニックの冷ややかな声に、ゴルドは一言も抗弁することができずに俯いた。恥辱、絶望、憤怒、あらゆる感情が入り交じって、脳と臓腑を侵す。

アーチャーからの緊急連絡に、ダーニックは直ちにゴルドの元へと駆けつけ、強制的に令呪を再度使用させた。アーチャーの「彼にセイバーの宝具は通用しない」という言葉がなければ、無駄な一撃で〝黒〟のセイバーの真名を完全に露呈させていたことだろう。

「貴様がやったことは、令呪の浪費だけだ。しかも、二画。……それでも、真名を明かすよりは遥かに良いと判断したがな」

こと〝黒〟のセイバーの真名は、宝具を解放せねばならない瀬戸際まで秘匿する、というのが彼らの戦闘方針である。ジークフリートの唯一無二にして、最も有名な弱点――即ち、菩提樹の葉が貼り付いていたが為に竜の血を浴びられなかった背の部分。少なくとも、『気配遮断』が可能なアサシンを倒すまでは、あの弱点を秘匿するべきだというのがダーニックの判断だった。

だが、ゴルドの暴走によって全てが失われかけた。あの〝赤〟のライダーは、セイバーの真名を捕捉したかもしれない。そうでなくとも、手掛かりさえ与えられれば向こうもこのセイバーが何者であるか、看破する可能性が高い。

「セイバーを実体化させろ」

「……」

ゴルドは無言で、傍に控えていたセイバーを実体化させた。セイバーは恭しい態度で、主であるゴルドとダーニックに跪く。

「楽にしてくれ、セイバー。一つ聞いておきたい、あの〝赤〟のライダーは……お前の真名に気付いたかな?」

「……答えろ、セイバー」

ゴルドの言葉に、セイバーは許可が出たものと判断して口を開いた。

「宝具の真名は完全に解放した訳ではない。姿形と頑丈さから真名を推し量ることはできなくもないが――」

「露呈した可能性は低い、と」

セイバーは頷き、ダーニックは大きく溜息をついた。

「だが……やはり、真名を看破されたという可能性もあるか。少なくとも、お前の背後を守るべき者が必要だ」

しばし考えた末、ダーニックは〝黒〟のライダーを選んだ。アーチャーはこの戦争における指揮官の立場にあり、彼の指揮が必要になる。王たるランサーやバーサーカー、キャスターといったサーヴァントは論外だ。アサシンは未だ姿を見せない、となると自由闊達に動くライダーが、前線で彼と共に立つのが相応しいだろう。

〝ダーニック殿。少しよろしいだろうか？〟

思考に没入していたダーニックに声が響く。キャスターが念話を飛ばしてきたらしい。

彼は同じく念話で応じた。

〝何か？〟

〝僕が捜していたホムンクルスを、ライダーが連れて逃げていったようだ。あのホムンクルスは、極めて貴重な人材だ。是非取り戻して欲しいのだが――〟

〝……何だそれは〟

ダーニックはライダーの破天荒さにひとまず呆れかえった。ホムンクルスを連れて、ライダーが逃げた？　理解し難い行動だ。裏切りの方が、まだ分かりやすい。

〝僕は知らない。それより、ホムンクルスだ〟

〝そのホムンクルスが、何故貴重なのだね？〟

〝……彼は『炉心』に使える可能性がある〟

〝――ほう。なら、話は別だ。分かった、すぐにでもサーヴァントに追跡させよう〟

よろしく頼む、とキャスターが念話を断った。

ダーニックは即座に所在なく佇んでいたゴルドに命令を下した。セイバーと共にライダーを追いかけ、彼が逃がしたというホムンクルスを連れ戻せ、と。キャスターの言う通り、もしもそのホムンクルスが炉心に使えるというのならば素晴らしい幸運だ。是非とも確保しなければなるまい。

下らない任務に不満を露わにするゴルドだったが、それでも長であるダーニックの命令に逆らうこともなく、ライダーとホムンクルスの追跡を開始した。

なるほど、確かに『逃亡した』という事実は驚嘆すべきものだ。しかも、戦闘用ホムンクルスではない。魔力供給用の脆弱なホムンクルスが、あのガラスを魔術で破壊して逃げるなど、誰もが夢にも思わぬ事態だった。

もっとも、所詮はホムンクルス一体。逃げたところで、どうにもならない。そもそもが、肉体構造からして欠陥品だ。そこには何の幻想を抱く余地もなく、障害物ですらない。いっそ、逃がしてしまっても問題ないくらいだ。

だが『炉心』ならば話は別だ。たとえサーヴァントを使ってでも、ホムンクルスを捕獲せねばならない。

しかし、何故ライダーはホムンクルスを逃がそうとしているのだろう。共に逃げる、という訳ではあるまい。所詮はサーヴァント、因果線《ライン》を断てば生き足掻くこと叶わぬ使い魔でしかない。

つまり、ライダーのやろうとしていることはこれっぽっちも意味がないのだ。ホムンクルスを救う？　救えるはずがない。瓦落多《ジャンク》如きが、世界に紛れるはずがないのに――。

魔術師として百年を生きたダーニックには、それがまるで理解できぬ事柄だった。

§§§

剣、槍、騎乗、狂気、魔術、暗殺――サーヴァントが与えられるクラスは様々であるが、この中で弓兵のみが密かに隠し持っている力がある。

とは言え、それは弓を扱うという職種上絶対に獲得している術技。クラス別スキルに添付するまでもなく、当然の如く所有している権利だ。

それは、弓は引き絞れば引き絞るほどに力を増すというただ単純なものだ。

だがしかし、〝赤〟のアーチャーのそれは狩猟の女神《アルテミス》から授かった天穹の弓。祈り、狙い、渾身の力を以て引き絞り、限界を超えて引き絞れば――そこには、まさに神の如き力が宿る。

人間の原罪、どれほどの聖人であろうとも抗《あらが》えぬ宿命。そして同時に、獣であるならば何ら意識しない当然の行為。それを狩り《ハント》と人は呼び、女にとって弓と矢はそのためのものだった。

彼女は、狩猟の女神の祝福を受けて産み出された狩りの達人。その弓術は神域に達し、その脚はあらゆる男を寄せ付けなかった。

その真名《な》はアタランテ。ギリシャ神話における、最高の女狩人である。

そして今、彼女は先ほどの一撃程には強く矢を引き絞ってはいない。現状、重要視されるのは速度。弓に矢を番《つが》えて放つ、その一連の動作をどれだけ迅速に行えるかが問題である。

〝黒〟のバーサーカーは、あのセイバーとは違う。神か、悪魔か、それ以外の何かによる守護のようなものを、バーサーカーは持ち合わせていない。矢で射れば、射ただけ貫ける。

「――たわけめが。狂うているのか」

迫り来る狂戦士に向けて、〝赤〟のアーチャーはそんな益体もない言葉を吐き出す。どれほど速く走ろうと、ここまでの距離はまだ余裕がある、令呪のバックアップもなしに一瞬で到達できるものではない。

近付けば近付くほどに、狂戦士は自死への可能性を高めていく。

「その無謀、」

狙いは既に定まった。弓は手先ではなく、感覚で扱うもの。獲物がどれほど機敏に動こうとも、矢は必ずその心臓《きゅうしょ》を狙い穿つ。

「血で贖《あがな》うがいい――――！」

放たれた矢は、黒く塗られている。夜間戦闘において、矢が気付かれるあらゆる可能性を排除しようとした結果である。

ましてや彼女の矢は音より迅い。瞬《まばた》き一つ、それで心臓から矢が生えているという結果だけが刻まれる。それで終わりだ。

――だが、しかし。

「なに……ッ!?」

〝赤〟のアーチャーはその時初めて理解した、思い知った。聖杯大戦における各クラスは二名ずつ存在する。それは即ち、自身と同等の力量を持つ弓兵がもう一騎、敵方に居るという可能性があるということ。

——撃ち落とされた⁉

信じ難い事実に、〝赤〟のアーチャーはしばしの忘我を己に許してしまう。なるほど、躱すことはあるだろう。狙われた獲物が突然地に伏せることなど、日常茶飯事だ。迎撃することもまた、不思議ではない。狙われたものが、狙ったものへ反撃することもまた、狩猟にあって当然のことである。

しかし、今しがた自身の矢を撃ち落としたのは偶然でもなく、狩られるべき獲物でもない。狩猟行為に全く関係のなかった第三者である。つまり、〝黒〟のバーサーカーの背後、遥か彼方に居るはずの〝黒〟のアーチャー。

「我が矢を狙って、撃ち落としただと……‼」

それはおおよそ、生前にすら存在し得なかった恥辱である。自身が狙いを定めて放った矢を、第三者に撃ち落とされるなど有っていい出来事ではない！

「……アアアアアアアアアアァッァアアアアアアアアァッ‼」

「おのれ、迅いか……‼」

恥辱は直ちに忘却した。今やるべきことは、迫り来る狂乱者を葬り去ること。先ほどの芸術的な迎撃に対し、〝赤〟のアーチャーが選んだ攻撃手段は弾幕。

彼女の片手に、一気に三本の矢が出現した。その三本の矢で迫り来る〝黒〟のバーサーカーに狙いを定める。

矢は、矢そのものが宝具になってでもいない限り、自動追尾のような機能は備わらない。つまり質ではなく量で勝負する。

……無論、いずれの矢も直撃すれば敵方の敗北は必定。纏めて引き絞られた三本の矢は、精密に胸部、頭部、脚部と〝黒〟のバーサーカーの急所に狙いを定める。

死なずとも良い。動きが鈍るなら、次弾を装塡すれば済む話。あらゆる敗北の可能性を排除し、万全の態勢で弓兵は矢を射る。

しかし、その『万全の態勢』というものが曲者《くせもの》だ。心理的に「万全」と思い込もうとしているということは、翻って考えれば敗北を恐れて半端な手を打ったということ。

「……ゥ、ギァアァッ!!」

突き刺さった矢は二本、最後の一本だけは〝黒〟のバーサーカーによって迎撃された。けれど、脚部と胸部を貫いた矢はバーサーカーの動きを鈍らせるに至らなかった。

元より、彼女は人造人間《フランケンシュタイン》。苦痛の操作など、お手の物だ。痛みがなく、傷が軀を動かす支障にならない以上、彼女の進行は些かたりとも揺るがない。

「……フン」

ここに至り、〝赤〟のアーチャーはあっさりと戦闘を放棄した。誇り高き英霊であれば、最後までここに踏み留まって雌雄を決しようと考えたかもしれない。そして、アーチャーはそうしても〝黒〟のバーサーカーを打ち倒せる自信があった。

しかし、獣の思考を持つ彼女にとってそんな誇りはそれこそ犬に喰わせるべき代物だ。彼女は早々に撤退を決意した。元よりこれは前哨戦、踏み込んだバーサーカーの援護が役割であり、それが果たせぬ以上は最早留まり続ける意味などない。

〝赤〟のライダーは、心配せずとも自力で帰還を果たすだろう。彼女は弓を背に負うと、迫り来る〝黒〟のバーサーカーに告げた。

「——また来るぞ、〝黒〟の狂戦士」

彼女は反転して走り出す。〝黒〟のバーサーカーに遠距離からの攻撃はないと見越しての全力疾走である。元よりアタランテは、古代ギリシャにおいて誰にも負けぬ脚力を誇った狩人。その野性の美しさに魅せられた求婚者たちに「徒競走で己に勝利した者と添い遂げよう。ただし、敗北の代償は死とする」と宣言し、追い抜いた彼らを悉く射殺した程の図抜けた脚力である。

たとえ『乙女の貞節《ブライダル・チェスト》』による魔力補助があったとしても、脚力の基本能力があまりに違いすぎた。

〝赤〟のアーチャーはあっという間にバーサーカーの前から姿を消した。バーサーカーは、それでも未練を捨てきれずにしばらく周囲を徘徊したが、ようやく逃げたことを認めて不快げな唸り声を発した。

だが、幾ら吼えたところで〝赤〟のアーチャーの姿はない。諦めたバーサーカーは、速やかに撤退した。


「……っ!!」

〝赤〟のライダーは、その身を震わせていた。恥辱からではなく、歓喜によってだ。この聖杯大戦、自分に傷をつける存在が居てくれて良かったと、心底からそう思う。

〝黒〟のアーチャーの弓は、それほどに冴え渡るものだった。自陣のアーチャー……アタランテに勝る弓兵などそうは存在せぬと思っていた自身が恥ずかしくなる。

新たに矢が放たれた。微かな風切り音と空気の揺らぎから、立て続けに五本速射されたものと判断。後方に逃げることは簡単だ、だが——先ほどから既に二回、そうやって逃げたにもかかわらず、自分の逃げる位置を看破されて矢を穿たれていた。

心の動きを読み取っているのか、それとも予測できるようなスキル、あるいは宝具を所有しているのか。いずれにせよ、〝赤〟のライダーは〝黒〟のバーサーカーを追うどころか、そこから一歩も動くことができなかった。

そして何より、彼の矢は自身の守護を穿っていた。それは即ち、彼と同等の存在であるということ。血統と実力を併せ持つ〝黒〟の弓兵を、ライダーは此度の戦争における最大の宿敵と見定めた。

三度目の速射、次は恐れず前に出た——だが、それすらも看破された。放たれた矢が、何時の間にか自身の膝に突き刺さっている。久しく感じたことのなかった鮮烈な痛みに、ライダーはこみ上げる感情を抑え込むことができなかった。

「ハハ、ハハハハハ！　素晴らしい！　素晴らしいぞ、〝黒〟のアーチャー！　お前は俺を傷つけ、殺すことができるのか！　ならば、俺とお前の戦いは宿命であるッ!!　おお、オリンポスの神々よ。この戦いに栄光と名誉を与えたまえ！」

だが、この場で雌雄を決するのは如何にも勿体ない。騎乗するべき馬も呼ばず、栄光を観覧するべき味方もいない。薄ら淋しい森で決着をつけるのは、あまりにも勿体ない。

既に〝赤〟のバーサーカーも討ち果たされ、こちら側のアーチャーも撤退した今、ここで孤軍奮闘する必要性は皆無だ。

〝赤〟のライダーは指笛を鳴らした。たちまち上空から見事な馬が三頭、戦車を牽《ひ》いて現れ、傍らに跪いた。

御者台に飛び乗ったライダーは、声高らかに叫んだ。

「——〝黒〟のアーチャーよ！　勝負はまたの機会だ！　次こそは、貴様の顔を拝むとしよう！」

鞭を一つ、天に向かって嘶《いなな》く馬たちは凄まじい勢いで空を駆け上がっていく。その様、まさに威風堂々。逃げて帰るのではなく、ただ単純に戦いを次の機会へと先延ばしにしただけ、そう思わせるに足る風格だった。

一方、宣告された〝黒〟のアーチャーもまた、笑みを浮かべていた。しかし、そこには微かな苦味が入り交じっている。

「なるほど。仮にもこれが聖杯戦争であるならば、こういう可能性もまた有り得なくはなかったか。……運命というものは、時に死者である我々にまで牙を剝く」

〝黒〟のアーチャーは知っている。あのサーヴァント、〝赤〟のライダーの正体を。屈指の英雄と称賛するに相応しい数々の伝説を打ち立て、恐らくは此度の聖杯大戦において随一の傑物であるサーヴァントだと、知っていた。

オリンポスの神々から心より祝福されたあのライダーは、あらゆる攻撃を無効化し、撥ね除ける軀を持っている。それは、サーヴァントが物理攻撃で倒せないのと同じこと。あのライダーは、物理攻撃も『通常』のサーヴァントの攻撃も無効化するのだ。

その肉体に傷をつける資格を持つのは、彼と同じく神の間に産まれた者……『神性』をスキルとして保持している者のみ。〝黒〟の七騎中、そのスキルを保有しているのはこのケイローンただ一人だ。

即ち、この聖杯大戦は自分が〝赤〟のライダーを打倒しなければ勝利はない。

それにしても。あの様子ではライダーは自分の正体に気付かなかったらしい。彼が慢心するのはいつものコトだが、戦士としては致命的な欠点である。もっとも、その欠点が露呈したことは一度もない。……そんな小さな短所は、彼の圧倒的な力の前に押し潰されるのが常だった。

だが、今回に限ってはその慢心は致命的な毒となる。何しろ、彼の軀に傷をつけることが可能なことに加えて。〝黒〟のアーチャーは彼の真名も知っていた。

「いくら真名を秘する努力をしたところで、どう足掻いても覆せぬ常識がこの世界には存在する。そう、生前に知己を得た者ならば、真名を知っていて当たり前だ」

真名を知っており、その致命的な弱点も知っている。

彼は強大な力を持つ比類無き英雄であるが故に。この大戦で、その身を滅ぼすだろう。

§§§

ホムンクルスが歩行の練習をしていると、息を切らした〝黒〟のライダーが、突然部屋の扉を叩き開けた。やや負傷した姿のまま、笑顔でホムンクルスに手を差し伸べる。

「今が好機だ。さ、逃げよう！」

ホムンクルスは即座に事情を察して、彼の手を取って共に走り出した。腕を引っ張ってくれているせいだろう、普通に走るよりは圧倒的に楽だ。それでも脆弱な体の悲しさか、ライダーとホムンクルスの逃亡は、遅々として進まない。

城内の廊下で幾度となくホムンクルスとすれ違ったものの、彼らは誰一人として誰何《すいか》することはなかった。その代わり、冷たい瞳にほんのわずかな感情を乗せて無言で見送る。そこには哀れみと、微かな希望が滲んでいた。

だが、もう一つの戦力である石人形たちはそうはいかない。ロシェがキャスターのアドバイスに従って改良した監視型ゴーレムが、石畳をひた走る二人をつぶさに追跡していた。さすがにサーヴァントであるライダーがいる以上、手を出すことはない。キャスターもまた、自身で追跡しようという気は起こさなかった。それは、自分以外の誰かが務めるべき事柄だ。

二人は息せき切って、ようやく城からの脱出を果たす。城塞東側にある裏門を抜け出た先に広がっていたのは、流れの速い河川だった。まるで豪雨が降り注いだかのような勢いの濁流は、明らかに魔術による仕掛けだろう。

そして向こう岸には、見るからにうんざりするほど険しい山。だが、そこには自由がある。ほんのわずかな喜びと、過酷な現実しかない自由ではあるが――少なくとも、生きるべき意志を抱くことができる。

「んー……キミ、今から絶対に手を離さないでね？」

ホムンクルスはこくんと首を縦に振った。ここから周囲一帯、明らかに魔術による罠や結界が張り巡らされている。サーヴァントならばいざ知らず、ただのホムンクルス――それも、魔術を使用するだけで瀕死に陥るような欠陥品ならば、十分もしない内に息絶えるだろう。

だが、〝黒〟のライダー……アストルフォはいかにも自信ありげな表情で含み笑った。

「ボクはコレがあるからね、ジャジャジャーン！」

取り出した物は、分厚い革装丁の書物だった。表紙に描かれた文字や図形はくすんでいるが、明らかに魔術関係のものであることはホムンクルスにも理解できた。

「昔、ロジェスティラっていうご婦人を助けたことがあってね。その時に貰ったものなんだよ。持っているだけで、あらゆる魔術を打ち破ることができるのだ！」

それは凄い、とホムンクルスは感嘆する。これも彼の宝具らしい、シャルルマーニュ十二勇士のアストルフォ、気の赴くままに様々な冒険を繰り広げ、遂には月にまで到達したという冒険者。さすがに珍しい宝具を所有している。

「——ただ、ちょっと困った点があってね。これ、宝具なんだけど真名忘れちゃってさぁ」

ぽつりと。ライダーは照れ臭そうにはにかみつつ、割とトンでもないことを告げた。

「ああでも大丈夫。基本的には、所有しているだけで効果があるんだよ。少なくとも、現代の魔術師にボクを傷つけることはできないはず。……現代じゃない魔術師《キャスター》ならば、また話は別だけどさ」

あるいは、固有結界と呼ばれる限りなく魔法に近い代物もだろう。ただ、そんな魔術が結界に敷き詰められている訳はない。そもそも、自分《ホムンクルス》一人を追うのにそんな大魔術を起動させることもあるまい。

「んー……何だったっけなぁ。魔法《ルナ》……万能《ブレイク》……攻《マ》、攻略書《マニュアル》？　みたいな？　こんな感じの名前だったような、そうでないような……」

……それは戦いが始まる前に、思い出した方がいいとホムンクルスは忠告した。真名が分からずに敗退したなど、間抜けでは済まされない。

「だよねぇ。……ま、それじゃ行こうか」

ライダーはしっかりと彼の手を握り締めて跳躍。途端、川の水が妨害するように巻き上がって二人に絡みつこうとしたが、書のせいか当然のように弾き返された。

「大丈夫？　歩けるかい？」

少しだけなら、とホムンクルスは答えた。背負おうか、という彼の提案は遠慮した。一歩も歩けなくなるまでは、自分の足で歩くべきだとホムンクルスは考えたのだ。

「む。アーチャーの教えか」

どことなく不満そうにライダーは呟く。彼からしてみると、たった数分語り合った程度で、ホムンクルスが教えに従っているのが少々納得いかないらしい。

「分かった。キミが音を上げるまでは、付き合ってあげる」

歩き出す。足の痛みはそれほどでもないが、体力はそうはいかない。疲労すれば当然歩調も鈍る。踵や太腿が軋んで悲鳴を上げ始める。大丈夫？　と何度も呼びかけるライダーに意地を張って歩き続けたが、所詮一夜漬けでは限界がある。

一時間後には、ライダーに肩を貸して貰わねば一歩も歩けなくなっていた。

「よく頑張ったと思うけどな、ボクは」

ライダーは慰めつつ、暗闇の山道をしっかりとした足取りで進んでいく。空を見上げても、星一つ瞬かない。方向性を失わせる幻惑魔術が掛かっているようだ。恐らくコンパスや地図も役立たない。だが、ライダーは道のりが分かっているのだろう。真っ直ぐ、林道を歩き続けている。

「ボクと一緒で良かったでしょう？」

得意満面の笑み。明日には、もうこの笑みが見られないと考えると、ホムンクルスは少しだけ名残惜しかった。彼は聖杯大戦に戻り、自分は――自分は、生きることを考えなければならない。

自分が死ぬ可能性も高いし、彼が聖杯大戦で散る可能性もまた、それなりにあるだろう。これが今生の別れとなる確率の方が高いのだ。

彼は英雄であり、冒険者であり、何よりサーヴァント。戦うために、この現世に召喚されてきたのだから。自分のように、ただ消費されるために産まれてきた存在とは掛け離れている。

「どうしたの？　何か考え事かい？」

ホムンクルスは曖昧に言葉を濁した。己の無価値な劣等感を、他人に伝える必要はない。

暗闇に沈んだ森は、とても静かだった。風が吹く度に草木が揺れる些細な音以外、鳥の鳴き声すら聞こえない。使い魔への対策か、この森には結界が病的なまでに徹底して敷き詰められている。

「ああ、懐かしいなぁ……この雰囲気！　知ってる？　ボクは昔、樹木にされたことがあるんだよ？」

笑いながら、空を見上げた彼は過去の失敗談を語る。アストルフォは、その輝かしい冒険譚と同じ数だけ致命的な失敗を犯してきたという。

騎馬試合では出る度に敗北し続け、魔術の罠に幾度となく掛かった、せっかく月で手に入れた理性も、何時の間にか蒸発していた。

なのに、アストルフォは挫折をした経験がない。そもそも、失敗や敗北を挫折と考えていないらしい。

「例えば樹木にされていたときは平穏で、割と悪くなかったんだよねぇ。鳥は無防備にボクの腕に止まるし、動物は鹿でも狼でもボクによりかかってくるし」

そう思えるのは、恐らく彼くらいのものだろう。普通は樹木にされれば、絶望するはずだ。生来の楽天的な性質がそうさせるのか、彼はいつでも前向きに生きてきた。

「キミはさ、どうやって生きていくつもりだい？」

不意に、ライダーが難しい問いを投げかけた。アーチャーにも同じことを問われたが、今は生きることそのものが目標となっているため、どういう人生を送るかなどは考える余裕もないというのが答えでしかない。

闇の森……そう、自分の人生はこの暗闇そのものだ。当てもなく、目標もなく、ただ生きるということすら困難な森のよう。

「そうか。……早く、抜け出せるといいね」

心底から労るような声が、小さな魂を響かせる。ああ、本当に抜け出せるといい。できればその後で、心ゆくまでライダーと話をしたい、ホムンクルスはそう思った。

ライダーの足が止まる。少し痛くなるほどに、握られた手に力が入った。目の前に立ちはだかるは、〝黒〟のセイバーと、そのマスターであるゴルドだ。

どうやら、先回りして自分たちを待ち構えていたらしい。セイバーはいつもと変わらぬ無表情。一方のゴルドは、不愉快さを露わにした表情で二人を睨め付けている。

ライダーは溜息をついて言った。

「……うぅん、キミってば何か秘密があるの？　実はサーヴァントとか」

無い、と思う。だが、ライダーとしてもそんな秘密でもなければ納得がいかないだろう。わざわざ一体のホムンクルスに、何故ここまで拘るのだろうか。

ゴルドは何とも厭わしげに告げた。

「ライダー。そのホムンクルスを逃がす訳にはいかん、退がれ」

――と言われて、この〝黒〟のライダーが大人しく受け入れるはずがない。

「嫌だよ？」

あっさりと、ゴルドの提案を一蹴した。思考時間は零に等しく、その何も考えていないような迅速さが更にゴルドを苛立たせたらしい。ギリギリと、不愉快さを堪えるように歯を食い縛っている。

「セイバー。ライダーを押さえ込め、それくらいはできるだろう？」

命を下されたセイバーが、一歩前に出た。

「はぁ？　ちょっと君のマスター、正気？」

セイバーは沈黙を守ったまま、一気に踏み込むとライダーの腕と首を掴み、ホムンクルスから引き剝がすと大地へ叩きつけた。ライダーに身を預けていたホムンクルスは、糸の切れた人形のように、その場に頽れた。

「な——ッ!?」

そもそものスペックが異なる二騎だ。ライダーはセイバーに押さえ込まれたまま、足をばたつかせた。

「ま、待て！　待てってば！　セイバー！　ボクを放せ、セイバー！」

「ダーニックめ、こんな些事に私を遣わせおって……」

地に這いつくばりながら、ホムンクルスはゴルドを見上げた。そこには強い敵意も、哀れみを求める視線もない。むしろ、そこにあったのはカメラのレンズのように、人間を覗き込む無機質な瞳だった。

「……ッ!!」

舌打ちして、ゴルドはホムンクルスの細い手首を摑んだ。そこにはどうしようもない苛立ちと恐怖が垣間見えた。たかがホムンクルスに恐怖を抱く——魔術師にとって許されることでは、断じてなかった。

「まったく、手間取らせおって。……キャスターは、お前を磨り潰すそうだ。ゴーレムに使うためにな。感謝するがいい、この脆弱な軀を石くれに変えてやる」

沈黙。ホムンクルスは疲労で泥濘に沈んだような脳を必死になって回転させる。手首を握り締められ、今にも折れそうだ。この男は自分を捕まえたがっている。どうも、あのキャスターの命によるものらしい。

どうしてそこまで自分に固執するのかは分からない。分からないが、彼の言う通り、自分は磨り潰される運命にある。それはつまり、この状況から脱するためには一つの選択肢を選ばなければならない。

だが、それはホムンクルスにとってどうしても選べないものだった。それは、既に先の見えている生物が選んではならない選択肢だ。だってそうだろう。蜉蝣《かげろう》の如き命でしかない自分が、他者の命を踏みにじって生きるなんて、自然の摂理に反している。

抵抗する力が零になる寸前、ライダーの叱咤が激しく耳朶《じだ》を打った。

「莫迦野郎ッ!! キミは何を考えているんだ!? 躊躇うな! 諦めるな! 生きようと思ったんだろう!? 死にたくないと訴えただろう!! だったら、最後までやってみたっていいじゃないか! キミには、その権利があるッ!! 誰が何と言おうと、このアストルフォが認めてやる!!」

ライダーの言葉に、崩れかけていた精神《こころ》が強引に引き戻された。そうだ、少なくとも生きようとは決意したはずだ。仮令それが、何とも拙《つたな》い人生だとしても。自分を助けてくれた人に、胸を張るために。生きたいと、そう願ったのではなかったか。

突然の叫びに混乱したらしいゴルドは、怒声を発してライダーを罵っている。ホムンクルスは術を模索する——今必要なものは、とにかく破壊だ。手首を握り締めた、現時点での全力を以て、このゴルドという魔術師を殺害すると決意した。

　肉体が滅ぶ瀬戸際まで、魔術回路を加速させた。以前、強化ガラスを破壊したときと同様に、人体の組成を理解し、同調して破壊する。

「何……!?」

　彼の魔術回路が励起したことに気付いたのだろう。愕然とした表情で、ゴルドが名も無きホムンクルスを見やる。ホムンクルスは彼の手をしっかりと握り、全ての覚悟を決めて開幕の言葉を紡いだ。

「理導《シュトラセ》／開通《ゲーエン》……!!」

　全身に流れる魔力が、肉を裂き骨を砕くに最適なものへと変質する。掌は言うなれば、銃身であり剣の鞘。そこから飛び出す銃弾、あるいは刃は容赦なくゴルドの腕を破壊し、それはかりか心臓を喰らい破る。

「く——Anamorphism eisen arm《変成鉄腕》!」

　咄嗟に紡がれた魔術は、ホムンクルスの使用した魔術における致命的な欠点を突いていた。組成を吟味し、魔力を変質させることで対象物における最適な破壊を行うその魔術は、組成そのものが変更されてしまえば、ただの小規模な爆発でしかない。

　相性が悪かった、と言うしかない。アインツベルンの錬金術を流用して鋳造された欠陥《ホムンク》品《ルス》は、同じく錬金術を学んでいたゴルドに対しては致命的に相性が悪かった。

小さな爆発が起き、ゴルドは怯む。だが、これでゴルドを殺すつもりでいたホムンクルスは、先ほどからの逃走も相まって既に体力の限界に達していた。

「こ、のっ……お前、はっ……!!」

ゴルドが震え、怒り狂う。怪我と言えるほどのものはない、痛みもすぐに和らいだ。一日どころか治癒魔術があれば数秒で完治する程度の傷だ。

問題は、その傷を与えたのが他ならぬただの魔力供給電池であり、更には今しがたの攻撃には明瞭たる殺意が含まれていたことである。

コイツは、私を殺すつもりだった……！

その認識は正しい。ホムンクルスは、彼にしてみれば精一杯の殺意を籠めて魔術を放った。有り得ない叛逆。自分が喰らうべき餌、消費するべき存在が突然牙を剝いた。

それは、ただでさえあらゆるストレスを受けていたゴルドにとって、まさに最悪の一撃だった。

「ふざけるなッ!!　ホムンクルス如きが……！　この私を！　この私を殺そうとするなんて！　有り得ない！　有り得ない、有り得ない有り得ないッ!!」

半狂乱になったゴルドが、怒りに任せてホムンクルスを蹴り飛ばした。ダーニックの命令など、既に頭から消えている。声は軋んだ金属のようにけたたましく、魔術師の誇りや上品さはどこかに放り捨てたようだ。

さらに枯木のような軀のホムンクルスを、ゴルドは鉄の拳で殴りつけた。

魔術を行使した時点で既に瀕死に近いのだ。ホムンクルスは抵抗することもできずに冷たい土を嚙み締めた。

ああ、死ぬな——と、ホムンクルスは不意に確信した。奇跡が起きて、ゴルドが自分を許したとしても、今の自分はどうにもならない。何しろ今しがたの拳一つで、心臓が打ち破られていた。

そして憤怒の形相で迫るゴルドは、自分のことをどうあっても許してはくれないようだ。

仕方なく、ホムンクルスは諦めることにした。自分に割り振られた手札《カード》はあまりにも貧弱で、何を出しても行き詰まる——。

「止めろ、セイバー！　君のマスターを、早く……‼」

セイバーは沈黙。ライダーは渾身の力を籠めて、その腕を撥ね除けようとするが、ぴくりとも動かない。ライダーは彼の目を真っ直ぐ見据えて、叫ぶ。

「ボクたちは願いを叶える為に現界した！　だからって、何もかもが許されるのか⁉　英雄たる振る舞いを忘れたか⁉　ボクは嫌だぞ！　ボクは確かにライダーだけど、それ以前にシャルルマーニュが十二勇士、アストルフォだ！　ボクはあの子を見捨てない、見捨てないぞ！」

セイバーの手が、ビクリと震えた。

ホムンクルスの鼻孔に漂ってくるのは土の匂いと草木の匂いだった。冷たい泥に塗れているが、これはこれで悪くないと考える。少なくとも、自分は大空の下で、大地の上で死ねる。それは、あの城に取り残されたホムンクルスよりは幸せかもしれない……などと思えてしまった。

万物への感情は乾ききっていて、唯一ライダーに対する申し訳なさだけが魂に刻まれていた。ここまでの助力を無為にしてしまうことが、ただ申し訳なかった。

ゴルドが己の前に立つ。覚悟を決める、というよりはただ受け入れる。疾走した後の犬のように短く呼気を吐き出していた。

風景が霞む。恐怖のせいだろうか、絶望したせいだろうか、迫る拳を見ないで済むのは助かるな、とホムンクルスは思った。

——こうして名も無きホムンクルスは、何の意味もなく世に産まれ、何の意味もなく死に絶えるはず、だった。

「止めろ、マスター」

ゴルドの肩を、セイバーがぐっと摑んだ。信じ難い、という表情でゴルドが振り向く。ライダーを押さえろという命令を無視し、セイバーはゴルドと向かい合っていた。その隙に、慌ててライダーはホムンクルスのもとへと駆け寄った。

「セイバー、今何と言った」

「止めろと言った。願わくば、治癒を施して解放してやって欲しい」

「何を、言っている？」

ゴルドの声は震えている。怒りのあまり、表情を形作ることすら忘れているようだった。それでも深呼吸し、彼はマスターとして威厳ある声で告げた。

「……下らない冗談はよせ、セイバー。治癒を施して、解放してやる？　我々が、何故そんなことをしなければならない？」

「マスター。俺は、貴方の良心に訴えている。彼を救ったところで、大して不利益になる訳ではあるまい」

「もういい、黙れ」

「マスター――」

セイバーに指を突きつけ、ゴルドは唾を飛ばして叫んだ。

「黙れ！　黙れ、黙れ、黙れ！　お前は私の命令に従うべきサーヴァントだろう!?　たかだか使い魔風情《ふぜい》が、私に意見するなど許されると思っているのか!?　お前は黙って、私に従っていればいい！」

ゴルドは事ここに至り、明確にセイバーを敵視した。これは獅子身中の虫であり、マスターに逆らう危険なサーヴァントだ。あの二画の令呪を心より惜しみ、嘆く。何が英雄だ、何が英霊だ、何がサーヴァントだ！　他愛もない命令一つこなせないなど――。

「救う気はないのか？」

「黙っていろと言った――」

次の瞬間、ゴルドの意識は吹き飛んだ。セイバーがその拳を腹部に叩き込んだのだ。倒れ込んだゴルドを、セイバーは一瞥することもなく背を向けた。視線の先には、ホムンクルスの手を握るライダーがいる。

「セイバー……？」

ライダーの呼び掛けに応じることなく、彼は二人に近付きながら魔力で編み上げた鎧や剣を捨てた。帷子すらも脱いでその半身をさらけ出す。

そうして、瀕死のホムンクルスの前に跪いた。ホムンクルスの手を握り締めているライダーは、セイバーを怒りの視線で睨んだ。

「畜生、遅いよ……遅いんだよ！　どうしてもっと早く決意しなかった⁉　止めることができたはずだ！　あの馬鹿《マスター》が、何かする前に！」

ライダーの嘆きも当然のことである。セイバーはただ、できるだけ早くマスターを止めれば良かった。いくら何でも、この程度で令呪を使う程マスターも愚かではないはずだ。死に物狂いで止めれば、ホムンクルスは死なずに済んだはずだ。

セイバーは哀しげに頷いた。

「……そうだ、そうだな。俺はまたも、道を違《たが》えてしまった。迷い、惑い、最悪の一手を選択してしまった」

──あのときのように。これで戦いが終わると信じたように。

自分はいつも、肝心なところで決定的な選択を誤ってしまう。自分の願いに固執し、目の前で蹲る弱き者を見過ごそうとした。彼が助けを求めなかった。だから声なき声を聞き逃し、見捨てようとした。何たる醜悪さ、何たる邪悪さ。それは断じて──自分が目指したものではない。

第二の生を得て、また同じことを繰り返すつもりだったのか。後悔の念と自己嫌悪でセイバーの胸は詰まった。

「けれど。……それでも、まだ間に合うはずだ。全てが終わる訳ではない」

「ふざけんな……!!」

そんな戯《たわ》けた言葉にライダーは怒りを覚えた。ひとまず一発殴りつけてやろうと拳を固め──硬直した。

「なっ……!?」

まるで頑丈な雑草を引き千切るときのような不快極まりない音。そして周囲に飛散する血、血、血、血……。

それは、セイバーの胸から発生していた。

胸に穿たれた孔は、セイバー自身が作り出したものだ。自分で自分の心臓を抉り出すという異常な光景に、ライダーは殴ることも忘れてただ茫然と彼を見ている。

「……何、を」

「償い切れるものではない。むしろ、非業の運命を背負わせることになるやもしれぬ。それでも、俺は……彼に、捧げるべき命《モノ》がある」

セイバーが抉り出した心臓は、信じ難いほどに赤かった。セイバーはホムンクルスを抱き起こすと、開いた口にその心臓を呑み込ませた。

幻想的で、猟奇的ではあったが、そこに狂気は存在しなかった。呑み込まれた心臓は、やがて心臓の位置に到達し、強く脈打ち始めた。生きている、紛れもなくホムンクルスは蘇ったのだ。

だが、全ては等価交換だ。名も無きホムンクルスの生命を救った代償は、当然セイバーが支払わねばならない。聖杯を諦め、第二の生を諦め、何かの願いを──捨てなければ。

「……どうして……」

茫然自失としたライダーの問い掛けに、セイバーは微笑んで告げる。

「ライダー、感謝する。俺は、危うく俺が目指したものを見失うところだった」

見ればセイバーの足下が、金色の粒子に変わっている。霊体化ではなく、消滅だ。現界するための経路《パス》が消え、世界から解れて消えていく。そう、サーヴァントの霊核は心臓と頭部に存在する。そこを自身で抉り出した以上、彼は消滅するしかない。

それは、どう言葉で言い繕おうとも二度目の死だ。間違いなく無念のはずだ。けれど、何故かセイバーの顔はどこまでも穏やかだった。

「セイバー……!!　駄目だ！　行くな、行くなセイバー!!」

ライダーは疑念と悲哀と怒りをごちゃ混ぜにした表情を浮かべて、力一杯に叫んだ。震えて涙を堪えるライダーは、どう見ても可憐な乙女でしかない。戦場で彼と共に在った兵たちは、きっと良いところを見せようと懸命に働いただろう。

この状況で、そんな下らないことを考えられる自分は思っていた以上に剛胆な愚者だったのかもしれない。自然、苦笑がセイバーの口に浮かんだ。

「どうしてだよ……」

切なげな問い掛け、それでもセイバーは動機を語るつもりはない。ライダーは純真であるが故に、己の苦悩を理解しないだろう。何より滔々とこの動機を喋るのは、仮令死ぬ間際であっても羞恥の念に駆られるものだった。

けれど、ジークフリートには心底から確信していることが一つある。

――ああ、これで良かったのだ――

最後にそう独りごちて、セイバーは消滅した。ライダーはしばし、忘我の状態でへたり込んでいたが、ホムンクルスが咳き込み始めたので慌てて彼の脈を取り、心音に耳を傾けた。心音は、確かに力強く――生命の脈動を、如実に伝えていた。

「生きてる……良かった。良かった、良かった、良かった……!!」

血に塗れた手を握り、汚れることも厭わず頬にすり寄せる。この先どうなるかなんて、どうでもいい。今はただ、この幸運に安堵の息を零すだけ。何しろ〝黒〟のライダーは理性が蒸発している。この先、戦争がどうなるかなど欠片ほども関心がない。……いや、より正確に言うと『自陣のセイバーを失ったことによる圧倒的不利な状況』について完全に忘却しているのである。

だから無邪気に喜び、無邪気に涙する。その後に起こる自陣への衝撃など考えもしないし、考えたところで「それはそれとして、まずは彼を救えたことを喜ぼう」と考えるのがアストルフォだ。

「あ――――」

漏れた呟きに、ライダーは歓喜する。それは己ではなく、昏倒していたホムンクルスが

呟いたものだ。

「大丈夫⁉　大丈夫だよね⁉　立てる？　いいぞ、よし！　これなら――」

それを目視したライダーの喉は、言葉を発することができなかった。先ほどまで彼の掌を握って瞼を閉じていたせいだろう。彼の肉体に起きた変化を見逃していた。

「……俺に、何が起こったんだ？」

どうにか上半身を起こしたホムンクルスが瞠目するのも無理はない。今や名も無きホムンクルスは、錬金術の永い歴史の中でも過去に例のない存在となりつつあった。

……こうして、聖杯大戦は開始早々に〝黒〟のセイバーが消滅するという大波乱を迎えた。だがしかし、この戦争は次の局面を以て更に狂い出すことになる。

§§§

「――これぞ、我が懐かしき庭園。『虚栄の空中庭園《ハンギングガーデンズ・オブ・バビロン》』よ。どうかな、マスター？」

〝赤〟のアサシン、セミラミスの言葉にシロウはほう、と感嘆の息をついた。彼の前に構築されているのは、想像を絶する巨大な建築物だった。規則正しく並べられた緑豊かな浮島と大理石の床、そして柱で構成されている。あちこちにあらゆる種の植物が絡んでおり、混沌の醜さと絢爛《けんらん》の美しさを同一化させていた。

それは、庭園というよりは要塞。要塞というよりは、巨大な飛行兵器を連想させた。それは決して誤りではない。この空中庭園は、紛れもない浮遊要塞なのだ。

「……素晴らしい。私の要望も、きちんと組み込まれていますね？」

「無論だ、マスター。……それではライダーとアーチャーが帰還次第、庭園を起動させよう。〝黒〟のサーヴァントどもも、さすがに度肝を抜かれるじゃろうな」

からからと、如何にも愉快そうに〝赤〟のアサシンが笑った。

「ありがとう。〝黒〟のセイバーが何かのトラブルに巻き込まれ、消滅した今が好機。恐らく、合わせてこちらのセイバーも動くでしょう」

「一大決戦よな。……恐らく過去に例のない、まさに神話の如き戦いとなるだろうて」

〝黒〟のセイバーが早々に脱落したとはいえ、相手方にはまだ六騎のサーヴァントが存在する。一方、こちらもバーサーカーを喪失した。無論、セイバーとバーサーカーでは、圧倒的にセイバーを失った方が不利であるが。所詮、未だ紙一重で引っ繰り返る戦況であることは間違いない。

「いずれにせよ、大聖杯を手に入れられるかどうかは、次の戦いが正念場でしょうね」

シロウの声はその決意とは裏腹に、何とも言えず穏やかだ。だが、そこには敵対する者をあらゆる手を使って排除するという、氷のような冷淡さが含まれている。

彼はその願いを摑むために、あらゆる必要な要素を躊躇なく奪いに掛かるだろう。そこに残虐性は一切存在しない。ただ、何物にも決して揺るがされぬ鋼鉄の意志があるだけだ。

かつて、少年は問うた。どうして、どうして我々は赦されなかったのか。あれは決して救いではない、そこに広がっていたのはただただ絶望と無念だけ。

今度こそは聖杯を手にして、神に今一度全霊を懸けて問い質さねばならない。我が願いは、果たして貴方の祝福を受けるに足るものなのか。

「行こう、アサシン。あの悲劇は繰り返さない、大聖杯は——俺たちのものだ」

秘めたる決意を籠めた眼差しで、シロウは高く透明な天《そら》を見上げた。

少年が抱いた夢は、今も変わらず彼の胸にある。

あとがき

東出祐一郎

さて。こうしてあとがきを書いているにもかかわらず、「Fate/Apocrypha」を書いているということについては、未だにどこか現実離れした隔世の感があります。まるで曖昧な夢でも見ているような……。

折角ですので、ここに至るまでの経緯を振り返ってみようと思います。

まず最初。かれこれ四～五年ほど前になるでしょうか。奈須きのこ、というド偉い方と食事をご一緒しつつ歓談に耽っていたところ——。

「時にキミ。サーヴァントの設定とかやってみる気ない？」

「やりまーす」

サラッとトンデモねぇコト言うなこの人、と思いつつTYPE-MOONの事務所にお邪魔すると、出るわ出るわ新規サーヴァントの山。それが、「Fate/Apocrypha」こと「Fate オンライン」との出会いでした。

魅力溢れるサーヴァントたちの中でもジャンヌ・ダルクが出るというネタは大いに楽しみにしていました。思えば「Fate/Stay night」が発表された当時、セイバーはジャンヌだろうとユーザーの誰もが推測されていたものです。大外れでしたがね！

そんなこんなで何時の間にか季節が過ぎ去った頃、「Fate オンライン」の話が流れたと報告を受けたときは、「もったいないなぁ」と惜しんだものです。何しろ十四人の魅力溢れるサーヴァントが、その時点で存在したのですから。

そして更に季節は過ぎ去り、「Fate/Apocrypha」が没企画として「Fate/complete material Ⅳ」に収録されました。どうやらこれが相当に話題になったらしく、角川の某編集さんより自分の方へ「Fate/Apocrypha」の短編書いてみませんか、という依頼が舞い込んできました。これが今企画の前身となった「Unbirth」（ＴＹＰＥ－ＭＯＯＮエースＶＯＬ．７収録）です。

この時点ではいわゆる偽予告的な状態であり、書くとしてもマスターとサーヴァント一人ずつの短編という予定でした。ところがこれを読んで下さったＴＹＰＥ－ＭＯＯＮ様から「いっそ長編として出しませんか？」という提案が届き、こうしてあとがきに至るという訳です。

最初に設定資料などを見せられたときから約五年。とても長い道のりでしたが、物凄い幸運に恵まれた——まるでランサーたちの運を吸い取るが如く——お陰で、どうにか彼女たちを作品として世に送り出すことができました。

この「Fate/Apocrypha」を諦めずにいてくれた皆様に、本当に感謝致します。

そして「Fate」の世界に入り込んだことで、虚淵の兄貴が「Fate/Zero」を書くに至った理由も身に染みて理解しました。「Fate」という世界はただ書くだけで楽しいのです。一ファンとして、これほどまでに幸福な時間はそうそうありません。ましてそれが、パラレルとはいえ、公式に発表できるならば尚更です。

以前雑誌インタビューなどでも発言したのですが、「Fate/Apocrypha」の自分内部でのコンセプトは「こんなFateもあるんだよ」というユーザーの皆様への呼びかけです。「Fate/Stay night」や「Fate/Zero」ではシステムと展開上どうしても不可能だった……でも、きっと見たかったものをやろう、ということです。

自分の作品をきっかけに、また世界のどこかで誰かが新しい「Fate」を産み出してくれるならば、あるいは新しいサーヴァントを面白がって創っていただけるならば、望外の喜びであります。

最後になりましたが、作品中の魔術に関する考証を快く引き受けて下さった三輪清宗様、そしてオンライン企画時にサーヴァントの設定やデザインを考えて下さった皆様、鬼のように登場人物が多くてもう足を向けて寝られないイラストレイターの近衛乙嗣様、そして様々な面でご尽力戴いた武内崇様、奈須きのこ様、TYPE-MOONの皆様に、厚くお礼申し上げます。

現時点で「Fate/Apocrypha」は全四巻構成を予定しています。それでは二巻（順当に行けば夏頃です）でまたお会いしましょう！

本書は、二〇一二年十二月にTYPE-MOON BOOKSより刊行された単行本を加筆修正のうえ、文庫化したものです。

Fate《フエイト》/Apocrypha《アポクリファ》　Vol.1

「外典《げてん》:聖杯大戦《せいはいたいせん》」

東出《ひがしで》祐一郎《ゆういちろう》

令和元年 9月25日　初版発行

発行者●郡司 聡

発行●株式会社KADOKAWA
〒102-8177　東京都千代田区富士見2-13-3
電話　0570-002-301(ナビダイヤル)

角川文庫 21808

印刷所●株式会社暁印刷
製本所●株式会社ビルディング・ブックセンター

表紙画●和田三造

●お問い合わせ
https://www.kadokawa.co.jp/（「お問い合わせ」へお進みください）
※内容によっては、お答えできない場合があります。
※サポートは日本国内のみとさせていただきます。
※Japanese text only

ISBN 978-4-04-108534-9　C0193

◇◇◇

角川文庫発刊に際して

角　川　源　義

第二次世界大戦の敗北は、軍事力の敗北であった以上に、私たちの若い文化力の敗退であった。私たちの文化が戦争に対して如何に無力であり、単なるあだ花に過ぎなかったかを、私たちは身を以て体験し痛感した。西洋近代文化の摂取にとって、明治以後八十年の歳月は決して短かすぎたとは言えない。にもかかわらず、近代文化の伝統を確立し、自由な批判と柔軟な良識に富む文化層として自らを形成することに私たちは失敗して来た。そしてこれは、各層への文化の普及滲透を任務とする出版人の責任でもあった。

一九四五年以来、私たちは再び振出しに戻り、第一歩から踏み出すことを余儀なくされた。これは大きな不幸ではあるが、反面、これまでの混沌・未熟・歪曲の中にあった我が国の文化に秩序と確たる基礎を齎らすためには絶好の機会でもある。角川書店は、このような祖国の文化的危機にあたり、微力をも顧みず再建の礎石たるべき抱負と決意とをもって出発したが、ここに創立以来の念願を果すべく角川文庫を発刊する。これまで刊行されたあらゆる全集叢書文庫類の長所と短所とを検討し、古今東西の不朽の典籍を、良心的編集のもとに、廉価に、そして書架にふさわしい美本として、多くのひとびとに提供しようとする。しかし私たちは徒らに百科全書的な知識のジレッタントを作ることを目的とせず、あくまで祖国の文化に秩序と再建への道を示し、この文庫を角川書店の栄ある事業として、今後永久に継続発展せしめ、学芸と教養との殿堂として大成せんことを期したい。多くの読書子の愛情ある忠言と支持とによって、この希望と抱負とを完遂せしめられんことを願う。

一九四九年五月三日

この1冊でFGOのすべてが分かる!?

七騎《サーヴァント》VS七騎《サーヴァント》の聖杯大戦
メディアミックスコミックマガジン
コンプ・エース
にて連載中!
コミックス①～⑦巻
好評発売中!

迫力のコミック版！
Fate Apocrypha
フェイト／アポクリファ
The sage cries out. "Open, Gates of Heaven. Bless us and bestow miracles upon us!"
漫画:石田あきら　原作:東出祐一郎/TYPE-MOON
キャラクター原案:近衛乙嗣
KADOKAWA
Kadokawa Comics A
©Yuichiro HIGASHIDE/TYPE-MOON

毎月4日発売
YOUNG ACE ヤングエース にて連載中!
漫画／武中英雄　原作／TYPE-MOON
©TYPE-MOON / FGO PROJECT

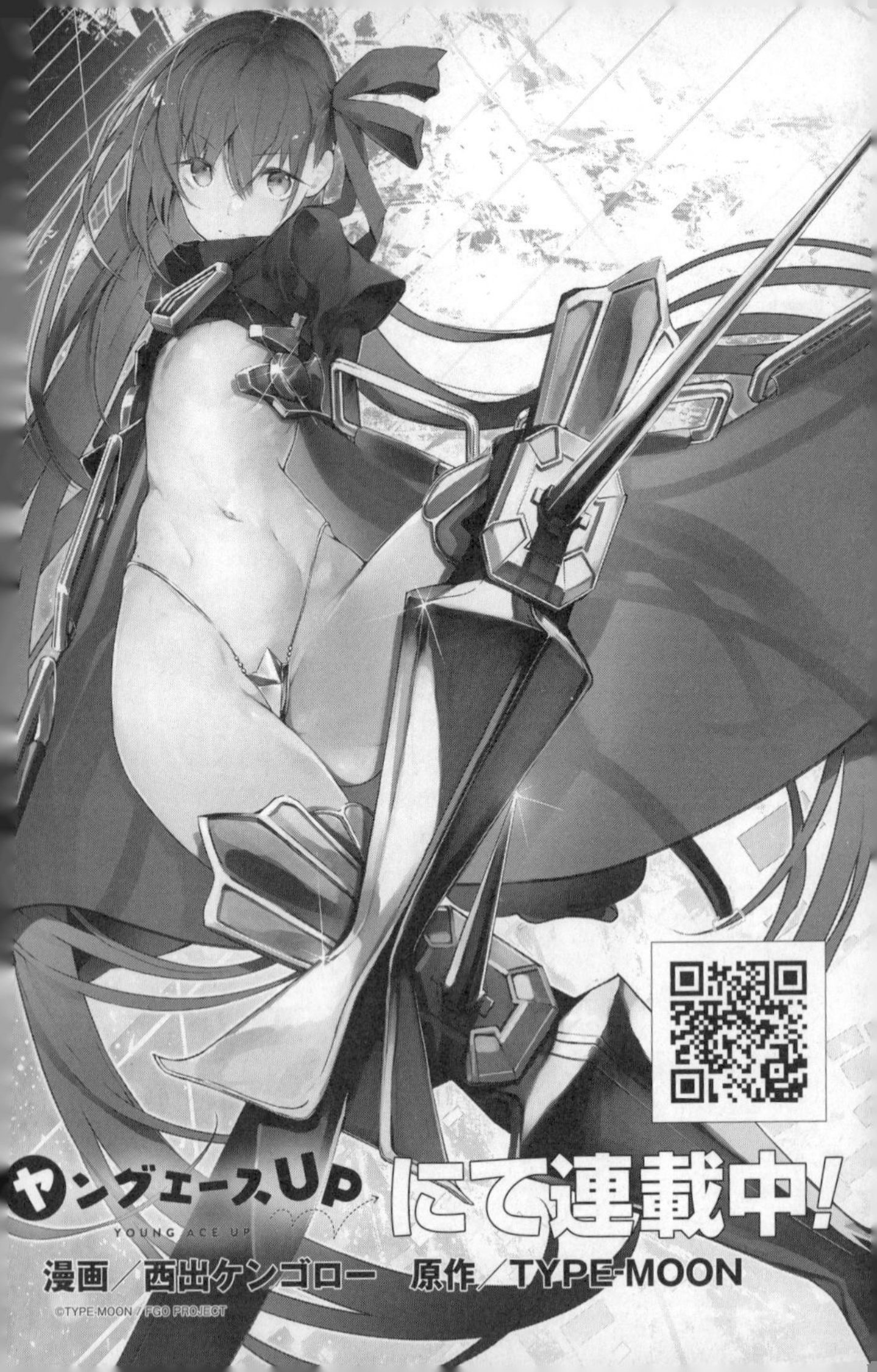
ヤングエースUP
YOUNG ACE UP
にて連載中！
漫画／西出ケンゴロー　原作／TYPE-MOON
©TYPE-MOON / FGO PROJECT